静斋烟火岁月长

贾国龙 著

北京日报出版社

图书在版编目（CIP）数据

静斋烟火岁月长 / 贾国龙著. — 北京：北京日报出版社，2024.4
　　ISBN 978-7-5477-4760-5

Ⅰ. ①静… Ⅱ. ①贾… Ⅲ. ①散文集－中国－当代 Ⅳ. ①I267

中国国家版本馆 CIP 数据核字（2024）第 012074 号

静斋烟火岁月长

出版发行：	北京日报出版社
地　　址：	北京市东城区东单三条 8-16 号东方广场东配楼四层
邮　　编：	100005
电　　话：	发行部：（010）65255876
	总编室：（010）65252135
印　　刷：	武汉楚商印务有限公司
经　　销：	各地新华书店
版　　次：	2024 年 4 月第 1 版
	2024 年 4 月第 1 次印刷
开　　本：	787mm×1092mm　1/16
印　　张：	16.5
字　　数：	260 千字
定　　价：	69.00 元

版权所有，侵权必究，未经许可，不得转载

代序

写作只善待那些纯真的人

  真正的生活不在远方,而在边缘,在那默默无闻的地界。同样,真正的文学也不在喧嚣的文坛,而在阒寂的民间。当生活曝光于众目睽睽之下,当文学登上众星捧月的舞台,生活必将枯萎,文学必将虚伪。无论生活还是写作,都不是为了表演和取悦,因此操心观众的念头无疑是堕落的。

  写作不是为了展现生活,它本身就是生活。所以,不必为生活去写作,更不必为写作去生活。对于真正的作家而言,写作之外没有生活。或者说,他所有的生活都是即将形成的文字。作家生活在文字里,唯有在文字里,他方能自由呼吸。

  文字之于作者犹如鱼儿之于水,但不可思议的是,总有无数作者竞相涌向岸边,纷纷试图上岸。他们渴望被看见,因此一时竟忘记被看见即意味着死亡。他们为"荣誉"而牺牲,是因为写作从未曾使其找到自己。不是他们辜负了写作,是写作抛弃了他们,写作只善待那纯真的人。写作不是为了让你得到什么,它只是不想让你失去什么。写作是对你自由的呵护。

  在贾国龙这本名为《静斋烟火岁月长》的散文集里,我看到的正是写作与生活的统一,他之所以能够做到这点,想必是由于命运让他选择了边缘,选择了阒寂吧。他无名,却是真正的作者。他的文字或许不能照亮黑夜,

1

却能以烟火的形式提示生的执着和眷恋。他不谋求成功，仅是在一次次失败中亲近着自我的极限。那亦是生活的极限，是比死亡更能令其收获颇丰的体验。

这是一个人的日常，亦是众生的回忆。尽管它不是我的生活，仍能令我从中获得莫大慰藉。贾国龙的写作意义恰在于此，让孤独聆听孤独，让平凡记住平凡。对此，他在后记里有过明确表述："静享孤独，静候花开，这不仅仅是我个人的生活态度，也是一种期许。期望着我的文字能引起读者的共鸣和回忆，能让读者心系家庭之安乐幸福，能让读者始终保持对工作生活的美好愿景……"

这样的期许也是最诚挚的祝福，通过描述那些渺小、卑微、黯淡的事物，贾国龙揭示出足以使所有宏大、高贵和辉煌感到羞愧的真相。他的文字是一种真诚的现实，没有抱怨，也没有遮掩。即使让我们见到苦难，那也是某种谦逊的呈现。他不赞美苦难，更不消费苦难，他的苦难仅仅为见证希望和幸福而在。

贾国龙在自序里写道："我的文字只关注日常，我的文字只记录琐碎和平凡，因为我的文字来源于我平凡的心灵，扎根于我平凡的灵魂。有许多人建议：生在多民族聚居的黄河源头，应多写与民族融合相关的内容或故乡的风景名胜。我却固执地不曾改变，这无关我的视野，也无关我对社会、民族、政治的态度，而是我的精神家园，本就营造于这个平凡的村庄，一砖一瓦本就是日常喜闻乐见而不被人注目的日常。"这样的写作态度显然是源于对自我的清醒认知，而且是对于自我的爱与尊重。

当然，它也包含了对于他人的爱与尊重。毕竟，贾国龙之于日常和平凡的认同揭示的即是普通大众的生活真理。有鉴于此，他的孤独始终不会离开他们，他经由日常消失于日常，经由平凡消失于平凡。他的孤独是一种召唤，他的寂静是一种倾听。他的书写不是为了展示，而只是为了交流，如同一声问候之后，娓娓道来的是对你的关心和牵挂，还有来自他内心的喜悦及哀伤。

阅读《静斋烟火岁月长》这本书就像阅读一封写给你的长信，哪怕你并不认识这位写信人，却也丝毫不会对它感到陌生。并且，我相信你在读完之后，兴许立刻就会萌生回信的冲动。

路文彬

　　作家、学者、翻译家；北京大学文学博士，北京语言大学中文系教授，博士生导师，鲁东大学特聘教授。

2022 年 11 月 9 日于北京格尔斋

自序

执着的家园

　　我的文字只关注日常，我的文字只记录琐碎和平凡，因为我的文字来源于我平凡的心灵，扎根于我平凡的灵魂。有许多人建议：生在多民族聚居的黄河源头，应多写与民族融合相关的内容或故乡的风景名胜。我却固执地不曾改变，这无关我的视野，也无关我对社会、民族、政治的态度，而是我的精神家园，本就营造于这个平凡的村庄，一砖一瓦本就是日常喜闻乐见而不被人注目的日常。

　　我的家园情结并不仅仅只是来源于我的先祖父辈们居住的那栋房子或者村庄，也不仅仅只是来源于我们曾经出生成长的那个宅院或建筑，而是来源于我们的心灵。这种情结，只是因为有了我们心灵的寄托，感情的依附而产生的，并与所在的建筑产生了某种深远的联系。

　　如果说物质家园，现实中的家园，只是一块石头，那么，我的心灵及所有依此而产生的情感，包括所有的喜怒哀乐、爱恨憎怨，就像附着其上的苔藓，随着时光荏苒而显得更加浓郁苍翠；如果那是一个来自深海的海螺，那所有的回忆就是它最悠远深邃的号角，在每个清晨伴着每个新生的希望，为每个初生的生命嘹亮的哭声而吹响，在每个夕阳西下里，伴着夜幕深沉，为每一次死亡而呜咽。

　　所有消失的村庄、家园，逝去的亲人朋友，都只是完成了一次如破茧成蝶般的轮回，是一次如四季轮转一般自然而然的轮回，只是从新到旧、从有到无、从生到死的旅程。失去的、死亡的，只是表象或者是物质，甚至是肉体，而他们所构建的精神世界，犹如灵魂的庇护所、心灵的寄托地，不仅没有消失，而且会随着岁月的脚步历久弥新，更显余音悠长，恰如一杯来自西汉的美酒，在干枯的沙漠中，穿透历史的尘埃，散发着令人迷醉的清香。

我所有的回忆，伤春悲秋也好，睹物思人也罢，咏物言志、抒今怀古……所有一切回忆，皆来自我的精神家园。而这个家园，便是我幼稚的心灵，延续自远古，根植于先辈，从我的生命之初开始萌芽，随着我的成长，在恰当的时机，因为某一个具体的事物，比如一座老宅；因为某个人，比如老去的父母；因为某件事，因为某段情感……诉之于口，述诸笔端，或者只是引起一段感悟，一时内心的思考，一阵精神上的共鸣。

这个时机，也可以称之为契机或诱因，也是来自我的心灵深处。因为回忆是本就存在于我的记忆中的，并不因为我不愿意想起，不愿思考而消失不见。它就像隐藏于画中的达芬·奇密码，深埋沙土中的伏尼契手稿一样，一直存在着，只是如每本书的扉页一样，往往会被人忽略，但并非不存在。这个时机、契机或诱因，是自己内心的情感借某一个具体的表象，找到一个借以宣泄的渠道和出口。

从生到死的过程，实际上是个不断消耗的过程，从简单的衣食住行，基本的柴米油盐，到追求舒适安逸乃至奢侈的生活，生活的每一秒钟都是对生命的消耗，对自然的压榨，对物质世界无休止的索取。也许，只有当我的生命终结的瞬间，完成所有记忆的延续和传承，完成一个自然成长的过程，埋入土中，才算是对大自然唯一的回馈。

被消耗的是物质层面的，是肉体上的，是可见的，而不被消耗，反而在消耗中持续增长的是我们的精神。从先辈那里继承的经验，从浩瀚的典籍中汲取的知识，从茹毛饮血到上天入海，所有的科学技术，从懵懵懂懂到开始有所回忆，都是一种积累。无论是主动的还是被动的，所有的生命都在消耗的同时，不断丰富着自己的精神家园，丰富着自己的心灵，这是文学、哲学、科学乃至所有文明产生并延续的基础，是生命，也可以说智慧、思想诞生的源泉，是生命最根本的意义，是人能被称之为人，并区别于动物的所在。

记忆是永恒的，并不因为生命的终结而化为尘土，就连所谓的失忆，也只是隐藏得更深的记忆而已，就像宇宙中隐藏的奇点，只需要一次偶然的触发,便会在心灵深处迸发。记忆是不可盗取的,每个人的记忆是唯一的,哪怕有类似的、相近的,也绝没有完全一致的。我们学习知识只是为了让我们站在巨人的肩膀上看得更远,我们阅读哲学也只是为了让我们通过前人的睿智更加明晰地看清自己的心灵,我们欣赏文学著作,我们因文字而喜怒,因一段故事而哀乐,我们沉浸于别人的精神世界,恰恰就是源于那些似曾相识的经历,引起精神世界的合鸣共振。我们甚而可以借鉴,以此来表达自己内心的情感,但也仅仅只是借鉴,就算原封不动地剽窃那段记忆,那段记忆还有蕴藏的情感、心灵的感悟,只能是他人的,永远也不会成为自己的。这就像一个写作的人,不论水平高低,不论成就如何,写作,永远都只是遵从个人心灵的指引,建立在自己的精神家园上。写作者要做的,只是如何让这种共鸣、共振、合鸣产生的范围够宽广,频率更加繁复。

  滋养我心灵的,丰富我心灵家园的,让我学会去思考,并试着去改变我赖以生存的家园的,与我付出多少并无多大关系,它们绝大多数,甚至是全部都来自汲取。我从母亲的乳汁中汲取她的思想和经验,从书本中汲取我称之为文学或科学的东西,我从一切所见、一切所闻中汲取立身立命的养料,经过时光的沉淀和发酵,成为我一切所想、一切所思的基础,这样子讲,颇有一番一朝悟道的意思。实际上,就连所谓的顿悟,也来自我看不见却真实存在的,容易被我自己的内心忽略的积累和积淀。

  从父母的言传身教,从牙牙学语到开始反思生命的意义,追寻生存的价值,进而试着反哺这个物质的家园,有利于社会的进步,体现个体存在的价值和意义,一切都源于自觉或不自觉的汲取。而这种汲取的天性同时决定了,不仅限于我,这个物质世界中每个人都是一名读者,每个人都在阅读,就连失明者和文盲也不例外。

  文明的传承、知识的传播,本就源于口口相传,后来才有了文字,才有了纸张、书籍,只要人的灵魂不灭,他就是一名读者,区别只在于,有些人是从自然、网络、书籍等一切可能汲取到营养,进而能丰富自己精神家园的媒介中,主动地去汲取,有些人只是被动接受罢了。

  每一个人都是一名书写者,从我们的出生到死亡,历尽一生,每个人都在书写一段精彩的、波澜壮阔的故事,或贫穷、或富足、或快乐、忧伤……当然,这种贫穷或富足、快乐或忧伤,不仅只关于物质,还有精神层面的。有些人一贫如洗,但他的精神世界丰富而快乐,有些人则恰恰相反。无论如何,他们都是一名忠实的书写者,正因为这些书写,无论是烦琐细微的城市烟火,还是辞藻华丽的沧海遗珠,无一例外地构成了芸芸众生的人世间。

我们用心聆听这个世界,感知这方宇宙,在浩渺星空中寻觅,"仰观宇宙之大,俯察品类之盛",以期在精神的世界里点亮属于自己的那一颗星星。读书,写作,不是包括我在内的任何人的目的,而只是一种发自内心的指引,只与自己的喜好、经历、情怀有关,取决于营造自己的精神家园的每一片砖头瓦块。

电子书、纸质书,心灵鸡汤、文学精华,抽象的哲学、虚无的玄学……所有称之为书籍或者知识的东西,存在就是合理,并有其生长的沃土。而这种合理的存在,只要被选择,就证明其生命力,至少灵魂尚未远去,精神的家园依然润泽,而不是干涸得几近荒芜。

今天是第二十七个世界读书日,截至昨天是我开始静下心来,认认真真地书写自己人生的三周年。我并不想去谈自己读了些什么书,写了些什么事,也无心去争论读书、写作的意义,每个人都在用心地阅读,阅读生活,阅读世界;每个人都在书写,书写人生,书写自己的精神家园。

《华严经》里讲:"一切众生皆具如来智慧德相,但因妄想执着,而不证得。"既然每个人的灵魂皆有佛像,那么又何必人人去证得佛缘呢?求而不得,本就是一种执念,众生皆有诸般欲念,而我现在的欲念,我的执着,就是循着心灵的指引,书写每一天柴米油盐的烟火,书写这并不精彩,也不丰富的精神家园。

人还是要有妄想执着的,无论是物质的还是精神的,要不然满世界都是无欲无求的佛陀,这世界未免也太无趣了。

2022 年 4 月 23 日于贵德

目录

第一辑　人间烟火　家长里短 ……………………………… **001**
　　清晨，从一杯绿茶开始 ……………………………… 002
　　春天，在希望的田野上 ……………………………… 006
　　伴着春风去流浪 ……………………………………… 010
　　初春探幽访松巴 ……………………………………… 013
　　又是一季梨花白 ……………………………………… 021
　　细雨纷扬的母亲节 …………………………………… 025
　　原来，父母在欺骗我 ………………………………… 028
　　一碗面豆子里的生活 ………………………………… 032
　　腊八粥 ………………………………………………… 035
　　绿树阴浓夏日长 ……………………………………… 040
　　夜游兰山觅清凉 ……………………………………… 044
　　周末有约南风醉 ……………………………………… 048
　　牙事琐记 ……………………………………………… 052
　　伴着爱情长大 ………………………………………… 058
　　"六一"，回不去的童年 ……………………………… 062
　　与高原的第一次相遇 ………………………………… 066
　　相逢何必曾相识 ……………………………………… 070
　　向梦想致敬 …………………………………………… 074

第二辑　四时物语　春秋代序 ……………………………… **079**
　　立春时节春尚早 ……………………………………… 080

雨水无声别离时 ········· 085

惊蛰过后春方醒 ········· 091

田社祭祖雪飞扬 ········· 094

清明时节忆故人 ········· 099

谷雨过后春尚好 ········· 104

蛙声里的夏天 ··········· 107

人生小满自相宜 ········· 110

芒种不忙麦黄时 ········· 113

夏至未至的躁动 ········· 118

小暑神清夏日长 ········· 123

大暑夏浓雨绵长 ········· 129

立秋之日暑未尽 ········· 133

处暑微凉雨惊魂 ········· 137

居家不知秋露重 ········· 141

平分秋色岁月柔 ········· 145

第三辑　静斋雅意　清欢自得 ········· 151

静斋有静意 ············· 152

春雪无声 ··············· 156

春夜喜雨 ··············· 160

忙里偷闲悟茶香 ········· 164

晚春的雪落在初夏的额头上 ········· 168

世事维艰亦如人意 ······· 171

静默的城 ··············· 175

夏花灿烂 ··············· 179

夏雨微凉 ··············· 184

静斋风物 ··············· 188

乐酒忘忧 ··············· 193

夏末山色 …………………………………………………… 197
风雨无情人间有爱 …………………………………………… 201
秋日，雨中与蜗牛的邂逅 …………………………………… 206
隔窗望月中秋明 ……………………………………………… 211
在万科城听雨观风 …………………………………………… 216

后记　静享孤独　静候花开 ……………………………… 221

附录：

一、《静斋笔记》序二 …………………………… 赵成孝 226
二、缀文者情动而辞发　观文者披文以入情 …… 祁万强 229
三、用真诚书写人生的故事 ……………………… 刘志强 233
四、何妨吟啸且徐行　观照内心书我情 ………… 焦万能 236
五、策马扬鞭饮长河 ……………………………… 刘子平 241
六、静斋烟火岁月长 ……………………………… 易美珺 244
七、书法作品《静斋烟火岁月长》 ……………… 焦万能 247
八、书法作品《静斋笔记》《静斋烟火岁月长》 … 崔珑山 248

第一辑

人间烟火
家长里短

生活本就不是很容易的事情，只是，把生活当成一种乐趣或者一门艺术，那么，所有的烟火便也有了诗情画意。

清晨，从一杯绿茶开始

每个清晨，我都会被窗外的鸡鸣狗吠吵醒，那是小区外面的声音。说来也是奇怪，这些年，每次回到村子里，已经听不到鸡犬闹腾的声音了，而在县城的楼房里，我几乎每天都会被它们叫醒，就像小时候，我总是在母亲"沙沙沙"的扫地声和鸡鸣狗吠中醒来一样。

每天早晨起来后要做的，无外乎两件事：烧洗漱水和烧开水。因为热水器里的热水在密闭的环境里容易滋生细菌，动辄易诱发各种口腔疾病，清晨洗漱几乎不用热水器里面的热水。坐在阳台上烧开水，泡一杯清新的绿茶，也就预示着新的一天又真正地拉开了帷幕，也是我从昏昏沉沉中真正清醒的时候。

我喜欢在每个清晨，光着膀子坐在阳台上，观望外面的世界，静候四季轮转，然后在水壶嗞嗞的声响中清醒过来。

阳台外面，整个冬天里，其实真的没有太多东西，除了远方寂寥的雪山，只剩下一片荒芜。

小白农庄停车场旁的杨树，最高的枝丫上孤单地筑着一个鸟巢，看样子应该是喜鹊巢，可是我没见过任何鸟儿进出过，更别提喜鹊了。也许，喜鹊起初就选错了筑巢的地方，最后，实在无法忍受车水马龙的嘈杂和人来人往的烦扰而无奈放弃了。于是，孤单的鸟巢更加孤单了，荒芜的冬天更显得荒芜了。

小区院子中间的菜地上几乎没有什么农作物。坍塌的蔬菜架子和篱笆，凌乱地散落在菜地的四周和中央，只有几行没有采挖的枯萎的葱秧，匍匐在地上。这一切的凌乱和枯萎，让本就荒芜的冬天愈加显得破败而荒凉。

小区院子里停放的车，近两年来越来越多，车的模样也越来越大气阔绰。以前宽阔的停车位也就显得有些逼仄，以前停放整齐的停车位上，现在摆满了横七竖八的车辆。偶尔还能听到大清早因为谁的车挡了谁的道，谁的车剐蹭了谁的车，而引发的争吵。其实，许多时候，许多的事情，以和为贵，心平气和地解决问题比争吵更有效。况且，能愉快地解决麻烦，又能共享一个心情灿烂的早晨，何乐而不为呢？

我听见楼下曹老板的嚷嚷声，类似吵架的声音。是的，他的声音总是很大，很有穿透力，让我在我家的每个角落里，每时每刻都无法拒绝听见他的声音：聊天儿声、呵斥声、欢笑声、猜拳喝酒的声音……我听清楚了，他并没有和谁吵架，他只是高调地催促着家人起床。

我已经有二十多天没有听见他的声音了，自打春节前，他带着家人回了老家过年就没再听到。今天早上，是这个春节里第一次听到他的嚷嚷，竟然有了一丝莫名的欣喜和亲切。因为他的声音，让这个正月十五寂静的清晨充满生活的气息，就连窗外荒凉孤寂的冬日，也仿佛有了一丝生机勃勃的模样。

在曹老板的大声嚷叫里起身洗漱，给父母的神位前上了三炷香，祭奠父母，也祭典春节的尾声。告诉自己今天是上元节，过了今天，平淡的生活又将重回往日的模样，毕竟，再平淡的春节还是有一些残存的年味儿的。

冲一泡淡淡的绿茶，开启美好的清晨，迎接清晨的第一缕光芒。闻着绿茶清新的味道，我依稀看到了春天的模样，闻到了春天的气息。是啊，南方的春天已经悄悄地来了，北方的春天还远吗？

前两天，去西宁拜年，经过阿什贡峡时，地质公园前，公路两边的杨树已经开始返青，已然有了一丝明显的绿意。我已经可以断定：松巴峡里的隐世秘境——松巴藏寨的柳树，必定吐露了嫩绿的新芽。因为，每年的这个时候，当我看到阿什贡的绿意绽放，我就会迫不及待地去松巴藏寨里探望贵德境内最早的春天。今年，很是遗憾，由于种种原因，耽搁了我的探春之行。

对面楼房的楼道里，不时有小孩子跑进跑出，有些在院子里燃放爆竹，小心翼翼地点燃，然后迅速地捂着耳朵，躲得远远的，听着"噼啪"声响起，便眉开眼笑地"咯咯咯"欢腾起来；有些则在院子里玩着玩具车、滑板或追逐嬉戏，一幅天真烂漫、无忧无虑的画面，他们欢快的样子是在告诉我，这是属于他们的假期，是属于他们的节日，是属于他们的上元节。

"咚、咚、咚咚咚"，雄浑的鼓声、熟悉的鼓点从不远的地方传来，越来越近……

应该有十多年，没有去看过社火表演了。虽然每年都会听到社火队的鼓声，也能回想起儿时欢快地追逐着社火队穿乡过镇，乐此不疲地反复欣赏着大同小异的传统曲目，我在悲凉的二胡声里、在"咿咿呀呀"的唱腔里、在欢天喜地的龙腾狮跃里、在热闹非凡的锣鼓声里慢慢地长大，却也失去了童年的激情。

随着渐近的锣鼓声，一支社火队踩着从未改变过的鼓点，缓缓地从小白农庄旁的小路上走过。我转头望着儿子说："去看社火吗？"那会儿，儿子刚刚从被窝里爬起来，正迷瞪着惺忪的双眼在客厅里找水喝，他摇了摇头说道："不去，没啥意思。"

其实，我本就知道他是不会去的，只是带着某种希冀征求一下他的意见。他不愿意看社火，是因为他听不懂，为了方便他在求学的过程中少走弯路，我们坚持让他从小说普通话，不让他学方言，所以，社火曲目及所有的旁白，对于他，就和对牛弹琴是无二的。

儿子上大学前，我们开始让他学习方言，也是希望他始终保持对家的眷恋，记得家乡的气息和韵味。他学得挺快，只是，对于社火，依然提不起丝毫兴趣。毕竟，有许多的习惯、喜好等等，都是要有时间沉淀的，是要有记忆来铺垫的。

刚刚看到一条讯息，说是今天晚上，县城里的政务中心门口有烟花表演，心中不免激动。春节，尤其是上元节的夜空，少了精致的灯笼，少了绚烂的焰火，也就缺了不少年的味道。县上已经许多年没有燃放过烟花了，真是个盼望已久的好消息，而且，政务中心本就在我家阳台的右前方，那里放烟花，我恰好可以在阳台上观望和欣赏。

转眼一想，我肯定会错过这场久违的焰火。因为儿子过几天要返校，我的姊妹们每天都在约着不一样的饭局，为他辞行。受尽家族宠爱的他，甚至错过了他母亲每天都在计划而没有时间安排的美食。早在正月十二的晚上，在 KTV 唱歌时，老大就已经约好了正月十五的晚餐，地点在河东老宅。

有些人的约定是不可推辞的，有些人的热情是无法拒绝的，就如老大的安排一样。于是，我明了，今夜，上元节点亮天空的焰火，注定与我和我的家人无缘。虽有遗憾，却也能释怀。

错过了一场精彩纷呈的焰火表演，换回一次兄弟和睦、姐弟欢颜的团圆，未尝不是幸福的。烟花表演，可以在手机上观看，家人团聚可是聚一次少一次了。

目送着社火队从我视线中渐行渐远，锣鼓声也逐渐远去，一切又归于平静。

我退离阳台，向客厅走去。我看见几只鸟儿从小区上空掠过，似乎听到了它们欢快的鸣唱。这是平淡的上元节里平淡的清晨，一切都在繁杂的纷乱里按部就班地继续着。

每个清晨，都是一部平淡故事的序章；每个清晨，都是一卷精彩画卷的绘就；每个清晨，都从一杯清茶开始，散发淡淡清香，让我心旷神怡。

2022 年 2 月 15 日，上元夜贵德

春天，在希望的田野上

"一九二九不出手，三九四九冰上走，五九六九沿河看柳，七九河开，八九燕来，九九加一九，耕牛遍地走。"这首《数九歌》，小时候虽然常听母亲念叨，但是这首明显带着南方气息，与北方时令多不相符的歌谣，应该是祖辈们沿河北上的记忆。儿时听来不甚明了其意，后来才觉得言简意赅，通俗易懂。

惊蛰刚刚过去两周，数九寒天也刚刚过去没有几天。天气却是一天比一天热乎了起来，所有一切似乎都在春风中慢慢地苏醒了。就连大街上散步的人们，也比前些日子多了许多，冷清的街道，也变得人来人往、川流不息。

恰逢周末，大街上人本来就很多，又多了许多藏族学生和陪同而行的家长，看衣着应该是县城里寄宿制民族中学放假了。于是，本就不宽阔的人行道，愈加显得有些拥挤了。地处海南藏族自治州，大街上自然有汉族，有回族，也有藏族，这是个多民族聚居的地方，只凭穿着就能明确地把他们区分出来。

所有人，不分老幼男女，也不分民族地域，混杂在人群里，不分你我，共同享受早春的气息，沐浴早春灿烂的阳光。大街上，有穿着清凉的少男少女，也有打扮时髦的青年男女，穿着外套披着马甲的老头老太太们，只是很难再看到像前两天一样，穿着羽绒服穿街过市的。就连那些穿惯了皮袄的藏族老头老太太，也换下了沉重冗长的棉袍，换上了明显轻薄一些的藏式长袍。

其实真正的春天还没有到来，依然在午后的春风里，与不忍离去的冬天在做最后的角力，只是暴涨的气温，已经早早地剥下了人们厚厚的冬装。

去年这个时候县政府大院进行了改造，拆除了以前庄严肃穆的政府大门，也拆除了封闭的围墙，又修建了一些曲径流觞、亭台长廊。把以前政府大院的花园和停车场，改造成了一个公共休闲场所。

这真是一个好的模式，是一个好的开端。不像以前，那威严的政府大门加上神圣不可侵犯的哨兵，政府和人民的距离好像有些遥远了。现在多好，没有了隔阂，也没有了距离。这才是人民政府应有的形象，是文明社会该有的模样。有坐在枯树下阴凉里凳子上的，有三三两两坐在长廊里纳凉的，还有在阳光下追逐打闹的，每个人脸上都洋溢着春天般的微笑，那灿烂的微笑里，是满满的知足和发自内心的幸福。

政府大院对面的街口，萧条了一个冬天的奶茶店，门口排起了长长的人龙，只为了那一口清凉的加冰奶茶。今天气温23℃，对高原的初春而言，这个温度实在是有点突兀得高了，如果不是不想去排队，我也想来一杯解解渴，驱赶一下春天的躁动。

高原上的冬天，始终是荒凉而寒冷的，但是，没有一个冬天不会过去。再漫长的冬季，也会随着季节的变换而退隐，把大地和天空转让给生机勃勃的春天。而春天总是在不知不觉中展现它最初的模样，展现在那山峦上褪去的冰雪里，展现在那沉寂整个冬天的杨柳枝头，展现在那荒芜的大地上。

春天始终是生命觉醒的季节，是充满希望的季节，是用绿色装扮整个世界的季节。

绿色，也只有绿色，是这个世界最基本的色彩和元素，是这个世界本来就该有的基调和底色。

以前，大家都种春小麦，春节刚刚过去，村民们就顶着冷冽的寒风，往麦田里拉运家肥。"春打六九头"，在北方，"五九六九沿河看柳"未免有些过早，只是，冰封了整个冬天的大地，已经开始回暖、解冻。虽然尚未完全化开冻层，但是心急的庄稼人，就已经匆匆忙忙地把种子撒了下去，撒下了收获的希望。因为他们知道，时令变化，不会因为人们的好恶而会有所变化，时令、节气是等不得的，到了什么时令，该干什么就要干什么。

种春小麦的时候，我也跟着父母下过地，刚刚犁开的麦田，不再是一望无际的荒凉，黑油油、湿漉漉的麦田里，大部分刚刚翻开的土块，还带着闪亮晶莹的冰凌。坚硬得像块石头，在初春的阳光里，逐渐变得湿润柔软，踩上去便是一脚泥，敲一榔头下去，便甩得满身是泥。到了傍晚，裹满了湿泥的我们，如刀的北风从脸上、从手上刮过，那刺骨的冰冷，恰如刀割。

后来村里不种春小麦，改种冬小麦。在田地里忙碌了一辈子的庄稼人，似乎一下子就幸福了许多，闲适了许多。秋收后不久就下种了，数九寒天里的冰凉刺骨也渐渐远离了庄稼人的生活，整个冬天，大家都可以无所事事地闲在家里，享受温暖的炉火。再后来，就连炉火也慢慢地消失在了我们的生活里，改成了清洁的天然气和舒适的暖气。

刚入冬，荒芜的田地里就长出绿油油的冬麦苗，为整个冬天增添一抹希望的色彩。虽然，这绿色会在冬季的严寒里失水、枯萎，却也始终是整个冬天里最艳丽、最具活力的色彩了。

因这份寒冬中倔强的颜色，春天的到来，更加变得蹑手蹑脚，愈发悄无声息令人难以察觉。她的到来，似乎总是在一夜春风中破土而出，在一夜春雨后茁壮成长，在一声春雷里生机勃勃，不知不觉间便齐刷刷地钻出大地、绽放枝头，迅速占领大地，挂满树梢。春天就是这样，在绿色中崭露头角，在百花争艳里盎然，在万紫千红里妖娆。

黄河北岸的冬麦田又绿了，像是给大地铺上了一层绿绒绒的毯子，让我难掩肆意地躺上去打个滚儿、撒个欢儿的欲望，也难掩静坐田埂、开卷阅读的欲望。春天，就应该面朝麦田，面朝绿色的海洋静静地读书，大声地朗读。就像我们的高中时代一样。

春天是一切希望的开始，是生机勃勃的季节，而一切希望和生机，都源自阡陌交通的田野；春天的故事，也总是记录在那碧绿如油、一望无际的田野里。

那时的贵德中学，学校四周全部是麦田，除了一条掩映在树荫里，通向县城的柏油路。而我们高中时代一切应该或不应该发生的故事，都在那些麦田里。

三月份开学，学校四周的麦田里依旧荒芜，有些学生依然会在校外的麦田里度过早自习的时间。随着天气变暖，大地回春，地里的绿色一点一点增多，一天比一天稠密，杨柳青青，绿荫遮蔽时，麦田旁、地垅上、水渠旁的学生也一天天多了起来，在清晨的雾霭里，在午后的阳光里，在傍晚的余晖里，到处可见或站或坐或卧或行吟咏的学子。他们每天都伴着麦苗的清香，陪着麦苗茁壮成长，在 7 月的季节里共享收获的喜悦。

当然，麦田旁留下的不仅仅只有孜孜以求的好学生，留下的也不仅仅只有重复记忆着的唐诗宋词、政生史地的典故和数理化的枯燥。

懵懂的青年男女，情窦初开的少男少女，互相倾诉着最美的情诗和最真挚的情愫，那时，麦田是默默的旁观者；年轻气盛的少年们，幻想着江湖的自由豪情，一言不合，拳脚相向，争执不休，那时，麦田依然是默默的旁观者；叛逆期的青年们，意气风发的青年们，喷云吐雾、豪气对饮，把对老师的不满、对家庭的满腹牢骚、对虚无缥缈的未来的遐想，通通发泄在酒后的胡言乱语里，那时，麦田还是默默的旁观者……

我曾经无数次沉醉在麦田里，听别人伟大的理想，我也无数次瞪着迷离的双眼向他人倾诉我的梦想，也曾无数次面对绿意盎然的麦田读书吟诗、吐露深藏的心声……

学校周边的麦田和县城周边的麦田早就消失得无影无踪了，取而代之的是鳞次栉比的各色建筑，这是城市发展和现代文明进程的必然代价。而我们，只需要保留曾经的回忆就好了。

现实中的麦田已经远离了城市，退缩向更远的山坡和谷地，我追逐春天、追逐希望的距离也变得愈发遥远。

直到现在，我依然喜欢初春的麦田，喜欢在这充满希望的田野上阅读、畅想，和夫人相偎，回首过往，畅想未来。直到现在，麦田依然是个默默的旁观者，静静地倾听，静静地记录，静静地留下所有人的回忆和过往。

对我而言，这片希望的田野，是最适合的倾诉对象，是最忠诚的朋友，是值得眷恋一生的故土。

2022 年 3 月 22 日

伴着春风去流浪

西久公路两边的柳树已然换上青绿的新装，稚嫩的、婆娑的新绿，如豆蔻少女一般青涩。带着早春的微微鹅黄，万千丝绦在风的交响乐里，曼妙舞动，犹如一场盛大的春天舞会。

白杨树早早戴上了暗红色的王冠，那是即将洒向远方的飞絮和含苞欲发的叶荚，它们也在春风中摇曳、舞动，如半空中流淌的暗红色熔岩，如空中跳跃的音符，那是把种子送进春风的怀抱里，撒向广袤的天地之间的阵痛，是喜迎春天的激动雀跃。

杨柳随风而动，依稀可见树丛后面零散的麦田，麦田里绿油油的麦苗紧紧地匍匐在大地上，用所有的根须抓住大地，用它卑微的身躯抵御着春风的袭扰。

"不知细叶谁裁出，二月春风似剪刀。"春风从二月的大地中醒来，从二月的山峦上拂过，吹醒沉寂的大地，还有绵延的群山、冰封的河谷，当然，还有天地间蛰伏的生灵们。春风激荡，赋予整个天地生命的颜色、自然的底色。

杨柳依依，它们在春风中的舞蹈是热烈的、欢快的，它们在风中摇曳的声音，是生命的释放与呼唤。

一群麻雀从空中轻快地掠过，"叽叽喳喳"地在风中鸣唱。

我们总是喜欢把目光锁定到美丽的大天鹅、黑颈鹤、海鸥等鸟儿的身上，总是被外来的新奇吸引着眼球。候鸟的增多，说明"绿水青山就是金山银山"的理念正在转化为现实，人与自然和谐共生的生态框架正在被构建，生态恢复不只是口号，这一切都是社会文明、生态文明建设的可喜表现和进步。

只是，我们更应该多关注高原上的原住民：麻雀、喜鹊、山雀等，它们才是高原上不离不弃的精灵。它们在春风中歌唱，在春风中舞蹈，在轻扬的春风中迎接着春天的到来，它们欢呼雀跃地在天空中传递着春天的气息，用歌声和舞蹈传递着春天明快、欢愉、轻松的信号，它们比燕子更像是春天忠实的信使。

春风又绿"黄河"岸，贵德这座高原的小城，也在春天里苏醒。街道上川流不息的车辆，仿佛丝毫没有受到油价暴涨的影响，摩肩接踵的人们，也只是用口罩隔绝防不胜防的新冠病毒，悠然自得地享受着春天明媚的阳光，享受乱花迷人眼的无限春光。远处和近处，沉寂了整个冬天的建筑工地上，传来嘈杂的机械施工的声音。麦田里自然也不乏辛劳的耕作者，忙忙碌碌的人们都在用各自的方式迎接春天的到来。

老家院子里，黄色的连翘、迎春花，粉色的桃花、杏花、碧桃花，白色的李花、樱桃花，火红色的贴梗海棠都争相在枝头绽放。有些开得正艳，有些已经在风中凌乱。就连枝干苍然、树形高峻的老梨树，也迫不及待地从枝头上挤出了花生米大小的芽苞，期待着高原上梨花节的到来。而往年，贵德传统的梨花节都在四月中旬前后，梨花也会在那时一夜怒放。

"春风先发苑中梅，樱杏桃梨次第开。荠花榆荚深村里，亦道春风为我来。"儿子在微信里晒着南京林业大学的缤纷樱花，我在微信里给他分享家乡早春的五彩斑斓。虽然相隔几千里，但是，今年的春天，似乎不约而同地齐至了。

今年的春天确实是比往年早了一些，春分还没到，天气却一天比一天热了。春分前几天，县城里，每天最高气温已23℃以上；春分刚过，气温又骤降近10℃，正应了那句农谚："春分不冷清明冷，春分前暖，春分后冷。"

"春捂秋冻"的道理我也懂，只是膘肥肉厚的我，实在难耐初春的燥热，就如按捺不住性子在春风中次第开放的樱、杏、桃、李一样，早早地换上了清爽的短袖，在温暖的春风里，享受夏日的清凉。

晚上的时候，儿子躲在宿舍的被窝里打来电话说，南京降温，最低气温只有6℃，实在是阴冷得难以忍受。夫人笑言，贵德低温也是6℃，和你那里一样，却也只是在屋外稍感清冷，不会冻人。又再三叮嘱儿子注意增减衣物，谨防感冒。

他俩通电话时，我依然是身着四季居家的标配——背心、短裤，坐在阳台上喝茶，翻手机。屋子里的温度计显示 22.6℃，暖气早已停了，只是屋子里仍是稍显闷热。高原有高原的好处，春天刚刚来临，干燥的气候，温暖的阳光，五六度的天气就能一扫冬季的阴霾和阴冷，就可以舒适地穿上夏天的衣服了。只不过，"从今造物尤难料，更暖须留御腊衣"，在善变多变的春季，适时增减衣物是必不可少的事情。

俏皮的春风，也有捣蛋的时候。这不，连续多天的扬沙天气，伴着八九级的大风，从高原上呼啸而过，甚至吹翻了我单位十多米长的伸缩门。

微信朋友圈里不乏因沙尘天气车辆受困人员受伤的讯息，也不乏哪个地方大树被吹折、屋顶被刮走的消息，希望一切安好，不会有大的灾害发生。在如此美妙的春天里，浮尘、扬沙、沙尘暴等极端天气，还是挺让人闹心和烦躁的。不过这种现象只是例外，像我单位的大门，自 2015 年到现在，也只是第二次在春天里被刮倒而已。毕竟，在乍暖还寒的春天里，春风从来不会缺席，而沙尘暴等极端天气只是应景的匆匆过客。

曾经，发展与空间的矛盾、发展与自然的矛盾等正在逐渐解决；所有为发展付出代价的生态系统，都在政府的引导和支持下，被人为地积极恢复着。也许，不远的将来，春风是轻柔的，不夹杂一丝沙尘，春天是明媚的，鸟儿是欢快的，静静流淌的黄河水也将是清澈的、碧蓝的。

春风依然是每个清晨拂过大地，吹皱黄河，摇晃着、催促着漫山遍野的杨柳尽快换上浓郁的绿装。春风也准时在午后的阳光里，卷起漫天沙尘敲打着我的门窗，催促我走出去，走向大自然，放放纸鸢、踏踏青。

春风悠长，杨柳飞扬，鸟儿在天空翩翩起舞，在嫩绿的树梢上鸣唱，麦苗在茁壮成长。我在春风中，漫无目的地流浪，只为倾听早春那份生命绽放的声音，寻找散落天地间那份希望的色彩。

只此青绿染人间，山河无恙待春归。清风如我，我如清风，一切自然琐碎的生活，皆是那样美好。

2022 年 3 月 23 日于贵德

初春探幽访松巴

每年的二月份，当春天的脚步声悄然响起，当春天绽放第一缕淡然的绿意，我都会去一趟松巴峡。循着泛着碧蓝，倒映着整个天空的黄河，沿着崎岖的山路，去寻找早春的色彩。

从县城一路向东，往坎布拉森林公园的方向，驱车二十多公里，就到了松巴峡口。"龙羊锁关，松巴闭户"中的松巴，指的就是这里了。松巴峡，黄河流经县域内最后的关口，过了这里，黄河就流淌到黄南州和海东市境内了。

一、山路崎岖通幽处

虽然已是时令上的春天，但是天气依然寒冷刺骨，迎着料峭的北风，从河东向东出发，过了河东乡麻巴村，黄河就在公路的左手边了，她蜿蜒如龙，随着山路起伏，缓缓向东流去，时隐时现，依然是那样清澈，依然是水天一色的碧蓝。

一路上，无论是公路两边错落的村庄还是凋敝的枯树，无论是裸露的山梁还是远处耸立的雪山，都没有丝毫春天的意象，只有荒凉、沉寂的苍茫。

过了正在修建的黄河地质公园，车向左转，就能看到阿什贡黄河大桥了。从这里开始，宽阔的河道逐渐变得狭窄起来，这是幽长的松巴峡的起点。

峡谷南面，山高而险峻，山顶上是皑皑白雪，高耸的山峰遮天蔽日般遮住狭长的山谷，让整个松巴河谷更显幽暗而深长。

北面山势较缓，沟壑纵横，除了斧劈刀凿般的山崖、斑驳陆离的奇石外，山上鲜少有植被。偶见低矮的猫儿刺、野刺玫等灌木，混杂在山崖上的石块和散落的风化石之间，形成一个个圆形的凸起，几无任何区分。于是，所有的山峦便都有了一丝癫痫头般的气质。犬牙交错般的山崖，紧挨着不足四米宽的路面，不时可见散落公路上的碎石。

通往松巴峡和松巴藏寨的公路，是一条狭窄崎岖的山路，路的左手边是块石高悬、危石密布的山崖，右手边是悬崖，而悬崖下，就是深邃幽绿的黄河。

在这样的公路上行车，没有过硬的车技和过人的胆气是不行的。蜿蜒而上的山路，除了路上偶尔出现的会车区外，是没有办法会车让行的。弯道上也根本看不见对面的来车，只能通过鸣笛来判断路况和提醒对面的车辆，却又担心高昂的鸣笛声引起巨大的山谷回音，惊落栖息在头顶悬崖上的巨石，只能小心翼翼、心惊胆战地盘旋而上了。

山路虽然崎岖，倒也不乏开阔之处。这几处开阔之地，全部是山崖环抱之间的黄泛区。在山重水复间，在时宽时窄、转折起伏的山崖间，突然，眼前豁然开朗，狭窄的河道再次变得宽阔起来。左手边单调险峻的悬崖被灿烂阳光下的七彩丹霞取而代之，奇形怪状的丹霞山在起伏间，呈现着丰富多彩的样貌，任我遐想。旁边竟然还有一座沙山，沙砾细密，倒是夏天滑沙、游玩的好去处，而沿着河边，就是一大片潮水退却后的沙滩，湿润而柔软。这是进入松巴峡的第一个河湾。我给它命名"丹霞湾"。

过了"丹霞湾"，继续沿着悬崖边行走，行不多远，就进入第二个河湾"绿柳湾"。当然这个名字也是我起的，之所以叫"绿柳湾"，是因为这个河湾里，几乎都是茂密的各种树木，大部分是柳树，当然也有白杨和品类繁多的果树，每年的春天，我专程来探访的就是这些总会早早地绽放绿意的垂柳。

到了夏秋，"绿柳湾"是极佳的避暑之地。在郁郁葱葱的树林里，隐藏着两个不大的采摘园，你可以自由地选择生长在地里的新鲜蔬菜，还有后院里活蹦乱跳的鸡鸭，当然还有鱼，鱼自然是黄河里现钓的，然后自己动手，在清凉的树荫里享受自己的劳动成果，惬意地度过一个美好的午后。

再往前，依然会有一段更加险峻曲折的山路，山势更加陡峭，弯道更急更多。直到过了垭口，山下面，左边是一片宽阔平坦的山谷，在群山的环抱中、在茂林的遮蔽中，隐约可见零散的村落。那就是松巴秘境——原始、淳朴、幽静的松巴藏寨了。右前方，就是松巴峡最美、最绿的松巴河谷了。

二、静如处子似绸绿

到了松巴河谷，见到的黄河是绿色的。真的，松巴的黄河水不再是天空的色彩，而是深邃的、幽暗的绿色。

从阿什贡大桥底下开始，水的色彩便在一点一点地渲染着深沉的颜色，从瓦蓝到碧蓝，从青绿到深绿，直至变成闪烁着明光的墨绿色。

这种深深的绿色，一方面是因为河道突然变窄，河水幽深造成的；另一方面则是源于两岸高耸的峡谷山崖，遮挡了明亮的光线。

南山高绝，偶有阳光从群山遮蔽中洒落河面，一片波光粼粼，便如碎玉般铺满整个碧绿的河面。

这是一片翡翠之湖，几乎没有什么杂色，只有纯粹的绿，只有从浅到深变幻着的幽幽绿色，像一块巨大的纯洁无瑕的翡翠，更像是一块巨大的，充满了浓郁沧桑的岁月气息，却依然散发着柔和光芒的祖母绿宝石。绿得让人垂涎欲滴，绿得让人爱不释手，绿得让人如痴如醉，绿得让人流连忘返。

"我只有想跳下去的欲望，只有想跳下去，跳入这绿色的怀抱的欲望。"夫人在旁边痴痴地、目不转睛地盯着水面，有些失神地呢喃。

我不露声色地靠近她，揽住她的肩膀，阻挡着她心灵深处暗藏的、勾人心魄的冲动。是的，据说，在华山的绝壁上，在海边的悬崖上，经常会有人抑制不住飞翔的欲望，跃向天空，扑向大地的怀抱，而不是主动寻死，也不是真正心存死志。我相信这一点，因为在高处，面对心旷神怡、引人入胜的美景时，我也经常会有这种欲望。

是啊，这纯粹的、宁静的、幽幽的绿意，摄人心魄，不时勾引着我们的欲望和冲动，让我们难以抑制地想跳下去，拥它入怀，将它占为己有。

松巴峡不仅是绿色诱人，松巴峡是安静的，听不到水的波涛之声，也没有人声繁杂，没有鸟儿的鸣唱，也没有山顶古寺的钟声。只剩下风从峡谷之中划过、从水面上掠过的声音。那若有若无的风声，使得整条峡谷更加幽深了几分，更添了几分"闲云潭影日悠悠，物换星移几度秋"的意境，让我寄

015

慨遥深，唯叹时光悠悠，岁月更迭。

松巴的河水安静得就像铺在峡谷中的一匹碧绿色的绸缎，色泽纯粹而不单调。那丝滑柔软的绸缎，静静地铺在幽暗的各地，缠绕在蜿蜒曲折的河谷里，无比娴静，拉长了寂静的松巴峡。静如处子，不外如是。偶尔，阳光映射下的粼粼波光，恰如铺落绸缎、点缀其上的钻石，散发着璀璨的光芒，迷乱我的双眼。

"太绿了！太漂亮了！我没有词语去形容它的绿，也无法形容它的静，这寂静的绿色，让我无法呼吸，我的脑海里只有朱自清先生的'梅雨潭的绿'了，虽然并不是完全的相像，但是，也只有梅雨潭的绿能媲美了！"夫人一直不停地呢喃着，不止一次地重复着同样的感慨，还不时轻吟着文章中的片段。正在学有声演播，刚刚考完普通话水平测试的她，对"普测60篇"中的这篇文章记忆犹新。

没错，我每次面对松巴的河水，都深深地感到词穷，只有无法用言语表达的懊恼，"书到用时方恨少"，这是松巴峡谷、松巴河水给我的最深感悟，我只能用苍白失色的语言，惊讶于它平静的碧绿，折服于它绝世的容颜，感叹着它苍翠的沉寂，迷醉在无与伦比的山水幻影里。

三、桃源尚在更深处

翻过经幡猎猎的垭口，黄河在松巴峡口冲刷出一片舒缓的沉积平原。四周群山环抱，又有河水映照，林木茂盛，曲径通幽，田舍隐然其中。偶有鸡犬之声，鸟儿欢唱，一派恬静、安逸、隐谧的自然田园风光，恍如陶渊明笔下的桃花源。这是真正的秘境，引人入胜、令人神往的高原秘境，是深藏不露的藏地秘境。

尚未完全下山，只见路的左手边，山崖下一片空地上，横立着一道充满藏式风情的石墙，上书"松巴藏寨"四个黄色大字。石墙是色彩鲜艳的风化片石砌成的，间以灰色的瓦当，顶上有青瓦雨檐。字刻在一片镶嵌在石墙里的木板上，用艳丽的黄色颜料填充，很有质感，字体设计类似汉隶，却又带着浓郁的藏族书法的痕迹。整体都充满汉藏融合风格，是现代与古朴的完美结合，粗犷而大方，原始而古拙，只有满目的和谐，毫无突兀和违和之感。就像随后的路两边，书写在石墙上、关于民族大团结的标语口号一样和谐，就连村口的藏式酒庄，也是如此。

酒庄的名字叫"松巴酩馏酒庄"。就在村口，路的左边，用粗糙的大石块堆砌成两个高约三米的石柱，上面横放着一根粗粗的、枯死的青杨树干，在张牙舞爪、虬枝纵横的苍白树干上，用鲜红的油漆，横向书写着汉藏双语的酒庄名称。这是酒庄的大门，也是酒庄风格迥异的招牌，独特而不风骚，依然是那样粗犷大气、古朴大方。

松巴酩馏酒，是藏族同胞选用当地优质青稞等原料，加以清冽甘甜的山泉水用传统技艺酿造的青稞酒。入口绵柔，后味略有酸涩，却有一股清香扑鼻入口。据说，酿好的酒里，还加了上好的甘草来提香增味。

村里的庄廓是北方传统的板式夯土墙，不同于常见汉族村庄的是，院子的土墙要稍矮一些，也不像汉族的庄廓墙，从上到下是笔直的，而是略微向内倾斜，类似一个上窄下宽的正方体。想来，这种营造方式，更利于采光吧。

每个庄廓的大门前，都屹立着一根高于院墙的旗杆，类似于苏鲁锭，顶上饰以彩色的筒状垂缨和流苏，听说是有祈愿生活吉祥、平安幸福、风调雨顺的寓意。

每家每户的大门两边、围墙边上都整整齐齐地摞放着柴火垛子，有些摞的是枯死的原木截成的木桩，有些摞的是粗细不一的枯树枝，显示着这个隐藏在深山里的藏寨的人们生活的日常。

院子外面，都是整齐的原木篱笆墙，沿着村径蜿蜒着伸向村庄深处。每次，我走在寂静的村径上，抚摸低矮的篱笆墙，总是会有穿越的感觉，仿佛远离了这个时代，心静如水，波澜不惊。也总是不由得想起刘长卿的《逢雪宿芙蓉山主人》中那一句"柴门闻犬吠，风雪夜归人"的景象。想来，如果在月明星稀或大雪纷飞中，拜访这秘境藏寨，应该是再美不过的一种风雅了。

这是个悠然、闲静的村落，除了偶尔飞掠的惊鸟和远处传来的一两声狗叫，还有村口小卖部门口聚集在阳光下打牌、下棋的寥寥数人外，几乎看不到村民。整个村庄都沐浴在春天的阳光里，安静得仿佛在沉睡中。偶见一两个行人，也是慢条斯理地踱着步子，不急不徐，懒散地游走着。就连袅袅升起的炊烟，也晃晃悠悠、摇摇摆摆地向天空中慢慢地飘去，无视春日里清风的骚扰，悠闲地舞动着飘散在碧蓝如洗的天空中。

村里有许多姿态虬然，枝干曲生，树冠平圆的青杨，有黄山松般的形态，朴实、雄浑，与村庄的古拙、原始完美地融为一体。村里也有柳树、槐树等其他树木，自然也不缺乏桃、李、梨、杏等果树。春天，整个村庄掩映在一片郁郁葱葱之中和盛开的桃花里，衬映在苍翠群山下，当是另一种美轮美奂的景致了。那时候，才是名副其实的桃源秘境。

四、山水林泉皆有源

沿着穿村而过的水泥路，继续向前，路右边的柳树上挂着一块牌子，牌子很简陋，是松巴尕桑梅朵景区的导向牌，也是整个景区唯一的一块导向牌。牌子往前，在山重水复疑无路的曲折里，转几道弯，一座小桥横跨在并不开阔的河滩上。冬天，河滩里并没有水，春、夏、秋三季倒是有或清或浊的河水流向不远处的黄河。

桥头边的洼地里，紧挨着河滩有一家农家乐，是松巴藏寨里为数不多的几家农家乐之一。我几乎每年的春夏都会来一次，有时候，是我们仨，大部分时候，我都是带着外地的同学或朋友们。

至于总是带着外地同学、朋友们到这里，一方面是因为松巴静谧独特的风景，在我看来，是完全异于南方，包括南方之南，这是个充满藏族风情而又不排外的世外之境。另一方面，则是这家掩映在碧水蓝天、绿荫红花中的农家乐，颇具田园风光，田垄齐整，地无杂草蔓生，木屋数间，常有风雨相闻。况且，这家的藏式土火锅、血肠、肉肠等吃食，最能代表高原藏家风味，一举数得，也自然成为我的首选。

跨过桥，沿着河滩走到入黄河处，转个弯，就是松巴峡的峡口。据说，以前松巴峡水势落差极大，水流湍急，纵横激荡，自有风雷之声。随着下游李家峡水库的建成，松巴峡口也自然而然地形成了一片库区，没有水位落差。

于是，碧绿的黄河就如一块泛着光芒的丝绸一般，静静地从两山之间滑过，再无波澜。

不时可见成群的大天鹅在水面上嬉戏、游弋，或低下头，在水中觅食。天鹅是高雅的，就连撅着屁股觅食，也无比优雅自如。也有海鸥等鸟儿不时从天空中掠过，自在地飞翔在蓝天下，偶尔，一个俯冲，在水面上划过一条长长的白线，打破湖面的宁静。

峡口左面的山高而险峻，奇峰怪石林立，一条木质栈道盘旋而上，山顶有一个不大的藏传佛教寺院，面向黄河，俯瞰整个藏寨和河谷，护佑着一方平安。时有悠远深沉的钟声自山顶响起，可能是僧人敲响的，也许是游客。我并没有登上去过，自是不知山顶的风光如何，想来，应该是绝美的。

我经常有登山寻幽揽胜的打算，也有"竹杖芒鞋轻胜马"的向往，奈何我大腹便便的身躯拖累着我的步伐，阻碍我登高望远的野心。我也只能在山脚下仰望，仰望山顶的风姿绰约，想象"会当凌绝顶，一览众山小"的豪气干云，最终，却也只能无奈地在山下怒己不争，哀己不幸，长叹无缘登顶俯瞰了。

山下是茂盛的树林。而这片树林，才是聚松巴之灵气、汇松巴之精华的所在。一树、一湖、双泉，便让人们纷至沓来，引来游人无数。

一树，自是树林中央高耸的一棵有着数百年树龄的老青杨，高数十米，张牙舞爪的枝丫如虬龙般扭曲着伸向四方，如丈八蛇矛般蜿蜒着刺向天空，最终汇聚成亭亭如盖的巨大树冠，在除了冬天的所有季节里，用庞大的身躯，遮蔽着天空的光芒，树下只有清凉一片。除了南方的榕树，我几乎没有见过如此宽阔高大的白杨树。

一湖，不大，方圆不过二三十米，傍山脚之下，隐群树之间，夏有荷花绽放其中，水草茂密，秋有落叶沉浮，点缀其上。而最美的，却是初春和冬季。薄薄的冰层覆盖着整个湖面，水中静立的水草还保留着秋天的色泽，透过阳光照射的冰面，散发出玉质的光泽，那是真正冰清玉洁的色彩。湖中散落着的枯枝枯木，与水中的水草交相辉映，斑斓的湖面呈现出五光十色的丰采：蓝色、绿色、黄色、红色，色彩纷呈其上，交织渲染，完美地演绎着色彩从浓到淡，光线从明到暗的极致变化，那是完美的过渡和无暇的衔接，那是不可能出自任何一个画家之手的风光，除了大自然的鬼斧神工，那是让任何一个画家都会感到绝望的画面。

　　泉就在湖的上面，湖水其实就是泉水汇聚而成的。沿着七彩湖泊上的栈道，缓缓前行，一溪清流缓缓流淌，在冬日的严寒里散发着淡淡的热气，又瞬间变成冰凌，散落在小溪两边的苔藓上，令人无比惊讶的是，离溪水最近的苔藓竟然是鲜活的，似乎丝毫不受季节的影响。

　　再往前，只见两股相隔不足半米的泉水，"汩汩"地从一块大青石下源源不断地喷涌而出，一棵柳树就长在泉眼上面的石头上。更加神奇的是，这两眼清澈无比的，紧挨着的泉水竟然是一对阴阳泉，一冷一热，冷泉有虾鱼滋生，热泉却无活物。双泉一出地底，又迅速融为一体，汇成涓涓细流，汇成七彩之湖，真是神奇。

　　除了雨季，我担心松巴崎岖险恶的山路断了我的归途，在其余的季节里，每当我心有烦忧、挂碍，我总想着来这片静谧安详之地。

　　幽长的松巴峡，神秘的藏寨，是我安放心灵的地方，是我梦想的田园。

　　幽长的松巴峡，神秘的藏寨，更像是被历史遗忘的桃源。

2022年3月1日于贵德

又是一季梨花白

贵德的春天对青藏高原而言，到来得总是有些早，被称为"高原小江南"也是恰到好处、名副其实的。贵德的春天可能是青海最早的春天，也许，循化、化隆等地还要早上几天，因为初春时节，那两个地方的天气预报，气温比贵德还高。只是，我没有去过初春时的那两个地方，所以我认为贵德的春天是最早的，比江南的春天也晚不了几天。

春天来得早，树绿得也早，花开得自然也早，于是，从1998年开始，机灵聪慧的贵德人就办起了梨花节。每年4月初，最晚4月中旬开始，贵德的梨花渐次开放，也就迎来了如龙的滚滚车流，如织的蜂拥人流。贵德也就随着春天的脚步热闹起来，全然没了冬日里的死气沉沉。

虽然梨花节自2004年以后改名为"黄河文化旅游节"，但是，老百姓们依然称其为梨花节，从第一朵梨花绽放时就开始，直到十月落叶纷纷，凛冬将至时，梨花节才算谢幕。

人们都是喜欢跟风做事的，贵德的梨花节办得风生水起，于是，各地各种梨花节、桃花节、杏花节等，便走马灯似的轮番上演了。除了海东市乐都区下寨村的梨花节外，我几乎都没有去过。甚至从某种意义上讲，贵德的梨花节，我也没有去过，至少开幕式，我没去过。一是要上班，二是怕挤，怕人山人海，怕只见人头攒动，不见梨花白。就像每年的环湖赛一样，作为一名交通人，我都无法亲临现场，不是值班值守，就是在保通保畅。只能在手机上欣赏赛事风采，梨花节也同样与我无缘。

去下寨村观梨花，也是机缘巧合的事情。2021年4月，老马回乡探亲，我和永平去乐都看望他，喝一场酣畅淋漓的大酒自是不可少的。次日，老马说看完梨花再分别，于是，我们驱车前往下寨村。

下寨村就在高速公路旁边，村口的停车场、高速公路两旁停满了各式各样的小车，村口商贩云集，叫卖声、游客的嘈杂声、商家传出的音乐声交织，倒也热闹非凡。村庄两边是利用各家各户的宅子、院子开起来的农家乐和饭馆，几乎都是当地特色菜馆，偶见海鲜啤酒、川菜小炒一类。这里充斥着浓浓的商业气息和淡淡的乡土气息，倒也颇有乡村旅游的勃然气象。

下寨村的梨树颇多，约有上千棵，又颇为集中，盛开的梨花像一片雪的世界，又像飘荡在空中、触手可及的云海。老马拉着永平给他拍照，时不时对着一棵老树凝神沉思。而这次出游，也有了不久后老马的新作《梨花开遍是归途》的问世。我随性而至地打量着，试图发现乐都梨花和贵德梨花的区别，最后还是放弃。没有什么区别，梨花就是梨花，一样的雪白，一样的白里藏着红。不同之处，也只在梨花节的形式有所差异，区别也只在集中或散落之上。

贵德的梨花，不像下寨村的梨花那样是集中在一起的壮观瑰丽，贵德的梨花，最多的地方也就十来棵，大部分是散布的，或隐于古寺殿堂前后，或隐于村庄房前屋后，或散布田原沟壑，或肆意生长在林间田头。

到贵德看梨花，切不可盲目打听到哪里看梨花，而应该寻着村庄的纹路、历史的脉络，耐着心思去慢慢走访、寻觅。乐趣也不仅仅只在欣赏"玉作精神雪作肤"的梨花堆雪之盛，更在"众里寻他千百度，蓦然回首，那人却在灯火阑珊处"的一波三折里，在寻幽访春、曲径通幽、山重水复的路途上，在寻访梨花的广闻博览里。

我倒是省了不少事，不用四处去寻访。老宅子里就有一棵见证数百年岁月的老梨树，长成亭亭如盖的树冠。

其实，梨花的开放是有顺序的，先开花的是软梨、苹果梨等梨树，贵德特产长把梨，总是最后才登场。当所有的梨花都已绽放，长把梨树才挣开翠绿粉红相间的花蕾，在徐徐春风、皎皎月影中，一夜间便白了头。

梨花也不纯粹是白色的，梨花远看如雪，如堆似砌；近看如云，层叠翻涌；细看却是白里透红，粉嫩如婴。梨花的花蒂是粉红色的，花蕊也是粉红色的，只是开得多而艳，远观近瞧，愣是瞧不出那一抹粉嫩，只剩下如玉的洁白和无瑕的雪白了。

老梨树生存百年却依然鲜活，每年的春天都会在春风中醒来，在春雨中妖娆，依旧枝繁叶茂，葱葱茏茏，花开如玉，百媚千娇。梨花的白是精致而高贵的，那繁盛茂密的花朵，布满状如游龙的粗壮枝干，犹如戴着一顶洁白花冠的贵夫人，雍容而富态，娇媚而不妖艳，华贵得不沾染一丝烟火气息，让整个春天也充满飘然欲飞的仙灵之气。

梨树一夜白头，是为了给五彩缤纷的春天留白，让大地上的人们有遐想的余地，还是梨树也在思念着谁？

"人间四月芳菲尽"，高原的4月却正是"芳菲四月花似锦，正是人间好时节"，也正是百花争艳、春意盎然的时候，而梨花是这个季节里的主角，也是整个春季里最后开花的果树了。

"三更月，中庭恰照梨花雪"，赏梨花，最好是在月色皎洁、星空明亮的夜晚，沏一壶好茶，放一曲静心凝神的禅音琴曲，听春风轻拂，老树婆娑。星光浩瀚，月光如银，梨花似雪，光影交错，明暗交叠，动静相合，一切都是静谧的安详。在风动、树动、心随花动的静谧时光里，在斑驳陆离、暗淡无声的夜空下，心灵澄清净明，犹如那清明的夜空，一切都是那样洁净无瑕，不染一丝尘埃，恍若在高山上、在荒原上仰望星空，心中只有孤独相随，只有孤独的侘寂和悠远深沉的思考与回忆。有夏日炎炎，家人齐聚梨树下的欢乐；有中秋佳节，梨树下祭月听传说的期盼；也有丰收季节，满园梨香随手摘的自在和喜悦……

老梨树不仅粗壮，而且高峻，离地二十多米。说起老梨树的高度，倒也有一趣事，从小到大，我们因为垂涎树尖儿上大个的梨子，练就了一身非凡的爬树本领。只是，秋天的时候摘果子，只会爬树是没有多大用处的，必须用到云梯，要会爬云梯。

云梯一般是松、柏木制成，粗重笔直的独杆儿木料，高二十余米，在料身上每隔三四十厘米凿洞，穿上用作手扶脚踩的木排就可以了。云梯最初的用途，我无从知道，从小到大只知道各家各户都是用来摘梨摘杏的。

"用云梯时，云梯要竖得几近垂直，不可倾斜，上的时候手稳脚稳，肚皮要贴紧梯干。"这是父亲耳提面命的诀窍。可惜，我和老大两个人每次上云梯，就两腿发软打战，还没上到一人高，梯子稍有转动，就在一声尖叫声里一蹦而下。每逢此时，父亲就叹着气，恨其不争，怒其不幸地呵斥着："没用的东西，还不如人家女娃娃。"一面使劲儿喘着气，在不停的咳嗽声中往云梯上爬，树下是我兄弟俩面面相觑的羞赧。

我真的很羡慕隔壁核桃奶奶家的三个闺女，她们家的梨树比我家要多上许多，摘梨全靠仨女儿，那一个个云梯爬得像猴一样，俯仰自如、腾挪随意，让我们羡慕不已。"谁说女子不如男"，看着她们仨，再看看我们俩，自是从此不敢小觑女同志了。

也许，爬云梯本该就是女孩子干的事情。夫人生在城市，长在城市，却无师自通地会爬云梯，母亲在世时，她总是上云梯帮助母亲摘梨，后来，随着年龄见长、体态渐丰，自然也是摘不了了。现在，我们只能摘一些随手可及的长把梨解馋，其他的，就任其在冬风中枯萎成挂在枝头的风景了。

又是一季梨花白，岁月无声催人老。我也是青丝渐去白发生，一面抚摸着粗糙的老梨树，一面在明媚的春光里、繁盛的梨花季，感叹着岁月匆匆，感叹着人生无常。

"有花有酒春常在，无烛无灯夜自明。"梨花开了又谢，谢了又开，春天去了又来，来了又去，我们无法留住岁月的脚步，却可以心存希冀，心存牵挂，也只需在春风里等待，只需置酒于梨树下，邀月共待下一个春天，下一个梨花白如雪的 4 月，那又将是另一季梨花堆雪白飘零的岁月沧桑了。

2022 年 4 月 7 日于贵德

细雨纷扬的母亲节

人生始终是一个孤独的轮回，从生到死、由死向生的轮回。出生、成长、立业、成家、生养……最终步入无法躲避，只能面对的死亡。

我们在父母的背影里成长，望着他们的背影远去，消失在荒凉孤寂的小泉山腹地。山那头是父母的安息之地，山这头是我遥望的目光，中间是父母曾经走过的，而我正在跋涉着的人世间，我的儿子也正在远方遥望着我的背影成长。

在这生命的轮回里，我们就像被设计好的一个个程序，被冥冥之中那看不到的黑暗之手推动着向前。所有的机遇、缘分、平淡、精彩，仿佛不过是程序设计的碰撞、瞬间产生的火花，最终我们还是在这个程序设计的轨道上前行。我看不到生命自何处来，却看到生命往何处去，那是轮回的源点，是起点，也是终点。

如同我的出生是不可预知的，我的出身也无法预知、无法选择，我的父母如此，我也如此，我的儿子也同样如此。值得庆幸的是，我们可以选择一种态度去面对，选择一种方式去缅怀，直到回忆被小泉山的黄土湮灭。

昨日是母亲去世的七周年，兄妹几个约着去上坟，一路上，初夏的阳光艳丽而灼热。疫情期间，闷热的车里所有人都戴着口罩，我们以不夹杂任何忧伤的口吻探讨着久远的往事，能引起分歧的往往只是个人记忆的深浅。紧张压抑的情绪仿若代替了忧伤，也许是岁月的无情，早就抹杀了我们所有的悲伤，带走了我们仅存的哀思。

车窗外，路边的绿树，绿树外的麦田，郁郁苍苍。苍凉的远山愈发显得苍凉。路还是当年那条路，母亲背着背篓，背篓里是我，手中是上坟的祭品。

我在背篓里长大，母亲蹒跚的脚步愈发蹒跚。路还是当年那条路，你牵着我的手，沿着这条崎岖的山路，走过童年，走过少年，走过春夏秋冬。那曾经中途休憩的小树林，其中的一半早已被砍伐殆尽，只剩下丑陋的沟壑，如狰狞的伤疤；一半稀稀拉拉地保留着，在干涸的河床旁，用稀疏的绿叶青枝搭起一方阴凉。当年我依偎在你的身旁，听你说"男孩要坚强"的那条土塄，那条横亘在树荫下，让你我半倚半坐，让我撒娇的土塄也早已不见。就像你的怀抱一样，只让我不断追忆，却永远也无法触摸，是那样真实而又虚幻，那样可望而不可即。

"男儿有泪不轻弹"，成年之后，我以为自己早已心如铁石，我也认为自己活得够洒脱，看惯了人世冷暖悲欢，看淡了人间生离死别。父亲离世的那个夜晚也错过了。我悲伤地看着身边亲朋好友远去，庆幸着你还在我的身边。只是突兀的，你还是远离了，在我们声嘶力竭的挽留和哭声中含笑而去，唯一的一句遗言只是，想再吃一口馍馍。

人生不是一场电影，也不是舞台剧，没有那么多的深沉寄语，没有那么多的名言警句和治家格言。我在你的遗言里，听到的只是平淡的人生，只是尘世的烟火，只是一日三餐的柴米油盐，这是你留下的最珍贵财富，让我在你远去的背影里，幸福快乐地过好每一天，虔诚地对待一日三餐，认真地活着，快乐地回味过去的每一天，欣然地等待明天的到来。

思念是一条河，一头连着父母，一头连着我，河里全是忧伤。只有偶尔泛起的浪花，才是人生难得的欢愉，才是五味杂陈的人生最值得品味的甜蜜。

清晨，窗外青黑色的天空拉长了黎明前的黑暗，灰蒙蒙、阴沉沉。隔着窗户听着外面沙沙的雨声，偶尔夹杂着雨点扑落在窗户上的噼啪声。淅淅沥沥的小雨绵绵成线，汇聚成帘，如思念的泪水，朦胧着母亲节的天空，沾满了世间子女的胸怀，只剩下如幽暗深沉的天空一般的忧伤。

罗曼·罗兰说："母爱是一种巨大的火焰。"我却认为你像极了老宅灶膛里的柴火，在不温不火的毕剥声里，在平淡似水的日常里，用辛勤的汗水，用爬满皱纹里的欢乐，用躲藏在灶台后的泪水，用你身体的温度，温暖着我，温暖着贫穷的家。不用刻意造作，也不用肆意夸大，更不用虚伪地赞美，母爱是你自带的光环，是与生俱来的天性，只在简单的生活里随意地流露，随心展现。

你和全天下所有的母亲一样平凡，平凡得就像你每天会到田地里操劳，就像小时候，我发烧时，你昼夜不眠地用棉球擦拭我身体的焦虑；就像每次考试，早餐碗里出现的半截儿芹菜、两个荷包蛋的希望；就像午后似火骄阳下，流淌在你额头如珍珠般的汗水，是不用去渲染和炫耀的。正是这些平凡，让你和所有的母亲一样，足以承受任何伟大的赞扬和所有的美誉。

窗外的雨停了，两只麻雀站在对面楼房的窗台上，互相梳理着被雨水打湿的羽毛，不时地展开翅膀轻抚着对方，不时地传来雨后略微低沉的鸣叫。这是一幅温馨的画面，它们也许是一对夫妻，只是，我更愿它们是一对母子。因为，曾经的你也这样抚摸着我的头，催促着我快快长大，直到有一天，你再也够不着我的头。但是，我的头顶依然有你手心里的温度和爱怜。

直到现在，许多年过去了，甚至有时候，你的模样、你的笑容在我的记忆中都有些模糊。但是，我依然能感受到你的温度和温暖，我像保留一份原始的火种一样保留着这份温暖，始终无法舍弃，也不敢任它遗落风尘。

每个母亲都是菩萨的化身，每滴雨都是思念的泪水。我静静地伫立窗前，凝视着飘洒纷飞的细雨，看见每一滴雨里都是你慈祥、和蔼的笑容。只是，我也只能这样望着，我甚至不敢大声呼唤，不敢啜泣，害怕那晶莹的雨滴破碎，担心再也无法看清楚你的模样。

自你走后，每年母亲节，都会下一场忧郁的雨，每一个母亲节都被忧伤的回忆充满。

没有母亲的母亲节，我把祝福和欢乐送给我的夫人，把忧伤和思念寄托给这场春雨，然后，在这不知多少世的轮回里，继续不温不火地延续平淡的生活。

2022年5月8日母亲节于贵德

原来，父母在欺骗我

从小到大，父母亲郑重其事地告诉我的一切，原来都是假的，是在欺骗我。

小时候，每当我想和大人们一样无忧无虑地同小朋友们玩到天昏地暗，夜不归宿；每当我想要新奇的玩具，想要自由地流浪和飞翔，父母亲总是说："不可以，等你长大了才可以。"

那时候，奇怪的我每天总是有许多古灵精怪的"为什么"，总是有许多天马行空的臆想，总是有许多稀奇古怪的要求和梦想。在我狭小无知的心灵里，我的肉体始终是被束缚的，我的灵魂始终是被禁锢的。我总以为自己的天性就是被扼杀在所有和颜悦色的"不可以"里，我想象力的翅膀也是在和颜悦色的"不可以"里被折断的。

等我欢天喜地地告别了灿烂的童年，背上渴望多年的小书包走进学堂，我却浑然不知，当我从懵懂无知之中打开知识宝库、打开文明殿堂大门的那一瞬间，我便从无拘无束的童年陷入了规矩的泥沼。

没完没了的规矩、待人处事的礼仪、艰涩难懂的文学、枯燥乏味的数学……也许只有体育课、音乐课、美术课才是最值得期待的。虽然体育课除了跑步就是做仰卧起坐，但至少也算是在蓝天白云下的放风时间；虽然音乐课直到小学毕业，也没被教会几首歌，但至少我可以用歌声去宣泄对自由的渴望；美术课虽然更谈不上什么陶冶性情、培养艺术素养，但也至少可以让我自由地涂鸦，用所剩不多的想象力去描绘内心的世界。于是，父母又对我讲："再大一些，考上大学就好了。"

我怀揣着希望，继续跋涉在求学的道路上，"学海无涯苦作舟"并不只是写在书本上的一句话。我跋山涉水，向着远方风景最美的山峰行去，一个台阶又一个台阶，一山更比一山高，当我自认为寻找到最美的风景时，我才发现，远方的风景更美。

跌跌撞撞地过了中考，如苦行僧般封闭自己追求自由的心灵，抛下对美好爱情的向往，我"头悬梁""锥刺股"，迎着盛夏如炽的阳光，终于考上了大学，就以为迎来了生命的曙光。我在父母洋溢的笑容和自豪的语气中看到了自由的希望，看到了金光灿烂的大道坦途。

满怀着"春风得意马蹄疾，一日看尽长安花"的欣喜自得，神采飞扬、意气风发地走进大学的殿堂，迷离在包罗万象、五花八门的社团生活里；沉湎于卿卿我我、你侬我侬的爱情长河里；游离在欲罢不能、玩物丧志的游戏生活中；陶醉在应接不暇、五光十色的城市美景中时，那一门挂科重修的通知，像一盆凉水，从头到脚泼到我身上，像一记闷棍，击打在我头上，让我茫然得不知所措，让我羞愧得无地自容。我茫然于现实和理想之间，羞愧于荣耀和失落之间，痛定思痛，发奋图强后，才发现大学并不比我曾经路过的任何一段岁月轻松一些。

原来，大学并非如我想象般的美好，没有老师细致耐心地讲授每个人必须弄懂的知识点，一黑板鬼画符的高数无异于一纸天书，弄懂它靠的并非老师，而是图书馆，是自我学习、自我管理。没有父母一天到晚的唠唠叨叨、耳提面命，当我向往的自由变成了毫无边界的散漫，浑不知黑白昼夜，缺乏自制、自控，不知自省、自觉之时，我已是徘徊在堕落的边缘，游离在道德的悬崖。

原来大学也不是来混日子的，耳边充斥着补考、重修、劝退的各种通告，纷飞如雪的招聘公告传递着就业难的讯息，学校网站上每日的页面都是各系各科的精英……无形的压力，像一张看不见的网，压得我难以喘息，惶惶不可终日。当我唯唯诺诺地向父母倾诉上大学真难时，父母还是一如往日般笑着说："再熬一熬，大学毕业参加工作就好了。"

在那一瞬间，我明白，原来父母一直在善意地欺骗着我。欺骗，只为了淡化前行路上的坎坷磨难，只为减轻前行路上对未知的恐惧，只为了让我卸下记忆的行囊，放下过往，一身轻松地随风而行，踏遍万水千山，抵达最高的山峰、最美的风景。

而我所知的辛苦和艰难，只是在父母遮掩下的冰山一角，我感知到的艰难和辛苦，对生活的认知，远不止这些。

如果说社会是一座用各种程式化的仪轨、法律的高墙、道德的篱笆和复杂的人际关系共同织就的蛛网般的迷宫，那么大学就是一个复制了一切的微缩版的迷宫。而我就是这个迷宫中，试图在瞬息万变的万般可能性中排除一切障碍、从万般可能中找出一条捷径的幸运儿，而这条捷径甚至是唯一的，是唯一契合自己的那条。

我不得不停下来思考，停下来回想过去的一切，才发现，时光如一支射出去的箭，最绚丽的轨迹，都在过去的流光溢彩里；我走过的路，翻过的山，最好的风景就在我的身后。不知不觉间，我跋涉的脚印里已经拥有了世界的波澜壮阔，我站在了巨人的肩膀上，自由的翅膀并未被折断过，只是在时光的眷顾下羽翼渐丰即将翱翔，我的想象力也并未窒息，只是多了一些理性的指引。也许，当我离开大学，真正走向社会，生活的磨难才会真正开启。

法律和道德意味着自由的边界，如果说法律是社会性、政治性的，那么道德就是自然性、个体性的。空间是无限的，世界是有限的，自由和向往也是有边界的。而道德的边界，并非强加于人，而是来源于家庭和社会的熏陶，来源于个人的学识修养，来源于自身对自然的认知，而这一切，恰恰是我所经历的一切苦难和欺骗所赋予的。

是的，父母一直都是在欺骗我，欺骗我勇往直前，欺骗我时刻向前，迎着太阳升起的地方。束拢着我难以支撑野心和欲望的翅膀，引导着一切不切实际的幻想，直到有一天我能展翅飞翔。

我在父母不停的欺骗里，打开了一扇又一扇希望之门，时光却也关闭了一扇又一扇过往之门。我在父母的欺骗中前行，我在时光的流逝中回忆。未来可期，回忆美满，我无法回到刻骨铭心的往日，至少我还可以期待明天。

我在父母的欺骗里前行，但至少有一件事，他们并没有隐瞒，也没有欺骗我，那就是，自始至终，他们从不隐瞒对我无休止的善意忠告和无限爱意，他们也未欺骗过我，生活要历经风雨才能见彩虹，做人要心存希望才会到彼岸。

2022 年 4 月 22 日于贵德

一碗面豆子里的生活

儿时的记忆是深远而悠长的，就像儿时喜欢的食物的味道一样，让人念念不忘，在岁月的沉淀中历久弥新，愈发清晰，可见、可闻，甚至可以在梦中触摸。

儿时的欲望很少，幸福感的触点也很低。简单的游戏，简陋甚至有些粗制滥造的玩具，在泥土的芬芳里伴着我们走过一年四季，村庄的犄角旮旯里都洒满了我们的欢声笑语。

小时候，农村的生活要清苦一些，基本上完全是自给自足的生活模式，需要购买的东西并不多。粮食是自家田里种的，菜是自家地里长的，水果是果园里现摘的，猪啊、鸡啊的，也都是自己拿着烂菜叶喂大的。

那时候，人们对生活的欲望很低。对我们来说，最大的愿望是能吃一点好吃的，而这个愿望也往往很容易满足。所以日子过得虽然清贫了些，幸福感却是满满的，像极了时刻挂在母亲脸上的笑容。

直到现在，我依然能清晰地记起来，曾经，亲戚家里某一样食物制作得出类拔萃，口齿间依然是满满的记忆中的味道。比如大舅、奶奶家的油馍馍酥软脆香，火锅精致丰富，味道浓郁；大舅母家的猪头肉压得紧实，层次分明，弹牙有嚼劲；专业置办农村酒席的沈大厨的酥合丸香气浓郁、甜而不腻；等等。诸如此类的家常美食让我总是无法忘却，而且成为我长期以来评判美食的标准和参照。

当然，所有的美食里印象最深的，依旧是母亲曾经做的家常味道。母亲生前的茶饭手艺堪称经典，受到亲友们的一致赞扬，而我对美食的概念、我的味蕾以及对美食的品评基础，也正是建立在母亲的茶饭和母亲亲手创造的生活滋味里。

其实，所谓的期待的美食，在现在来看，只是再平常不过的家常风味儿，也只是赖以充饥的果腹之物，甚至包括一些，那个清贫岁月里寻常而又不可多得的零食，如炒大豆、炒面豆等。

时过境迁，小时候弥补蔬菜不足才去挖来吃的野菜，现在堂而皇之地上了高档餐厅的饭桌，冠以山珍之名；琳琅满目的坚果零食，取代了儿时难得一见的小吃零嘴。只是面对日益丰富的食物，我却总是忘不了母亲炒的那一碗面豆子。

面豆子当然是面做的，做法简单却颇为费时耗力。先要发面，面发酵好之后要和上苦豆粉，再加入一些食用菜籽油，然后把面、苦豆粉搓揉得均匀又筋道，再搓成长条形的面剂子，用刀切成拇指肚大小的小块备用，炒锅上油，最后倒入生面豆子，不停地翻炒，直到炒得四面金黄、外脆里酥，就可以出锅享用了。因为和面、炒制的时候都加了食用油，再加上苦豆粉独特的清香，入口酥脆，久放不坏，大小适宜，状如油炸的兰花豆。口口香脆的面豆子，自然成了儿时别具一格、风味迥异的零食。

炒好的面豆子，用来当零食，一则方便食用，又能充饥；二则加了食用油，炒干后，十天半月也不会腐坏，且常保酥脆口感。最重要的，还在于苦豆这种香料的使用，不仅清香扑鼻，常食还能缓解肠胃不适、口腔溃疡等疾病，这应该是不起眼的面豆子受到大人和小孩们一致青睐的原因所在。

这款特殊的零食，也并不是经常能吃到的，就像炒大豆要到农历二月二，瓜子花生更是奢侈得只能过年才有一样。母亲只在每年秋收后，才会奢侈地做上一些。

我对面豆子的怀念，则是来源于我上初中时，大哥在省城上大学那段时间。

那个年月，上大学要粮票，家里的粮本上是不够全家人用度和大哥上学所需的。父母一面想着法儿节省用度，一面又怕老大吃不饱，在学校挨饿影响学习，就只能另寻他法。所以，那几年，母亲每隔一段时间，就会炒一些面豆子，清油、苦豆粉都加得比往常多一些，做出来的味道自然也更加香浓诱人。

炒好的面豆子，母亲盛到干净的簸箕里稍加晾晒，把绝大部分都装进她亲手缝制的白布小口袋里，系上绳子，然后拜托开大货车的表舅和表叔，带给上大学的哥哥，只留下一小部分，也就一碗的量给我们解馋。

留下的那部分，大多自然是进了我的嘴里。可我每次抻着袋子，看母亲往袋子里装散发着腾腾热气和香气的面豆子，总是垂涎欲滴，满脸的闷闷不乐。母亲也总是一边不时地往我嘴里塞上一颗，一边对我说："你哥上大学，不在家，不能让他饿着肚子，你在家里有吃有喝，隔几天我再给你炒。"于是，我愤愤不平地看着越来越鼓的白布袋子，面豆子越来越少的簸箕，暗暗发誓："哼，我也要好好学习，以后考上大学，每次让母亲给我炒两袋面豆子。"这可能也算是多年后我能考上大学最原始的动力吧。

实际上，大哥毕业参加工作后，家里光景慢慢有所好转，面豆子也就慢慢地淡出了我的视线和记忆，母亲似乎也没再想起来炒面豆子。细细想来，我也近乎三十年没有吃过面豆子了，但是，那特殊的香味和我当时的愿望，却不时闪现在我的脑海里。

在那个清贫困窘的年代里，渴了舀一勺凉水，"咕咚、咕咚"地畅饮；从菜地里拔的萝卜，摘的西红柿、黄瓜也从来不洗，只在衣服上蹭两下，就可以大快朵颐；上高中时，所有人都是一个馒头就当一顿中午饭……生活是那样简单，又是那样丰满而美好；日子是那样平淡，却总是充满幸福和快乐。

是什么破坏了我们的味蕾？是什么让我们在"食不厌精，脍不厌细"的一日三餐里一片迷茫，纠结于"吃什么，怎么吃"的问题？想来还是物质过于丰富，而精神过于贫瘠、追求过于平淡了，大概是这个原因吧。

人生是漫长的，生活是琐碎的，日常是无味的，我们终归不能沉湎在回忆中死去。那么，只能选择积极地面对，把所有的困苦，权当香甜的面豆子，细嚼慢咽，再把鸡零狗碎的日常过成诗，把油盐酱醋的爱情变成美好的远方，填满诗情画意的向往和期盼。

如此看来，岁月不外乎追忆和追求，漫漫人生也不过一碗滋味在心的面豆子而已，值得用一生去回味和体悟。

2022 年 3 月 24 日于贵德

腊八粥

作为一名土生土长的青海人，我自始至终都对面食情有独钟。虽然我也很喜欢祖国大地上品类繁多、香味各异的各种美食和小吃，但对米饭、清粥之类的，却总也无法提起食欲。在我看来，所谓的粥，就应当是一碗散发着诱人香味儿的麦仁儿粥，是一碗喝下去暖身暖胃的腊八粥。

在贵德的乡下，如果仔细留意，几乎每个村子里，都会有一个露天放置的青麻石质地的大石臼，直径二三十厘米，甚至更大一些，石臼的大小似乎和村子的大小有关。石臼放置的地方一般在碾场的场院里、磨坊外面，或者干脆就在村子里较为宽阔的路口。

我们村子的磨坊后门通向仓库院，也就是现在的村委会，当然，仓库院是很久以前的叫法了。从磨坊的后门走出去，门外的地上也有一个石臼，大家都习惯把它称为"茶窝儿"，浑圆的茶窝儿就那样露天放着，一大半埋在土里，露出的小部分，外皮粗糙，显露着坚硬的青石质地。内部，不知本就是打磨得光滑无比，还是因为用得久了而变得光滑，但确实光滑平顺而又圆润。

为什么叫茶窝儿？我问过母亲，也问过许多人，都不知道这个名字的由来。有人说是平日里喝的砖茯茶太硬，难以撬开，需在石臼里舂开才能用，故得此名。我却不敢苟同，茶窝儿，我从没见过有人舂茶，只见人用来舂青稞、麦子，也没见有人叫"麦窝儿"一类的。而且，在青海的大多数人家里，以前也会有一个石质的小茶窝儿，直径只有十厘米左右，用来捣蒜，捣调料粉、辣椒面一类的，我也从未见过有人拿它来捣茯茶茶砖。茶窝儿之名，在我想来，还是应该与当地族群从南到北的迁徙和对祖地的记忆一类的有关，但也只是猜想，却无从考证，只得姑且信之。

青海并不产茶，当地人喝茶都是以茯茶为主，做熬茶，煮奶茶，湖南益阳产的茯茶为上品，是庄稼人干活解乏之良品，是待人接物的必需品，也是母亲曾经的最爱之物。母亲只在过年过节时用茯茶、桂皮、草果、花椒等物混合在一起做熬茶，平日里少有此闲工夫。用一只白底红花的大搪瓷缸子，放些茯茶、桂圆、大枣，冲上水，盖上盖子闷泡着。累了、渴了时，坐在屋子里的大椅子上喝两口，稍事歇息，就又去忙碌了。

我和夫人结婚后，她总是以为母亲的大茶缸里会藏着好吃的东西，肯定有好喝的灵丹妙药，否则，母亲怎么会喝得那么香，还不时捞出个东西有滋有味地咀嚼着。每次回老家，她总是喜欢掀开母亲的大缸子，看看里面有啥，然后美滋滋地咕咚两口，直到现在。虽然她也知道那里面有什么东西，却依然坚信那缸子里有热乎乎、香喷喷的好东西。母亲走了许多年，她还是时不时地念叨着母亲那只伤痕累累的大茶缸。

而我对茶窝儿的记忆，则和茶没有任何关系，却和腊八节有关。

每年的腊八节前期，母亲总会精选四五斤饱满的干小麦，泡在清水里。泡麦子关键在于时间长短，大致在三五小时之间，母亲不时地捞一把，捏一捏，再用手握一握，凭经验判断是否应该捞出沥水。泡的时间短了，麦子皮不容易舂下来；泡久了，麦子太软，一锤下去就成麦片了。泡好的麦子，沥干水分，装在袋子里，母亲让我拎上秃了头的短扫帚、筐箩，去村里大茶窝儿那儿舂麦仁儿。

当地人习惯把"舂"这个动作称为"踏"（阳声），把类似上下运动，击打、捶击的动作都称为"踏"。舂麦仁儿，实际上都叫踏麦仁儿，就跟许多青海人把捣蒜称为踏蒜，吃生蒜称为口踏蒜一样。在贵德舂麦仁儿，和南方舂米的方式几乎一样，只不过用的工具是一个木柄石锤，重三五斤，平时就在磨坊里放着，由磨坊主保管。

母亲先用秃头扫帚扫去石锤和茶窝儿里的尘土，然后，跟磨坊主要些清水倒进茶窝儿里，用短扫帚反复清洗，直到感觉满意了，才把脏水扫出去，擦干茶窝儿，倒入麦子，用锤子反复锤击，直到麦皮完全脱落，最后用筐箩筛净麦皮，笸箩里就只剩下光洁润泽的麦仁儿了。

后来，我慢慢长大，也试着舂过麦仁儿，才知道那是个细致又费劲的活儿，极考验耐心和毅力。用力不可过大，过大麦子全碎了，用力过小，麦皮不易去除，一次性也不可放多，只能一点一点地来，实在是繁复而耗时间的体力活儿。

舂好的麦仁儿，经过反复清洗揉搓，直到洗麦仁儿的水变得清澈洁净，方可下锅。放入排骨段儿、碎肉块儿，大火烧开，撇去浮沫，加入八角、大香、草果、干姜、花椒、干辣椒、香叶等多种调料，然后在柴火灶上小火慢炖慢煨，一般都要五六个小时，一锅香喷喷的腊八粥，才算是大功告成。

其实，腊八粥用羊排做口味更佳，只是以前家里困难，买不起羊肉，多用猪排而已。吃腊八粥，还有一个秘诀，就是次日热着吃剩下的，这时候的腊八粥，麦香、肉香和各种调料的香味经过一整晚的放置，已经完全融为一体，吃一口，那才叫口齿留香，回味无穷。也方知袁枚《随园食单》所言"见水不见米，非粥也。见米不见水，非粥也。必使水米融洽，柔腻如一，而后谓之粥"的熬粥之道所言不虚，实属老饕的生活至理名言。虽然我熬的粥是用麦仁儿熬的腊八粥，但道理总是相通的。

腊八粥是冬季的食物，耐存储，所以母亲每次总会做一大锅，然后盛到一个大的黑瓷盆里，盖上盖子，放在南墙根下，让其在寒冷的冬夜里自然上冻。取用时，只需用大铁勺敲一敲，舀出两三勺，兑少许水，略加盐调味，就又是一顿让人垂涎欲滴、欲罢不能的早餐了。"过了腊八就是年"，一锅腊八粥，陆陆续续要吃到春节前，不仅开启了春节美食的味蕾，也是年味的开端。

结婚前，我以为全国的腊八粥都是一样的，材料都是一样的，做法也是一样的，直到夫人说起她家的腊八粥，才知道腊八粥还有其他做法，也在西宁的超市里见到混合粳米、白果、莲子、核桃仁儿、红豆、冰糖、大枣、桂圆等物的腊八粥配料。只是，我认为这两种食材的不同，是南北饮食文化、地域生活文化的区别，主要还是和南方人喜甜、北方人喜咸的生活习性有关，也是南北传统农作物的不同造成的。北方，至少青海的腊八粥，应该是大同小异的。

今年春节的一天，在西宁和龙老师聊起青海各地的趣事风物，恰好说到腊八粥，他很好奇贵德地区为什么会有这种舂麦仁儿的方式，也很好奇茶窝儿之名的来历。这顿时让我有些"丈二和尚摸不着头脑"，龙老师是共和人，与贵德接壤相连，难道青海还有不同的腊八粥做法？

他笑着说："河湟之地，大部分地区，都是在冬天河流、小溪的冰面上去麦皮的，用料倒是区别不大，不是青稞就是小麦，鲜见用类似舂米的方式去皮。"当我问及细节时，他却也不甚明了。

后来我又专门询问了共和、湟源、民和等地的许多人，都坚称麦仁儿就是在冰面上去皮，只都是好吃懒做的夯货，只知其一，不知其二，我一直未得其法，故也半信半疑。

直到前些天，又和海东一友人聊及此事，却无意中被他鄙视了。"把麦子或者青稞铺到冰面上，冻上一夜，第二天，从冰面上扒拉下来，直接用手或放在麻布袋子里，反复搓揉，没多大工夫，麦皮就自然脱落了，费那么大工夫，下那么多死力气干吗？"我不禁愕然，无言以对，也算是明白了"小鸡不尿尿，各有各的道""百里不同风，千里不同俗"，终归还是我孤陋寡闻，小觑了这个世界，不免有些井底之蛙之愧。

时至今日，每年的腊八节我也会做一些腊八粥，虽然不会像母亲做得那样多，但至少也可以吃个两三顿。麦仁儿也不需要去找茶窝儿舂，也不需要去河面上冰冻。超市里有现成的，当然，超市里也有类似八宝粥的米谷混料。只是，我不喜欢所有的米粥类的食物，夫人也就迁就我，每年总是买麦仁儿做腊八粥，过一个热气腾腾、香味四溢的腊八节。

腊八节，香喷喷的一碗腊八粥，开启了春节的祥和之门，也承载着我对村庄的记忆，饱含着对母亲的思念。一碗腊八粥，不再仅仅是传统的食物，而是一种回味无穷的记忆中的味道，更饱含着母亲的绵绵情深。一碗腊八粥，总是能让我瞬间逆转时空，回到那梦中的村庄，看到母亲斑白的双鬓，还有布满额头的皱纹和晶莹欲滴的汗珠。

无论麦仁儿的做法如何，也无论腊八粥应该以何种食材制作，一碗腊八粥都蕴含着一个地方的人情风物。腊八节也不仅仅是单一的传统节日，还承

静斋烟火岁月长

载着历史和各地的风俗民俗，就像那已经慢慢消失在村庄里的石头茶窝儿一样，也许还蕴藏着不断迁徙、逐水而居的人们故土难离的情感，还有流浪远方的人们对故乡的眷恋和悠长深沉的思念。

2022 年 4 月 9 日于贵德

绿树阴浓夏日长

贵德的绿色总是比高原上其他地方来得要早一些，春天也总是跟随着冬天远行的步伐，在不经意间出现在丹霞群山之旁、清清的黄河两岸。从春节后挂在树梢上稀稀落落的暗红色，到黄褐色，再变成淡淡的鹅黄，在某个清晨的回眸里变得苍翠欲滴，在某个傍晚的夕阳里，迎来初夏的油绿，夏天终于踩在春天的脚印里缓缓而来。

贵德是个群山环抱的高原小镇，群山荒芜，山石嶙峋，丹霞斑斓，少见植被，清澈的黄河水蜿蜒着穿城而过。夏季，我站在东山顶俯瞰，却发现满目绿树成荫，整个县城都遮蔽在郁郁葱葱的林海之中。静静的黄河，如一条蕴含着碧绿、青绿、翠绿、瓦蓝、墨蓝、天蓝的翡翠玉带，把整个河谷分成两半，那弯弯曲曲、百折千回着奔流向东的玉带里，包罗着所有我能想象到的绿色和蓝色，还有我无法想象也无法形容的色彩。

站在山上，就连平日里远望苍茫的群山，也是那样绿意盎然、花开灿烂。半山坡的梯田，顺着山势地形，层层叠叠地铺在山的胸膛上，变成群山的褶皱，所有的褶皱里都是金黄的油菜花和随风起浪的青苗。脚下铺满了厚厚的草甸，马兰花、野刺玫、狼毒花、甘青铁线莲，还有许许多多不知名的野花，在裸露的岩石旁，在茂密的草丛中绽放，群山早已没了我平日远眺的苍茫和荒芜。

夏天是漫长的。漫长的夏天，不仅仅只是始于立夏之日，也不仅仅是夏天踩着春天的尾巴，追随着冬天的背影开始，直到深秋才退去热情洋溢的暑热之气，还有那夏日里绵绵不绝的雨，还有美梦未醒天已明的惆怅，还有那从远古的山峦后面吹过的风。

贵德随处可见郁郁苍苍的树林，除了县城里的楼院小区，所有村庄都掩映在房前屋后的树荫里,就连庄廓院子里也是亭亭如盖的梨树、杏树。得天独厚的自然环境,让我习惯了把整个夏天都交给每一片相遇的树林,然后听风声响起,响彻整个夏天的天空和大地。

风轻轻地从树冠上掠过,听不到一丝风的声音,我却能看到风掠起的涟漪在树梢上荡漾,就像小时候母亲轻抚我的额头,就像春夜里爱人轻抚我的胸膛,那轻柔的风中扬起的枝叶,同样充满爱怜和温暖。微风在我的头顶之上呢喃,传达着远方的讯息和季节的律令。所有的枝叶轻舞飞扬,回应着风的呼唤、呢喃。我只能看见隐匿着的风的行迹,听不见风的呼唤、风的呢喃,但是,我能感觉到风的存在和风的心思,风应该是爱上了广袤的林海,也许只是其中的一棵树,也许是整个林海,只是像每一个初恋的少女一样,羞涩地表达着青涩的爱意。

风轻轻地吹着,我静静地依靠在树上,从枝叶的舞姿里看风的影子,从我的背脊里感受树干传来它的想法和感受,所有的树都在热情地回应着风的呼唤、倾听风的呢喃。"沙沙、沙沙"的声音响起,那是风的声音,不,是树的回应。轻盈的舞姿变得飘扬,在风中摇摆,轻柔的风,脚步更加轻快,从树冠吹过,在枝叶间穿梭。我听见风的喘息声响起,听见头顶上传来"哗啦、哗啦"的声音,看见树冠上舞动的飘飘衣袂,如《十面埋伏》里的流云水袖,曼妙的舞姿里隐藏着金戈铁马的暗流涌动,就像每一段温婉的爱情里都隐藏着躁动不安的青春一样。

风的喘息越来越急,越来越大,像响起的尖锐的哨声。风的步伐已经凌乱,疯狂地撕扯着我头顶上的树冠,在林海中漫无目的地穿行,甚至掀起了我的衣襟,钻进了我的衣服。那仿若冰冷的钢铁之刃般的冰凉让我忍不住打起冷战,激起无数鸡皮疙瘩。

风撕扯着枝条,在我的头顶竖起无数飘扬的旗帜,"啪啪"之声不绝于耳。树木的枝条疯狂地抽打着虚无的天空,抽打着无形的风虚妄的身体。所有树木都在呻吟,发出"咯吱、咯吱"不堪重负的声音,整个林海都在痛苦地呻吟、无助地挣扎。这无序的、狂躁的风,早已遗忘了起初的呢喃里所有的温情和甜言蜜语。也许,它只是想让爱情像狂风骤雨般来得更猛烈些,也许，它只是想让爱情如怒海狂涛般变得更刺激些，只是，忽视了树的存在，树的感受。风像一个缺乏自律的孩子，像个自私自利的刺猬，刺痛别人也刺痛自己，从来无法拥抱别人，或者让别人拥抱，虽然它的心中依然难掩爱怜、包容、温暖的渴望。

风渐渐地平复着狂躁不安的心，轻柔地抚慰着受伤的树木和整个林海的恐慌不安，最终黯然退去。天地之间又恢复了最初的宁静，天空罩上了一层厚厚的阴云，让整个树林变得有些幽暗，充满忧伤。平静的风爱上了宁静的树，最终消散在冲动的狂躁里，如我的初恋，始于那年五月的林海风声，也消散在那年冬天凛冽的朔风里。

我在风和树的爱情中凝望，静静地伫立树下，默默思索：到底爱情的出路在何方？爱情的结局是什么？我该如何让爱情保鲜，不让它如我沧桑的面孔般老去？我又该如何在功名利禄的俗世间，任清风拂面，狂风躁动，如参天大树般持着岿然不动之心？

"事了拂衣去，深藏身与名。"这是一种肆意洒脱、率性而为的态度，更是淡泊明志、看淡世间的淡然朴素的真性情。世事沧桑，风云莫测，人情世故纷杂得就如树上密密麻麻的树叶；人心难测得就像那无形的风，不知起始，不知向背，我又该如何在纷纷扰扰中坚持本心？我的本心又在何方？

"千磨万击还坚劲，任尔东西南北风。"生命不只是千锤百炼后的坚强，还有面对风刀霜剑的刚毅。人不仅仅是物质世界的生物，难能可贵的是精神世界的独行者，始终有一些精神值得成为我的信仰，成为我坚守的力量，让我孤独如树，自由如风。

"夜来风雨声，花落知多少。"老宅的苞谷杏因前些天那场雪被冻伤，随着昨夜的疾风飘落成今晨的青杏雨，铺满树下；田地里冻得发黑的玉米秆耷拉着枯萎的脑袋；群山深处，冻毙的牛羊，死亡前的悲鸣在风中飘荡。今夏，是个多灾多难的季节，霜冻受灾、疫情反复。除了昨夜子时前后的辗转反侧，除了聆听窗外斜雨清风的交响曲外，我在漫长的夏日里早已远离了绿荫如盖，远离了如涛如浪的风声。下一场与风的偶遇、雨的邂逅，也许就在"夜来南风起，小麦覆陇黄"的某个清晨或者黄昏。

  绿树阴浓夏日长，漫长的夏日刚刚踏上漫长的征途。疫情虽然封存了我追寻美景的脚步，却无法阻挡我寻求美的心灵和目光。火热的夏日里，失去的只是漫长夏日里短暂的美好，岁月悠悠，只此一时，又何乱我心哉？

  绿树阴浓夏日长，时疫不绝心莫慌。林海听涛，看风观雨，寻幽纳凉，临河悟道，是诗意的生活里娴静的夏日；宅家静坐，焚香品茗，听雨莳花，候月煮酒，何尝不是另一种美好的生活里更加惬意的夏日！

2022 年 5 月 14 日于贵德

夜游兰山觅清凉

到达兰州，是早上八点多，气温已是超过30℃，而天气预报说当日最高温度是39℃。接近40℃的高温，在离青海咫尺之遥的兰州并不多见。今夏，受全国大范围高温影响，离开家的时候，贵德气温已超过37℃，东部的兰州有如此高温，倒也是可以预见的。

医院的就诊很顺利，办好了明天住院的事宜，我们仨就急匆匆地赶往宾馆。宾馆不远，就在医院对面，只是要穿过两条相对的单行道，中间还有封闭的施工工地，原本不足五十米的距离，七绕八拐地变长了许多。

也许是靠近医院的关系，路上行人嘈杂，车辆混杂，四面八方流动的人群和南来北往的车辆在并不宽阔的人行道和马路上你争我抢、争分夺秒地奔向各自的远方，鼎沸的人声、不绝于耳的鸣笛声、路边小贩的叫卖声，还有中间工地上轰鸣的施工声，所有一切让本就酷热的天气，因这纷乱繁杂的环境和声音而更加酷热，就连吹过的温风，也似乎有了依稀可见的氤氲雾气。

没有帽子，没有伞，我们仨用手遮着各自晒得发烫的头顶，左冲右突，逃离了"沸腾"的马路，草草地在宾馆旁的牛肉面馆吃了碗牛肉面，就回宾馆休息去了。

约莫六点半的时候，电话响起，老张来电，说是准备一下，收拾下楼，宾馆附近不好停车，十分钟后楼下见，市内太热，上山去纳凉吃饭，这是个好提议。三个人立马收拾完毕下楼。宾馆里的空调很凉爽，一扫昨夜开夜车、长途奔波的疲累。随着宾馆自动门缓缓打开，一股热浪迎面袭来，令人呼吸不畅，几近窒息，本就早已清爽的身体瞬间沁出密密麻麻的汗珠。夏日的黄昏，无疑是漫长的白昼气温最高的时候，就连空气中都弥漫着扑面而来的热气。

静斋烟火岁月长

老张带我们去的五泉山，距离我住的地方不远，也就三四公里，紧挨着市区，就像白塔山一样，都是近市尘嚣远的好去处。五泉山是皋兰山的北麓，兰州人称其为兰山，海拔一千多米，加上兰州市本身的海拔，也差不多有三千多米了，相当于青藏高原上藏区的海拔了，应该是个纳凉避暑的好去处。我一面听着老张的介绍，一面心存期待。

山路崎岖陡峭，弯多而急。路左侧稀疏草木外的悬崖下，就是兰州市城区，右侧除了山崖，偶见零散的民居傍山依势而建，看模样都是当下流行的农家乐。不时可见山民或商家站在路边，拍着双手，高喊着住宿、吃饭，干净卫生诸如此类的话语，卖力地招揽着过往的车辆行人。

因为不是周末，路上的车辆不多，三三两两徒步上下的行人倒是不少。听老张说周末他也很少来，人多车多，经常堵车，今天难得如此清静。

车愈行山愈高，我从车窗向外望去，山下不远处的城区笼罩在灰蒙蒙的尘烟里，风尘弥漫，犹如沙尘暴过境一般。暗淡迷乱的城市就像穿城而过浑浊不堪的黄河一样混沌。落日的余晖映红了大半个天空，金红的光芒透过山崖边碧绿的树冠斑驳着路边红瓦白墙的古刹，却终是照不透笼罩城市上空的重重迷雾，这是盛夏里昏暗的城市昏暗的黄昏。

在我看来，一个城市，如果还有尘土飞扬、机器轰鸣，至少证明这个城市还有活力，还正处在年轻昂扬的高速发展期。我看着山下尘土飞扬的城市，望着四周茂密苍翠的群山，回想着二十年前的兰州和现在对比，最起码天比以前蓝了许多，虽然黄河依旧如当年一般浑浊，但是，一切都在向好的方向发展。

老张一面询问着儿子的病情，一面坐在副驾驶上给我们介绍着玉泉山悠久的历史和名胜古迹、人文趣事。他笑着说："兰州人有句戏言，就是讲兰州城白天看是阿富汗，夜晚看如曼哈顿。"言下之意就是白天市区混乱，夜晚灯光璀璨，而观景最好的地方就在五泉山上。我说："这个比喻很形象，就如现在黄土迷漫、轰鸣之声不绝于耳，颇有一番战乱景象，但我很期待今晚的灯火阑珊。"

往山顶走，地势逐渐开阔，农家乐鳞次栉比，路上的行人和车辆也多了起来，商家揽客的招呼声此起彼伏。气温明显比山下低了许多，微风在山上已经开始摇晃得所有的枝叶哗哗作响。夕阳已经落尽，此时正是华灯初上的时候，所有的农家乐灯火通明，五颜六色的灯光、装饰，把整个山头也渲染成了五颜六色的闹市街区。

找了家吃饭的人比较多的农家乐，停好车，沿着简易的彩钢棚下花花绿绿的小道一直向里走。小道里安装了一排喷水雾的设备，淡淡的水汽升腾，顺着我裸露的皮肤划过，随着山风消散在半封闭的凉亭里，也仿佛带走了盛夏的酷热，与山下的繁华闹市，判如两个世界，形成冰火两重天般截然不同的强烈反差。

选了一座靠近悬崖边上的亭子，身后的窗户外边就是悬崖下沿着狭长的河谷生长的城市。山风从洞开的窗户里呼啸而过，掀开我的衣衫，吹起夫人的长发，颇有一番"溪云初起日沉阁，山雨欲来风满楼"的意境。我甚而从穿堂而过的山风中感受到深秋的山风寂寥，暮色清凉。

向窗外望去，四周绿树掩映，林荫如盖，幽谷纵横，多见层楼叠阁，飞檐翘角，沿山铺陈，依山就势，隐有山泉溪流潺潺。好一个相映成趣、钟灵毓秀的清幽胜地，不愧是兰州人民避暑纳凉的绝佳之地。

"携杖来追柳外凉，画桥南畔倚胡床"，此时此刻的我，吹着微凉山风，赏着如画山景，看着灯火阑珊，我突然觉得，我爱上了这个美妙的夜晚。这是盛夏初启，小暑节气里最惬意的夜晚。我不得不心生感慨：老张有一个真诚而有趣的灵魂，有一颗细腻而体贴的心，用心生活，诚以待人，总是把每一次相遇安排得如此恰到好处，诗情画意得令人难以忘怀。

懂生活的人，才能让生活懂你，才能让我们一世烟火，俯仰不惊，波澜不兴。

几人酒足饭饱，出了农家乐，沿着路边的溪流，在水流淙淙中步行上山，路上是堵得水泄不通的车辆和三步一停的行人游客。

站在三台阁景区的制高点，几乎能看到兰州市的全貌。灯火璀璨的高楼大厦，灯光如星如豆的老城区，流光似火的阡陌交通，整个城市犹如一条灿烂如火的巨龙，伴着古老的黄河翱翔，这座古老的西部重镇再一次焕发出勃然的生机，在沉寂的夜晚，绽放着所有的美丽。

极尽清凉的山风吹散了微醺的酒意，意犹未尽的我们告别山风，辞别灯火辉煌、树荫斑驳的山峦，找了代驾驱车向宾馆出发。尚未完全下山，行至伏龙坪前后，滚滚热浪夹杂着城市的纷乱喧嚣，再次向我们袭来，细密的汗水再次爬满我清爽洁净的身体。

如果不是明天还要给儿子看病，今晚夜宿兰山，推杯换盏，抵足而眠，听风声如涛，与虫吟相和，看月光清冷，与灯火辉映，那无疑是又一番风花雪月、美好旖旎的时光了。

兰州是个好地方，兰州人是有福之人，尚能在纷繁的尘世间觅得一方幽静之地，尚能在酷暑的夏日里寻得一地清凉，闹中存静，山高水长，结庐人境，无车马喧，五柳先生所慕所隐之所在，想来，也不外如是了。

2022 年 7 月 8 日于兰州

周末有约南风醉

昨夜和老张、老代、老负三人喝了一场酣畅淋漓的大酒，在服务生的催促中离开饭店，意犹未尽的四个兄弟，又跑到我住的酒店，互诉衷肠，絮叨着各自的中年生活，时不时通过微信打视频电话连线远在南方的另外三位舍友，还有曾经心仪仰慕却早已为人妇的女同学们，直至凌晨才依依不舍地告别。这是自毕业二十周年小聚后的第一次重逢，算来，也五年有余。不过，网络时代最大的好处，就是所有的远方都已不再遥远，所有的距离都不是什么问题，就像今夜，当年长安大学314宿舍的舍友们，在网络空间里再次重逢一样。

昨天下午，兰州确诊一例新冠阳性患者，吃饭的时候我还戏言："我们聚餐是否有顶风作案的嫌疑。"老代指着外面座无虚席的饭店大堂说："目前只有一例阳性，而且是集中隔离点发现的，社会层面风险不高，兄弟们许久未见，先见个面聚聚，如果后续疫情严重，就不好见面了。"遂也心中释然。

说真的，同舍的七位兄弟关系一直都很不错，时常有电话往来、短信沟通。尤其是甘肃的三位，细心周到的老张，不拘形迹的老代，沉默寡言的老负，都是性情中人，待人真诚，没有太多的心思，而同学之间的交往更是直来直去。我虽然对突然暴发的疫情有些恐惧，却因他们的热情而无法拒绝，尤其近几年，和老张在青海还见过一两次，老代、老负已是多年未见，更是无法拒绝他们的盛情了。

早晨起来，窗外的天气依然是那么闷热，从宾馆窗户里吹进的风依然如昨日般带着季节独有的燥烈。洗漱完，赶紧出去给夫人和儿子买风扇和生活用品，送往医院。说来可叹，偌大的兰大二院的皮肤科设在陈旧的老楼上，没有电梯，没有空调，没有风扇，近40℃的高温，夫人和儿子可是遭了大罪。我有心替换，可是夫人不愿意我遭罪，加之疫情期间医院对陪护管控很严，换人陪护手续烦琐，也就作罢了。

再次回到宾馆，写了两页文字，老张来电说是约了老代他们，到滨河南路黄河岸边喝茶，遂出门应约而去。

虽是疫情期间，大街上倒是人来人往，车水马龙，似乎初起的疫情并没有引起人们足够的重视。许多人连口罩也不戴，在大街上三五成群地聊天儿或匆匆忙忙地奔行在烈日下，我紧了紧自己的口罩，不禁有些担心。

河边的简易茶摊上，人并不是很多，稀稀落落地坐着三五桌闲人，大部分的桌子是空着的。这不是周末的黄河畔阴凉下的茶摊应有的景象。看来，疫情对市民的生活还是有些影响的。

老张带着他的儿子在紧临河边的茶桌旁等我，并告知老代和老员因故不能前来。沏了两杯八宝茶，叫了一小桶扎啤，坐在堤岸上的依依杨柳下，吹着掠过河面的微凉清风，惬意的周末自茶香酒香中开启。

茶桌离河边很近，老张的儿子就在桌子和河堤边的空地上玩耍，我不时地打量着趔趔趄趄的孩子，总是担心他因跌倒而滑落河堤，老张却笑言："不妨事，经常来玩，习惯了。"

孩子是老张的老二，生于二孩政策放开之后，刚好四岁。我的同学们大都是在那一年生的二胎。老张嘴里虽然大大咧咧地说着似乎粗心大意的话语，一边和我聊着各自的工作生活、聊着家庭子女、聊着远方的同学，回忆着曾经的美好，眼神却从无片刻离开过旁边玩耍的孩子，眼中只有深情的爱。那深情的注视是每一个父亲对稚子慈祥的守护。只是，所有这些慈爱，终将伴着成长而被深深地隐藏，变成孩子眼中永恒的严厉和苛求。

孩子拿在手上的玩具车，不时地掉落到河堤下的乱石堆里，老张不厌其烦地爬上爬下，帮儿子捡着玩具车，没有怨言，没有责备，真是个有耐心的好父亲。我突然之间不再羡慕老张，也不再羡慕所有生了二胎的同学。我宁愿如现在一样，吹着徐徐夏风，喝着啤酒，静静地看着他们尽享天伦之乐，未尝也不是一件幸事。劳心劳力地让我再重来一次抚育幼儿的痛并快乐地生活,也许,对我而言,已经是不可胜任的重负了。

我看着不辞辛劳的老张,调侃道:"真好,有个老二,累了乏了,还可以逗着开心,更可以把老大成长过程中积累的经验移植到老二身上。只是苦了老大,颇有些做了实验品的感觉。不像我,好坏也就这一个了。"

老张笑言:"儿孙自有儿孙福。虽然累点,可是,许多时候,还是真心地觉得幸福。"

是啊,我们总是喜欢天真烂漫的孩童,容忍他们所有无理取闹,却始终容不下长大后他们的叛逆,反而在成长的路上给予他们沉重的压力和包袱,极尽所能地遏制他们的天性和自由的梦想。就像一个短视频故事所讲:女儿问爸爸:"你知道什么鸟最可恨吗?就是自己飞不高,'扑哧'一声下个蛋,然后孵出一只小鸟,逼着它鹏程万里的老鸟。"其实我们每个身为父母的人都像那自己飞不高的老鸟一样,总把太多的希冀和愿望加于孩子们身上,疲惫着自己和孩子的身心。我总认为,孩子的叛逆根源不过就是父母本身,是父母无休止的耳提面命,是父母过于宽泛而严苛的管教。

如我一般,也只是因为高三时儿子反复的病情,才放下了一些执念。那时候,儿子上高三,遵医嘱不能吃肉、蛋、奶等高蛋白食物,不能吃调料,所有饭菜只是放一点盐,没有任何味道,更遑论营养了。看着持续下滑的成绩,我在安慰儿子的同时才明白:比起名牌大学,比起出人头地,身心健康才是最重要的,如同一家人患难在一起,比什么都重要一样。

让每一个孩子自由自在地凭着爱好和天性成长,作为父母的我们,只需要引导树立一个明确的方向,也许每一个生命都会有质的变化,都会有更好的成长,会有更精彩纷呈的明天。

孩子在我和老张的鼓励下,拿着我俩喝空的啤酒小桶,小心翼翼地顺着河堤走了下去,高高兴兴地从河边取水和沙。没多久就和一些大一点的孩子们玩在一起,很快地融入他们的游戏,兴高采烈地在沙滩上嬉笑玩闹。

我羡慕地望着无忧无虑的他们,不禁有些为成年人的世界而悲哀。谨小慎微,谨言慎行,小心翼翼地保持着人与人之间的距离和社交的分寸,用虚伪的面孔应付着众多也并没有那么真诚的面孔。我们的天真、真诚、善良,又被我们丢在了何方？

　　临近傍晚，河边上的游人越来越多，人声渐沸。河岸上的风也在渐渐壮大。风从奔流的河面上吹起，从哗哗作响的枝叶间吹落，吹动帐篷两边垂落的幔帐，傍晚的河畔愈发清凉了。风吹皱的河水逐渐漫上孩子们玩耍的沙滩，老张催促着玩得不亦乐乎的孩子离开欢乐的沙滩，来到桌旁，一边用爱怜的口吻埋怨孩子弄湿了鞋子，一边心疼地帮他脱去湿漉漉的鞋子，用纸巾擦干胖乎乎的小脚丫，便抱着孩子，和我一同向市内走去。

　　我从碧水蓝天的黄河上游而来，相约在浊浪翻滚的中山铁桥旁，在炎炎夏日里，寻荫纳凉，解风入怀，自在惬意。虽老代、老负因故缺席，略存遗憾，但是知道在这个夏日午后的周末，有一份慈爱和守护，触动着我敏感而脆弱的心灵，让我梦回童年。

　　曾经，我也在父亲慈爱的目光里长大；曾经，我的儿子也在我呵护的双臂间玩耍。只是，这一切都已经遥远得仿佛早已不再真实。

　　周末有约南风醉，醉人的不是清爽甘醇的啤酒，也不是夏日里昏沉的南风。而是这深刻于心，被岁月埋藏的真情，是流露于心的亲情，是相识相知的友情。

　　我决定，从明天起，做一个内心丰盈的人，读书、写字、喝茶、听琴、陪伴家人……我决定，从明天起，做一个温顺豁达的人，戒躁、制怒、顺心、静意，关爱家人。

2022 年 7 月 9 日于兰州

牙事琐记

一、疯狂的牙齿

忽一日，看到陆游诗句"头痛涔涔齿动摇，医骄折简不能招"挺有韵味，我料想陆大家可能患有严重的牙疾，方可偶成此句。

对牙疼，我是深有感触，并深受其害的。牙疼时，能忍则忍，不能忍则弃。就医问药不过是万般无奈之下的抉择。

很难堪、难看的事情是，天生一口参差不齐、奇形怪状的黑黄牙，让人误以为是烟酒过度所致，实在郁闷伤心得紧。其实不尽然，我抽烟很凶，酒量很大（2017年因病戒了，后又复饮），但牙齿的形色与此几无关系。据说是与年幼时饮用的地下水中含氟量太高所致。好像有些道理，附近村庄里年岁差不离的人群里，黄牙居多。

这乌七八糟的牙齿，在我看来，至少是有损俊朗高大的形象的，类似难以掩瑜的污点，对年少求偶、成年求职或多或少会有一些影响。

我依然很纳闷儿：同村同源，吃同样的大麦面，喝同样的地下水，为什么有些人的牙齿白而齐整？于是，我经常会很羡慕电视上非洲大陆上那一口口白牙，啧、啧、啧！看人家那色泽，太美了，但也只限于羡慕罢了，毕竟我是黄皮肤，永远达不到那样的对比度。

大多数成年人正常有28—32颗牙，这是个医学常识，多于28颗的叫智齿。可为什么叫智齿，不叫"弱齿"或其他什么名称呢？想来可能与智慧有关吧。齿多可能智商也随之高些吧？纯属个人想法，与科学无关。

既然叫智齿，这种想法，应该也能站得住脚的。顺带也能解释得通我智商明显低于我夫人和儿子的问题,因为他俩都有智齿,还美称"小虎牙",让笑容显得更加甜美真实。这也让我羡慕不已,甚至有些嫉妒了。

我没有智齿,但我的牙齿数却远远大于32这个数字,清晰地记得,我上高三时还在长牙。1995年的春天,那最后一颗牙齿就如我萌动的爱情、躁动的青春一般,冒出了头,长在我的"天花板"。青海人习惯把上颚叫"天花板",我一直以为是个很形象、贴切、古雅的词。

从上小学到高中,我的牙齿从未停止过和口腔不屈不挠的争斗,总是想突破口腔和牙龈的束缚,自由自在地、随心所欲地生长。我想,年轻时跳脱、桀骜、自由散漫的性格形成应与此有关。

我不听话的像打了增长素一般疯长的牙齿,在上牙龈正常牙齿以外并排依次长出过2～3颗,让我的上唇使劲向外突起,下牙龈也是如出一辙。像极了某种生物的獠牙,只是稍短一些,也幸好每次只长出一颗。

那会儿,我常在思考:我是不是会返祖?人类的祖先到底是猴子、野猪还是剑齿虎呢?至于没有去想大象,甚至猛犸,主要是体形悬殊太大的缘故。

为什么没有继续思考下去呢?一个著名的人类学家、哲学家、进化论学者就此夭折了……

长了许多不太顺从的牙齿,也就多了许多牙疼的记忆,多了许多就医拔牙的经历。

二、牙疼记

牙疼真的是撕心裂肺、刻骨铭心的,但是老人们总在你牙疼时的哭闹声中带着淡淡的不经意的笑容说:"忍忍吧,一会儿就好,牙疼不是病。"直到你实在坚持不下去时,幸好还记得下一句"痛起来会要命",然后,给你咬两粒花椒,或者冲一杯淡盐水。吃药,一般不会的。

那时的人们都很淡然豁达,是看透世事人情的洞明练达和睿智幽默,而不是对生活和生命的淡漠。他们清晰地了解事情发展的走向和结局。

牙疼之初,如初春生命的萌动,欲出的牙根似冲出藩篱的小草一般膨胀,一丝如有如无的肿胀感，伴着些许酥酥的麻痒。不知何时，小草破土，小牙冒尖，一阵短暂而剧烈的疼痛钻出牙龈，一种难以忍受的撕裂，如分娩时的撕裂、如地震时的撕裂，瞬间穿过脸颊，传向大脑，思维停止，甚至地球也停止转动了。剩下的就只有连续或间断性的无休止的痒以及时胀时痛的混沌和无眠了。

牙疼不仅会导致脸部疼痛和头痛，有时还会导致肩膀疼。这种时候，药石几乎无用。

"初生牛犊不怕虎。"这话我是相信的。尤其是20世纪五六十年代的小孩，特别是农村小孩，除了怕生、怕饿，其他什么都不怕的。

一个个就跟混世魔王一样，天不怕、地不怕，尤其不怕疼。

从换牙时拔蛀牙，到拔乱七八糟疯长的废牙，从来都是自己动手。一根比较结实的细绳，一头拴牙，一头拴教室门，"咣""啊"，踹门的声音和惨痛的叫声先后响起。一缕鲜亮的血迹、一颗带着肉丝的牙齿，如彩虹般以优美的曲线滑落。美中不足的是，鼻涕眼泪瞬间爬满强装无畏的稚嫩脸颊，有些大煞风景，男子汉的英雄气概和形象近乎全无。

听医生说，这种行为很危险。事关生命，看看、听听就好，请勿模仿。但想来医生的话也不一定准确，那会儿的男孩子，都这样。

1995年，我准备参加第一次高考，我曾参加过三次高考。当时喜欢上一位文静美丽的女孩，每天装模作样地在她面前吟诗作赋，在细雨纷飞的早晨，在夕阳的余晖里，孤独地仰望，故作深沉地思考。恰如一只求偶的火鸟。

最后的一颗新牙，不合时宜透出了我的"天花板"，对我造成极大困扰。

喜欢一个人或被人喜欢的日子总是愉悦而短暂的，有一天中午，大家一起吃饭，当然，还有美丽的她。所谓的午餐，一律是两个馒头，一杯白开水而已。一口下去，上边一排、下边一排，"咦？怎么中间还有一排？殊不知多余的那排牙齿印正是我天花板上的牙齿咬出来的。于是，在大家恶作剧的哄笑中，悲愤难当，决意除之。

三、拔牙记

犹豫了许久，终于抵挡不了面子和虚荣的诱惑，在昨日的嬉笑声中，去了县医院牙科。

那时的医院还在西栅街东口，紧邻农贸市场。牙科大夫是童国权，之所以记得他的名字，是因县医院的大夫很少，很久难有变化，两年前他还在牙科，听说要退了。

陪我去医院的，好像是我的死党——党平。童大夫随意用手术灯照了照，用镊子敲了敲，漫不经心地问了两句，即告知：牙齿发育有问题。换牙时，长得太挤，有一颗迟缓的牙没地方了，但牙根还在，所以在牙根附近乱长。虽然麻烦，但可以拔除。他一边说着一边用牙科器械比画着。

从那以后，我对牙科有一种深深的挥之不去的恐惧，这种心理来自那套牙科器械。

刀、斧、凿、钩、钻……各种工具好像都有，千奇百怪、形制各异，泛着冰冷刺骨的冷光，整齐漠然地躺在那里，冷冷地嘲笑生命的脆弱和无奈。

刹那间，我的思绪被拉向了大革命时期，我似乎穿越到一个阴暗的牢房，刺眼的审讯灯明晃晃地直射在脸上，眼里只有一片模糊的光影。一个深沉而慢条斯理的声音响起："用麻醉针先向牙龈注射麻药，十分钟后用刀切开上颚的坏牙部分，需要在周边切一个三角，用钩子剥离牙齿和神经，用镊子夹住，一使劲就出来了。然后止血、填药、缝合，估计至少缝七针。"他的叙述平静而有条理。我初感身体一阵一阵地发紧发冷，不一会儿，就全身难以自抑地颤抖、冷汗直流，甚至膀胱也一阵胜似一阵地急剧收缩，有种即将尿失禁的感觉。

"大夫，等一下，我要撒尿。"出了诊室门，给死党一个眼色，立马消失。从此，深刻地理解了中华五千年文明史中高深莫测的"五行遁术"，尤精"水遁"。同时打心底里对江姐、刘胡兰等书本上的英烈们由衷地敬佩。她们是真正无畏无怖、无碍无惧的勇士。

如果我生长生活在那个黑暗但充满希望的斗志昂扬的年代，我会做出什么选择？无畏的英雄？卑微的汉奸？我不得而知。有信仰的人是无畏的，我没有活在那个年月，我很庆幸。

那颗牙，最终拔掉了。在儿子大概六岁的那年冬天，一个倍感疼痛却也极富成就感的下午。

2008年寒假，正值换牙的儿子，有一颗乳牙始终不掉，老疼，常哭，遂去就医。恰逢同学阿斗值班。阿斗本就姓阿，如果没记错的话叫阿德云。上学时大家就这么叫，本名反倒模糊了。

经检查，无大碍，但必须得拔除，否则会影响后期的牙床发育。

儿子从小有一点就不像我，他怕疼，特别怕的那种，直到现在依然如此。蹭破点皮，都需要消炎、止血。可能是随了他母亲的性子。

刚开始还在新奇地打量、翻弄阿斗的诊疗器材的儿子，躺倒治疗椅上，就不干了。死活不张嘴，哭天喊地。无奈，只好先行回去。回程路上，忽觉自己上颚那颗牙有些肿胀，于是有了灵感，决定拿自己为饵。费尽口舌，使出浑身解数，最终在儿子的哽咽声中，信誓旦旦地一再保证"不疼，不信你看我，只要疼，咱们就回家"之下拉钩，成功地引诱儿子回到医院。最终在我强忍恐惧和钻心疼痛的虚伪微笑里，成功地和儿子在同一天，完成了一次拔牙的壮举。

孰料，儿子在几个小时之后，牙就真的不疼了，又开始恢复了往日的欢乐。而我，直到如今，仍然深受术后遗留的挥之不去的疼痛折磨。儿子知道这件事，也曾问："为什么？你如果当时不拔牙，影响也不大的，乳牙始终会掉的。"

也许，是一个父亲的担当和责任吧。家庭生活，尤其是我们作为市井小民的日常，不会有什么惊天动地、可歌可泣的事情发生，但家的温馨、亲情的温暖总是掩盖在时时刻刻的细微之处。

父母是子女的榜样，子女是父母的镜子。人生的学习始于父母，尤其是习惯、爱好、性格的养成，子女只是换一种方式在表现父母的过往罢了。因此，为人父母还是不要苛求的好，毕竟子女性格如何，只是父母平日里不经意的一言一行的影响。

　　"桃李不言，下自成蹊"，大概说的就是这个吧。家庭还是和谐温馨平淡一些，才会更加圆满。

2019 年 4 月 28 日于贵德

伴着爱情长大

今年的春节,还是有些喜讯的,比如工资又涨了,我和夫人的合著《静斋笔记》终于有望问世等等。关键是,在这个春节里,儿子恋爱了。

谈恋爱,是说明他长大了。我是不反对大学生谈恋爱的,只要把握好方向,明确当下的第一要务是学习,谈个恋爱,收获温馨和关爱,权作枯燥单调的学习生活的点缀,是完全可以有的。

就像夫人常说的"什么年纪就应该干什么样的事情"一样,十八九岁的年轻人,正是情窦初开的年纪。渴望得到爱情的滋润,开始卿卿我我地追求爱情,体验恋爱的美好,本来就是很自然的事情。充满激情的年轻人、志气昂扬的大学生,谈一场轰轰烈烈的恋爱,更是无可厚非的事情。

我记得,上大学时,我的某一位老师就曾经告诉我们:"大学时代,如果少了一场恋爱,精彩的大学生活,至少会缺失一大半。"可惜的是,短暂的大学时代,我还是无奈地缺失了一大半。

是啊!精彩纷呈的大学、激情四射的大学、活力无限的大学,如果没有爱情的滋润,没有爱情的点缀,没有恋爱的激情,总归还是失于平淡了。

今年春节,应该是初八的晚上,儿子觍着脸,凑到我的跟前,对我说:"爸,叶子你知道吧?我想和她处一处,能行不?"我看了看他,装作漫不经心地答道:"叶子?行啊,你长大了,可以自己做决定啊。只是,谁是叶子呢?"儿子听到我痛快地答应了,就絮絮叨叨地和我谈起了叶子。最后还解释道:"就是高中毕业典礼那天,往学校外走时和我们打招呼的那个女生,我告诉过你的,还记得不?"

我依稀记得叶子这个名字,也大致记得她陪着她母亲往外走时,和我们打过招呼，只是丝毫记不起她长什么模样，只记得略微有点胖。

对儿子要谈恋爱的要求，我是没有异议的，夫人更是欣喜莫名，从儿子接到大学录取通知书的那天起，她就一直期望着儿子找个女朋友，谈一场恋爱。一方面是她喜欢女孩子，而我们家族里男孩子较多。另一方面可能是想让儿子在大学时代里弥补我俩的缺憾，我和夫人上大学时都未谈过恋爱。

实际上，我也很高兴。我之所以高兴，是因为他愿意向我们吐露他的心声，分享他的秘密和他的爱情，这是我所期盼的，也是我引以为傲的地方。说明我们的教育最起码在这一点上是成功的，仨人之间，基本上是坦诚的、没有隔阂的。毕竟，现在的年轻人，愿意和自己的父母无障碍交流的，实在是不多了。

从那天起，本就阳光的儿子，一天天地更加充满青春的活力，每天花大把时间沉浸在视频热聊里，乐此不疲在我和夫人面前秀着恩爱，脸上洋溢着甜蜜的幸福。也从那天起，他似乎一夜之间便长大不少。与人交往，少了一份青涩，少了一些忸怩，变得落落大方、无拘无束。似乎一切自然而然地发生了，这可能就是成熟该有的模样。他甚至和他已到谈婚论嫁的两个哥哥公开地谈论着爱情的话题，嗯……现在的年轻人，什么都好，脸皮都比我们那时候厚了一些，呵呵，这当然是玩笑话。

正月十三的那天，儿子收到了叶子送的礼物：一个圆形的剃须刀，一只叶子妈妈亲手编织的小老虎。儿子高兴地炫耀着，我和夫人也很高兴。"你有没有买礼物给人家？"当我问他时，他满脸幸福地说："当然买了，早送过去了。"我和夫人很默契地没有再问他送了什么，应该是早有预谋且精心准备过的。

正月十四，大清早，儿子接到快递小哥的电话，急慌慌地下了楼，没过一会儿就捧着一束鲜花，眉开眼笑地出现在我面前。我才想起，那天，是西方人的情人节。我历来反对过洋节，可是，看着他神采飞扬的模样，终于还是闭上了嘴。

年轻真好，信息化时代真好，异地的爱情，早已没有了时间和空间的阻隔。所有的事情、所有的心愿都可以由快递或代购来完成，包括两个人的情感和彼此的思恋。

本来约好了人，正月十六要去西宁谈谈出版书稿的事情。临出门前，忽然觉得，儿子的寒假，我除了上班，似乎就忙着校对文稿，并没有好好地陪过他一天。于是，决定出游一日，不再去理会其他事情。

"你问问叶子，有没有空去袁家村玩，如果想去，到西宁先接她，然后，同去。"车刚出贵德时我问道。"好吧，好吧，最好一起去。"夫人在车后排座上嚷嚷着。

他立马把车停在路边，然后就开始打电话，电话开了免提，我静静地听他在电话里向叶子复述着我的原话。叶子应该是陪父母在外面的餐厅招待客人，她向她妈妈征求意见，并愉快地征得同意。估摸着行程，约了大概的时间，叶子很快便发了位置过来。

一路上，时快时慢、忽急忽缓的车速，完全不似他平日里开车的风格。是他心有牵挂还是心有忐忑？我不得而知，想来，可能兼而有之。

见到叶子，是在她家附近的餐厅外面。儿子下去接她，我和夫人在车里面等。"看，那个就是叶子，个子挺高吧？都快赶上咱儿子了。"顺着夫人的手指，我看到走在儿子身边的叶子，也就听见了她爽朗的声音。

打开车门，上车的时候，叶子大大方方地点着头，问候着："叔叔好、阿姨好。"声音是标准的普通话，字正腔圆。一路上聊着家常，她叽叽喳喳地和我们聊着天儿，时不时地还冒出几句正宗的重庆话。她很健谈，也很开朗，还没到目的地，就已经和我们自然而然地熟络了起来，似乎，我们早就相识一般，就连我也觉得和她没有什么隔阂，这让我觉得有些不可思议，我很少会和陌生人有自来熟的感觉。

叶子是个很大气的女孩，微胖，却很是健康，而这恰恰是我和夫人喜欢的类型。我俩都不欣赏如今纤细扭捏的小家碧玉。

很快，我知道她是医科大的学生，虽然长着北方人大气的模样，却属实是江南女子；虽然在重庆山城上着大学，却依然渴望着江南的雨巷……

在袁家村古色古香的茶馆里喝盖碗茶打扑克，大快朵颐地享用着开锅羊肉，夫人高兴地去买小兔子模样的棉花糖，叶子一支，夫人一支……四个人无拘无束、随心所欲地交流着，悠然自得地行走在狭长的小镇街道上，仿如一家人一样随意自然。

夜幕即将降临，我们把叶子送回家，准备返回贵德，不知道儿子的心情如何，我和夫人，竟然有一丝不舍。返程的路上，还在喋喋不休地谈论着叶子。

这是儿子的爱情，是他和叶子情感的火花，看着他们如胶似漆地每天通过电话腻歪在一起，我和夫人打心眼儿里是高兴的。

每个热恋中的人，都是诗人。他们不知疲倦，用华丽的辞藻编织最美丽的诗句，互相夸赞着对方所有的优点，对一切缺点视而不见，遮蔽在情感燃烧的火焰里。我真切地希望他们的爱情能够有一个美好的结局，也希冀着他们能在互相理解、互帮互助、互相督促里茁壮成长，同心同力地呵护、培育他们的爱情，让爱的激情永恒，并以此砥砺前行，开创属于他们的美好明天。

每一段爱情都是美好的，每一段爱情都是轰轰烈烈的，每一段爱情都是值得纪念的……

2022 年 2 月 17 日于贵德

"六一"，回不去的童年

曾经以为所有的过往，无关欢乐和忧伤，都会随着时光流逝，慢慢地淡出我们的视线，被我们彻底遗忘。事实上，许多记忆只会如尘封多年的老酒，历久弥香，回味悠长。

昨日"六一"，我并没有感受到多少节日欢快的气氛，街道上是一如既往的车水马龙，海南小区门口的街道两旁琳琅满目的卖香包的架子，倒是充满端午的气息。微信朋友圈里传来成年人吃喝玩乐庆祝"六一"的照片、视频、小段子，甚少有祝福真正的儿童快乐的信息，也鲜见有真正的儿童们过"六一"的只字片语，都是一些"资深儿童"在回味追忆昔日的童真，就连我的家人群里也是如此。我有两个外孙，一个在上幼儿园，一个在上小学。"六一"本应该是属于他们的节日，他们的快乐。

这是个略显清冷的节日，已经失去了它快乐无邪的童真本意，充满了物欲，变成了爱出风头、爱显摆之人的舞台。

曾经的"六一"，对我们而言，是一杯珍藏十八年的女儿红，是一杯埋藏三十年的状元红，不经意间打开，便是满满的幸福甜蜜记忆，醇厚得令人沉醉。

曾经的"六一"，对我们而言不啻过春节的快乐和期待，填满几代人共同的记忆。

曾经的"六一"，是盛大而隆重的，从幼儿园到初中，自五月份就开始着手准备，所有教育机构、所有老师、所有学生都全力以赴，不遗余力地投入"六一"表演节目的筹备排练。每个人脸上洋溢着幸福美满的神情，兴高采烈地用一二十天的汗水，培育着那一天的幸福。因为所有节日，只有"六一"

是属于天真烂漫的儿童们。"让我们荡起双桨……"熟悉的歌声，熟悉的旋律，在每年"六一"都会萦绕在我的脑海中，唱响在我的耳畔，这是记忆的永恒烙印。

"六一"的节目，就像传统的春节习俗一样，几无改变。

河阴小学的仪仗队、腰鼓队从我的记忆中走来，消散在侄子小学毕业前后，传统的"六一"庆祝方式被取消的时候，那帅气的礼服、铿锵的鼓点、嘹亮的号声也从未曾有所改变。而我当年所在的河东小学，不是合唱就是花环舞，每年除了红歌曲目、舞蹈队形的些许变化外，保留曲目《让我们荡起双桨》贯穿了漫长的盼着长大的童年。那是一首轻快的充满阳光味道、充满快乐气息的歌曲，曾为我们赢得无数的光环和荣耀。

《我们是共产主义接班人》《红星闪闪》《歌声与微笑》《学习雷锋好榜样》……这些节奏欢快，歌颂祖国、歌颂党，富有纪念意义，充满正能量的歌曲，在潜移默化中让我们成为又红又专的青年一代，杜绝了一切走向歧路的可能，让我们从来不去想"美国的月亮比中国的圆""日本的文化比中国的更传统"一类的无稽之谈，实事上，美国的月亮不比中国圆，聪明的一休最终也只是个流连风月的花和尚。

曾经的"六一"，无忧无虑的我们，数星星盼月亮般地期待着节日的到来，却忽视了母亲隐藏在微笑后面的忧愁。"六一"那天，我们每个人都打扮得花枝招展，还要涂上厚厚的"红脸蛋儿"，就是擦上厚厚的胭脂或腮红，最重要的是穿上洁白如雪的"的确良"白衬衫，戴上鲜艳的红领巾。而母亲的忧愁就源于我们的快乐。正在发育长身体的我们，身高蹿得很快，每年"六一"前夕，母亲抠抠搜搜地攒钱或借钱，按学校要求给我买白衬衫。一件白衬衫，好像是两三块钱还是三五块钱，记不清楚了，只是，现在看来微不足道的几块钱，在那个清苦的年代里，却是一笔不小的开支，甚至压弯了父母的脊梁。

那时候，最羡慕的是河阴小学的仪仗队，童子军式的烫金礼服吸引着我们的眼球，飞溅出无数嫉妒的星星。城乡差别的概念第一次清晰地留在我的脑海中，成为我这个骨子里本就是农民的人，一生无法隐藏的自卑。

曾经的"六一"，贵德县四沟八乡的老师和学生、四面八方的家长和群众,最终都汇聚在河滨公园里。欢天喜地的儿童欣然而迫不及待地等着上台展示自己的风采,喜笑颜开的人们聚拢在公园戏台的周围,等着观看自己孩子最美的绽放时刻。彩旗飘扬,锣鼓喧天,歌舞飞扬,喝彩声、助威声、掌声如雷鸣般响起,就连主持人的声音也因激动而充满激情,高昂得响彻绿荫夏浓的天空。这是河滨公园为数不多的喧闹场面,只有每年六月底的"六月物资交流会"才可媲美。不,"六一"是独一无二的,"六月会"除了热闹尚少了一些天真童趣,少了一些快乐的幸福。

表演结束了,家长和学生们一样焦急地等待着宣布展演比赛的成绩名次,有些孩子因此而号啕大哭,被同样遗憾的父母安慰着,有些孩子因此而骄傲得如"春风得意马蹄疾,一日看尽长安花"的进士孟郊,手舞足蹈地炫耀着属于自己的荣光,引来赞叹无数。

展演结束了,无论是欢喜的还是忧伤的,迅速地逃离无遮无拦的会场中心,逃离夏日烈阳的炙烤。一家一户或亲朋好友一起退入四周的绿荫下,整个会场,慢慢地安静了下来,四周的林子里开始传来孩子们欢快的追逐打闹声,还有大人们猜拳喝酒的声音。

"六一"的快乐不只属于我们的童年,劳累了一个春天的大人们,也借"六一"的欢乐,从家里拌点儿凉面、拌点儿水萝卜等时令蔬菜,也许还会卤点儿肉、打点儿酒,在会场边的树荫里,看我们玩得没心没肺,也借此放松一下疲惫的身体,为接下来的收麦打粮积蓄力量。

曾经的"六一",所有的快乐都是简单而质朴的,很大程度上是精神上充裕的满足感和幸福感,而这简单质朴的快乐离不开淳朴的民风,安宁的社会。

社会的进步,让我们的物质生活日益丰盈,但有时也会让我们惊惧。每一个孩子都是花朵,都是家庭的希望,是父母的掌中宝、心头肉。没有任何人能用他们的生命去冒险,于是,传统的"六一",节日里传统的庆祝方式,慢慢地成为一代人的记忆,成为一代人的期冀。

我们的童年,我们的"六一"是充满快乐的,只是,我们不能就此否认现在孩子的童年"六一"是不快乐的。他们的童年物质上比我们肯定还要更加丰富，他们的礼物必然比我们还要精美而充满乐趣，他们的"六一"也会在学校里举办各种丰富的活动，表演精彩的歌舞，在属于他们的节日里，他们的心情，他们的欢乐，对他们而言一如当年的我们。

只是他们的节日少了一些观众，少了一些掌声，也就少了一份属于"六一"的节日气氛。而这种欢快的气氛，本应是属于这个独一无二的日子里整个城市的欢快气氛，是布满整个天空的祝福。少了这些，就像昨日的"六一"一样，未免过于平淡，失色不少。

所有随着时代发展而发展的东西并不都是进步的、美好的，所有随着时代发展而消失的东西并不都是落后的、破败的。曾经的"六一"，终究只是我们的珍藏，是我们回不去的童年。

怀念"六一"，祭奠童年；祝福"六一"，祝福明天。愿每个人都有一颗未泯的童心，愿每一天的阳光升起都是快乐的"六一"。

2022 年 6 月 2 日于贵德

与高原的第一次相遇

1999年7月,我怀着忐忑的心情在家等待分配结果,虽然已经和省厅在学校里签订了就业合同,但是具体分配单位要等省厅逐级安排。

月初的一天,终于接到电话,说是分到了省公路局下属的果洛总段,虽然心中略有不能留在城市的遗憾和又将与家人分别的不舍,却也对从未去过的陌生地方不无憧憬和期待。

笼统地讲,贵德也属于青藏高原范围,实际上是位于黄土高原和青藏高原的接壤之地,海拔较低,四季分明,气候宜人,和真正意义上的青藏高原还是有很大区别的,或者只能说,贵德是青藏高原上不多的宜居之地。

除了去西安上大学,我以前只去过几次省城,省内其他地方对我而言几近空白。我只知道果洛就在贵德的西南方向,因为省城到贵德的公路,在很长一段时间里被称为宁果公路,就是西宁到果洛的公路。至于贵德的西南方向,我只去过热水沟,距县城十余公里而已。

7月13日,我和海红坐上了从西宁到果洛的班车,只不过我俩是在贵德中途上的车。海红是我大学的同班同学,她也很不幸地和我一起被分到了果洛。

破旧的卧铺班车,摇摇晃晃地在崎岖的山路上轰鸣着前行。车里乘客绝大多数是藏族,穿着厚重的皮袄,一串一串不解其意的经文或经咒,从他们蠕动的嘴唇间轻盈地飘出来,虽难解其意,却也抑扬顿挫,别有一番韵味。他们略显凝滞的目光,凝视着手中一圈圈飞转的转经轮,虔诚地祈祷着,把对今生的苦难和艰辛寄托于虚无的漫天神佛,寄托于缥缈的来世。

车还没走多久,炎热的夏季,闷热的车厢,汗味儿、臭脚丫味儿、羊皮袄的味道，混杂着浓郁的酥油味儿，一股一股不断地钻入我的口鼻，令人烦闷无比。那本就听不懂的言语，也如山间昆虫的聒噪，不可抑制地穿过我的耳朵，钻入我的脑海中，让我无比烦躁。无奈，只好戴上耳机，在音乐声中假寐。海红早已在我旁边，半靠在油腻腻、黑乎乎、脏不拉几的被子上睡着了。

迷迷糊糊间，我仿佛听见车厢里有嘈杂的声音，睁开眼时，发现大家都把目光伸向窗外。我转头望过去，才发现车窗外面是满山遍野的油菜花。

金黄色的油菜花随着山峦起伏，时而平缓得如一片金黄的海洋，时而如龙蛇起陆、蜿蜒曲折、随高就低，绵延不知去处。在碧蓝如洗的天空下，灿烂的油菜花，沐浴在夏季炎炎的烈日下，一阵微风拂过，便掀起阵阵金黄色的波涛，起伏跌宕。成群的蜜蜂在一望无际的金色海洋中飞舞，公路如一条黑色的丝带穿行其间，一眼望去，除了蓝天白云，只剩下一片金色的汪洋。

我从未想象过，那不起眼的油菜花，那稠密纤细的花朵，竟然也能营造如此壮观瑰丽、气象万千的景象，我用从未在自家油菜地里有过的感慨，赞叹着它的壮美，却也只能恋恋不舍地让它们缓缓消失在青黑色的山峦后面。

后来我才知道那个地方叫过马营，离贵德也就几十公里的路程。许多年后，我也去看过门源的万亩油菜花海，也曾去过巴卡台欣赏夕阳余晖下的千亩油菜花田，却始终觉得，少了山势绵绵、雄浑奇伟的群山依托，那些声名远扬的油菜花海，也总是少了一丝壮观，缺了一些极致的美。

贵德本就是个四面环山的黄河谷地，所以我也想当然地认为，世界上所有的山都是一样的苍茫和荒芜。

出了贵德的南大门，也就是现在我单位所在的刘屯村，班车就一直在山路上前行。起初山势依旧，如我平日里见到的一样，并无多大起伏变化。漫山黄土，除了坚韧的猫耳刺、骆驼蓬等少许低矮的灌木，几乎是寸草不生。

过了过马营，山越来越高，弯道越来越多，目光所及之处有高山草甸，有黄沙漫漫的荒漠，有雄伟奇异的石山，有草木苍翠、野花烂漫的土山……不时可见成群的牛羊，悠闲地在蓝天白云下游荡。路边、河湾里、山坡上，也不时可见零散的黑色的牛毛帐篷和白色帆布帐篷，星星点点与群山为伴，而熟悉的村落和土庄廓，却早已看不到了。

多石嘴山、阿毛山、克穆达山、龙穆儿山、红土山……每一座山的垭口都在三千七百米以上，有些已经超过了四千二百米。班车在如龙似蛇、细如盘肠的山路上蜿蜒盘旋着上下，不时地在云海中穿行。

时至盛夏，窗外时而飘着牛毛细雨，时而雪花纷扬，时而雷声大作、冰雹如泻。那是我第一次，看着天空飘过的云，猜测着，接下来到底是一场春天的雨，夏天的冰雹，还是冬天的雪？也是我第一次欣赏如此诡谲无常、变幻莫测的夏季。

山高坡陡，自然弯道也多。进入风光秀丽的石峡和相隔不远的赛龙沟，公路在石山脚下盘旋着逶迤前行，旁边是并不宽阔的小河，河中乱石林立，水流湍急。河谷两侧，奇峰绵延，如斧劈刀凿，如笋如松，如塔如林，时而显观音坐莲之态，时而呈金龟探海之姿……山上松柏茂盛，苍翠葱茏，夏日的炎热和一路上的烦闷烦躁，顿时一扫而光，就连忐忑不安的心灵也平静了下来，那一丝对未知之地、未知生活的期冀和恐惧，也莫名地消失不见了。我沉迷于大自然的鬼斧神工里，忘记了赞叹，也没有合适的语言去赞誉，只能目不转睛地、贪婪地注视着一闪而过的美景。

弯弯曲曲的河谷里，班车用毫无规律的踩刹车和踩油门两个动作，应对着复杂崎岖的路况和不时出现的险情，如公路上散步的牛羊；赶着成群结队的牛群和羊群，骑在毛色杂乱的马匹上迁徙赶草场的牧民，那牦牛背上驮满了牧民们全部的家当。终于，有人忍不住那无休止的转向和颠簸，开始在车内呕吐起来，接踵而至的是，连锁反应般一连串此起彼伏的"哇、哇哇"的呕吐声，密闭的车厢里瞬间充斥着一股酸臭的气息，让本就污浊不堪的空气更加难闻。

司机一边用我听不懂的语言大声叫嚷着（应该是叫骂声），一边打开了车上驾驶座旁边的那扇唯一的窗户，不时探出头，吸几口新鲜的空气。我强忍着呕吐的欲望，大声地问司机："师傅，到州上还有多远？""不远了，过了黑土山就到，还有约六十公里。"我无奈地从包里拿出一件衬衫，包在头上，艰难地呼吸着。

黑土山是沿途海拔最高的山，山是黑色的，山上草色青葱，低矮柔嫩的野草，如一张平铺的绿油油的地毯，看上去细致而柔密，在夕阳下散发着明亮的光泽。不时可见，草原特有的短尾鼠兔在草丛中急行骤停。绵延而舒缓的黑土山，在我看来是一张柔软舒适的天地温床，平滑如缎，温润如丝。直到后来，我有机会踏上黑土山的草甸，我才知道高原草甸只适合远观。当你踏上去时，才会发现，到处是荆棘丛生的矮灌木，到处是密布的鼠兔、旱獭打的坑洞，丝毫没有远眺时看起来的平滑。

　　破旧的班车总算是停下来了，随着司机拗口的一句"果洛总段到了"，我赶紧拉起不知是嗜睡还是有些缺氧的原因，依旧睡得昏昏沉沉的海红，像飞一般地逃离了那充满恶臭、令人窒息的车厢。从车厢底下取出所有的行李，才来得及深深地呼吸一口新鲜的空气，却愕然地发现，那空气中竟然是满满的青草味道和牛粪的味道。

　　夕阳西下，深沉的暮色从狰狞的群山深处蜂拥而出，夜幕即将降临这片荒凉的大地。我看见一队骑兵，列着整齐的队形，在马儿的响鼻声里，轻快地从我的身边掠过，这可能是中国大地上最后的骑兵了。空旷的马路上看不到树木的影子，笔直的街道上行人稀疏，我站在果洛总段的大门口，仰望着门头上那巨大的公路路徽，探视着院子里黑压压的沙棘行道树，顿时热泪盈眶，这就是我将为之奋斗的地方，这就是我将挥洒青春的地方。我不禁有些疑惑，这究竟是我梦想的起航，还是我梦想的终结？终于，我在这即将昏沉的暮色中，迷茫得有些不知所措了。

　　这是1999年的夏天，我与青南高原的第一次相遇。在这神秘、圣洁、高寒缺氧、苍茫辽阔、弥漫着藏香和满天神佛气息的高原上，开启了我人生最具价值的旅途。而这次相遇，就是整整七年，这七年，不仅仅让我收获了爱情，让我的孤独如花石峡的夜空般绽放，让我的思念如阿尼玛卿神山般悠远深沉，也让我学会了思考，思考人生的价值，思考为人处世之道，也让我明白了世事维艰。同时落下了一生相随的诸多疾病，让我至今痛并快乐着的，是那段久违的时光，还有那孤独如我的高原。

2022年4月11日于贵德

相逢何必曾相识

2001年9月底，国庆节前夕，我接到夫人的电话，说是近期可能到玉树来探望我。他们单位计划集体去四川过国庆，而她想到玉树陪我。这真是个好消息，毕竟自打6月份在西宁短暂地过了几日之后，我们夫妻俩新婚不足一年，却有三个多月没见面了，每天只是在电话中互诉相思之情。

接完电话，我一直难掩激动的心情，翘首以待她的到来。所幸，没隔几天，我就在玉树汽车站接到了夫人，见面只是深情相拥、泪眼蒙眬。

果洛并没有直达玉树的车，她是坐单位的车，先从果洛转道西宁，又从西宁坐了十几个小时的长途班车过来的。她风尘仆仆，难掩疲惫之色，却依然新奇地打量着陌生的街道，叽叽喳喳地问东问西，话里话外，尽是深深的爱恋和关怀。

自从4月份我调到玉树，这是她第一次来，也是此后，我2004年调离玉树前，唯一的一次。遥远的玉树，对她而言，是陌生而熟悉的。陌生，当然是因为这个地处三省区交界，距省城八百多公里，遥远的藏地州府，此前，与她并无交集。熟悉，也是因为我经常会在电话中，向她描述所见所闻和我的日常足迹，而这种描述，在她到来后，便与她的所见有了模糊的重叠。

车站到单位还有一段距离。临近10月，玉树的太阳依然是带着高原独有的热烈火辣，宽阔的街道上，没有什么遮蔽的阴凉，马路泛着刺眼的白芒，就连路两边的白杨树，也被晒得蔫头耷脑，走回去是不现实的。

我俩在车站门口打了辆白色的出租车，那时的玉树，出租车清一色是小面包车，按路程远近和人头收费，随上随收，每人两元至五元不等。我们坐的车，司机留着略微卷曲蓬松的头发，高俊的颧骨，高挺的鼻梁，看上去，明显是位藏族小伙子。

车里没其他人，我和夫人在第二排，前排是司机。我们告诉司机去总段，车慢慢地启动了，我俩依旧腻歪在一起，低声交谈，偶尔发出会心的笑声。

"你们是第一次到玉树吗？欢迎啊！玉树是个很美的地方，可以多逛逛。"突然一声有些蹩脚的汉语，从前排传来。自从上车后，这是司机第一次主动开口。

"是呀，我是第一次来，我老公在这里上班。"几乎很少会抢着和陌生人搭话的夫人，兴高采烈地回答道。

其实，我俩都是外冷内热的人，只是不善于与人交往，尤其是对陌生人，都深怀戒意。大部分时候，都是我先应付，夫人默默地观察，再决定是否交往。这种交流方式，导致我俩朋友虽然不多，但也算是有一些志同道合、兴趣相合的挚友。

"我叫扎西多杰，土生土长的玉树人，你们可以叫我扎西或者多杰，明天我休息，你们如果要去玩，可以找我，我给你们当司机和导游。"

扎西爽快地向我们发出邀请。

车开得很慢，一路上也没有再上人。打开了话匣子，三个人就东拉西扯地聊了起来。扎西是州上某单位的职工，跑出租是周末和下班后的兼职，用他的话说是为了广交朋友，推销美丽的家乡风景。

"这是我的名片，还有身份证。"

他可能有些担心我们会把他当成骗子，或误认为他有其他意图。临到目的地时，拿出名片和身份证，再次正式地邀请我们。

"我就在单位住，离你们单位也不远，你们如果明天要出去游玩，到我单位找我或打电话，我拉你们去，至于费用，无论去哪里，县内一天六十元。"

价格很公道，甚至有些低廉，看着他真挚的笑脸，实在盛情难却，我接过他的名片，便高兴地应承了下来。

"我不是个多话的人，只是你俩一上车，我就觉得我们很有缘，看你俩感情很好，你们相信缘分吗？"

下车时，扎西一面帮忙从车里拎夫人的背包，一面笑着问我。我有些茫然，笑了笑，没有回答，只告诉他，明天上午他吃过早饭来接我们。

缘分，我自然是信的。千里相会，机缘巧合，茫茫人海中，与你相遇，自然是缘。众生渺渺，执手一人，相伴到老，何尝不是缘分？而此时我不知道的是，更有一份牵绊一生的缘分，就在玉树，在这片圣洁的、离天很近、充满信仰气息、就连空气中都弥漫着桑烟缭绕的味道。

夜晚自然是归于我俩的，那是个温情的夜晚，我们翻看着彼此的日记，沉浸在对方的思念里。那是个激情的夜晚，这久别重逢的激情，自是春风化雨。

那个夜晚是值得记忆和珍藏的，因为不久后才知道，夫人怀孕了。算算日期，应该是在玉树怀上的。也是从那天起，我们的孩子，我们爱情的结晶，血脉的融合和延续，便成为牵绊一生的因果，正式介入我们的生活，成为我俩人生中最波澜壮阔的风景。

可能是我工作性质的原因，平时，几乎每天都会和当地老乡发生争执、产生矛盾。只是，那天临到单位门口时，不管是出于扎西的热情，还是其他原因，我竟然鬼使神差地答应了扎西的邀请，也许这就是扎西口中的缘分吧！

接下来的一天时间里，扎西开着他那破旧的面包车，先带着我们游览位于玉树县新寨村的嘉那玛尼石经城。那是世界上最大的玛尼石堆，在大大小小、形态各异的鹅卵石、风化岩石等天然原石上，虔诚的牧民们用双手镌刻"唵嘛呢叭咪吽"六字真言，然后围绕坛城，用玛尼石堆砌成墙、累积成城，那是让人感慨万千、惊叹不已的人造奇观。粗犷的石头，细腻的刻法，艳丽的色彩，多而不乱，繁而不杂，与自然形成完美的和谐。置身其中，仿若与满天神佛自成感应，仿若能感受到浩渺宇宙的呼吸与脉搏。

沿路向北，过了通天河大桥，沿着通天河畔悬崖下的羊肠小路前往赛巴寺（音译）。我不知道这个长江源头的通天河，到底是不是《西游记》里的通天河，但是此地确有藏族村寨就叫高老庄，河边的山梁上还有一座晒经亭，亭里确有一块字迹模糊不清的晒经石。

通天河的河水不是自然平缓地流淌，而是密密麻麻的小漩涡碰撞着、汇集着，小漩涡挨着小漩涡，分解、融合，然后形成大漩涡，始终旋转着、簇拥着奔流向前。赛巴寺就藏在通天河畔隐秘的河谷里，很是静逸。寺院里有个小博物馆，品类繁多，不仅限于僧尼用品，还有玉树地区的文物、动植物标本、社会生活用品等，是了解玉树地区文化、风物、风俗的好去处。还有一把巨大的宝剑，据僧人介绍，出土于果洛达日地区，是格萨尔王用过的。我记得，那剑近乎有两米长，宽三寸有余，我估摸着我是拎不动、玩不转的。

10月份的玉树，正是天高云淡、山花烂漫的季节。在扎西的陪伴下，我们愉快地度过了周日。我和夫人玩得很尽兴，扎西选的路线和去处也甚合我二人心意，他适时的讲解，不乏诙谐和风趣，也很是让我二人心满意足、回味无穷。回程的路上，他还细心地告诉我俩，接下来的几天，如有闲暇，应该去什么地方走走，大概多远，来去费用大约多少，等等，还真是个古道热肠的藏族好男儿。

临别，付车费给他。我和夫人打算凑个整数付100元，扎西却一再推辞，他说，相逢就是缘，认识我们，陪我们走一程，他很幸运，也很高兴。他还笑着对我俩说，玉树是个神奇的地方，佛祖会保佑你们的。无奈只好相邀同去吃晚饭，扎西倒也没再推辞，爽朗地答应了。

国庆过后，夫人就返回了果洛。周末有闲暇时，偶尔无所事事的我，也会和扎西联系，坐在草滩上，一起喝个酒，吹吹牛，听他讲玉树的神奇故事和道听途说的趣闻趣事。再后来，我调离玉树，也就慢慢地和扎西失去了联系，终至渺渺无信。只是，每次我带着朋友们游览贵德美景时，总会不由自主地想起憨厚的扎西。愿好人一生平安，愿神奇的玉树，满天神佛护佑他平安幸福。

相逢何必曾相识，相逢即是缘分。我们从出生时与父母相聚，开启艰难的人生逆旅是缘；成长路上，所有美好的遇见和不开心的烦恼是缘；茫茫人海，觅得知音，携手到老是缘；天赐子女，静享天伦之乐也是缘。

人生路上所有的遇见，甚至一次旅行，一次偶遇，一次山水美景的相逢，一次风花雪月的共鸣，都是一场冥冥之中的因缘际会，都是无法忘却的美丽，是一段娓娓道来的精彩。

2022年3月5日于贵德

向梦想致敬

最近,微信朋友圈里多是在悼念、祭奠青海本土作家原野和秦青的文章,说真的,我并不认识他们。作为一名文学爱好者,我很惭愧的是,对他们,我只是有所耳闻,也只限于在《青海读书》平台上,读过秦青老师的几篇文章,仅此而已。所以,对他们的离世,我也只是从同是文学爱好者的角度,给予适当的关注,向他们表示哀悼,却并无多少哀思可言,毕竟从未谋面,也从无交际。

至于写下这篇文章,是今天中午的时候,看到了一篇名为《致母亲》的文章,是秦青老师的儿子朱轶凡写的。这是一篇饱含深情的文章,是一篇让人泪目的文章,也是一篇值得我思考的文章。

写下这段文字,我不想再去赘述朱轶凡对母亲的深痛哀悼和无限的追思,也不想再去表达我对秦青老师的哀悼和赞美。我只想说说,我从文章中看到的坚持和坚强。

那是一个对文学有梦想和追求的人,那也是一个对生活有梦想和追求的人。她把自己对文学的执着,融入生活的点滴,串成"生活的珠链",营造"她的绿色家园";把所有的日常,编织成诗,把所有的病痛和苦难,化为生活中的希望和向往,并以此激励着别人和自己的家人,陪伴着自己的儿子渐渐地长大。

每一个作家或每一个写作者,都是应该被尊敬的,我们都应该向每一个类似的人致敬。他们用自己独特的眼光、细腻的思考,把我们日常平淡的生活、日常的所见所闻,变成诗歌、散文、小说、剧本……丰富着我们的日常,点亮了我们的精神世界,引领着梦想的启航和前行。

每一个作家或每一个写作者，都在坚持一个虚无缥缈的梦想，在开拓一条布满荆棘的艰辛之路。他们甘于贫穷、甘于清苦；他们静享孤独、寂寞相随。他们默默无闻、夜以继日地坚持着文学创作之路，追逐着成为作家的梦想，这是每一个写作者的梦想。

　　我之所以一直把作家和写作者区分开来，是因为作家也是一名写作者，但是，每一个写作者并不一定是作家。毕竟，对大部分写作者来说，写作只是一个爱好或者追逐的梦想，真正成为一名职业作家，并不是任何一个人都可以轻易做到的事情。虽然每个作家都不是为了成为作家而去写作，但是，至少每一个写作者最早的梦想肯定是成为一名优秀的作家，或者以某一名心仪的作家为榜样。

　　每个人的心中都有一个文学梦想，每个人的生活都是一个独特的文学王国。有些人的梦想，始终停留在无谓的思考，最终被岁月掩埋，变成虚无缥缈的空中楼阁；有些人的梦想，在坚定不移的孜孜以求中，汇聚成文字的海洋，构筑成曲高和寡的殿堂。

　　源于这个梦想，每一个作家或每一个写作者，都坚持在孤独中写作，坚持在写作中突破，突破学识和认知的局限，坚定不移地寻找着自我，突破自我实现的途径，坚持着超越自我的追求。

　　秦青老师的梦想，对绝大部分人而言，应该算得上是成功了。而她的成功，正是源于她八年如一日的坚持，这份坚持的源泉，就是她对生活的热爱、对家人的珍惜、对生命的眷恋和对命运的不屈。而这令人在绝望之时能够坚强地坚持下去的源泉，应该也是绝大多数有相同梦想的人坚持到底的源泉。

　　这让我不由得想起了《红楼梦》《牛棚杂忆》《平凡的世界》《瓦尔登湖》《老人与海》……大部分优秀的作家，似乎都在清贫中写作，大部分优秀的文学作品，似乎都在许多年后才被承认和推崇。

　　我提及这些在清贫、困顿中成就的文学作品，并非推崇作家就应该在清贫中写作，也不是在影射秦青老师的文字和生活是清贫的。而是有些感慨，在这个金钱唯上、物欲横流的世界里，静下心来，坚持写作，本就是大不容易的事情。

起初，我以为写作并不是什么困难的事情。只需要认认真真仔细地观察这个世界，体察人间百态，发现细致入微的美好；只需要静静地思考，静下心来感悟这个世界，聆听大自然的声音和内心的独白，然后记录下来。以文字的方式编织成故事，构建诗意的远方，唯一难得的事情，也只是没有足够的耐心和时间去观察和发现，难得的是静下心来思考和聆听。

后来，我又发现，写作并不是如我想象般的简单，只靠观察和思考，只靠有一个好的屁股，只安静地坐下来静静地思考是不够的。

文学本就源于生活，出类拔萃的作家们写出不凡的文字，固然和其生活环境、成长环境有关，更源于他们对事物的感知更敏锐，他们对他人的苦难更富同理心，他们对不公平的事情更愤慨。他们随时随地地记录着感知到的一切，及时地抒发着他们的同理心，包括他们的赞美和愤慨。

"再后来您有了第二个梦想，成为一名作家。您坚持记录生活中的点点滴滴，一篇又一篇仅仅描写生活的文字铺着您走向梦想的道路。……日积月累的八年最终在您的生平留下了《生活的珠链》和《我的绿色家园》两部作品。"

秦青老师是执着的写作者，是勤奋的记录者。我们总是好高骛远地追求高大上的东西，总是在抬头仰望光明和太阳，却往往忽视了细小卑微的美好，忽略了低下头寻找光影交错的动感，忽略了文学其实就是生活，是理想化的真实生活。

我不知道秦青老师有没有看到自己的第二部著作的面世，我希望她是看到了的，我希望她在生前就见证了她的成就，见证了她的梦想成真。

文学是美好的，文学的道路是艰难的。有多少写作者只是在为自己写作，有多少写作者是渴望着突破或改变的，又有多少写作者是成功的。所有心血、所有创作，最终变成书籍出版就应该是成功的话，秦青老师无疑是成功的。我希望她亲自见证，我不希望她是留有遗憾的。

清贫与富有不仅仅是物质上的，更是精神上的。他们用富足的精神在有限的生命中闪耀着璀璨的光芒。

轻轻地我走了，正如我轻轻地来。

我轻轻地带走疼痛、灰色和尘埃，留下阳光、花朵和风采。

我不是天使，但我要用自己的力量，给大家描绘每一朵花草，传递每一片声音。

如果想念我，可以去翻读我的文字，倾听我的声音，我永远地和大家在一起……

我衷心祝愿每一个人健康快乐，拥抱阳光，书写风采！

最后，我依然选择秦青老师的遗作，选择和朱轶凡小友一样的结尾，以近乎抄袭的方式，祭奠原野，祭奠秦青。

这不仅是秦青老师最后的期望，也是如我一般的文学爱好者的心声，是每一个写作者的期望和祝福。我不得不以此向他们致敬，顺便致敬所有的写作者，致敬所有生活的记录者，致敬所有有文学梦想的人，包括我自己。

2022 年 2 月 19 日于贵德

第二辑

四时物语
春秋代序

人到中年，岁之暮秋，听天地宏音，观四季物候，细细品味这世间细微之事，心境自然也辽阔了许多。

立春时节春尚早

庚子鼠年农历正月十一十七时零三分十二秒立春。

雪覆高原头，春到江南早。

2月2日那天，看到大学同寝室的兄弟、作家马国福在微信朋友圈里发了几张狼山上的梅花照，又写道："准备千里走单骑，去南通市园博园看梅花。"

2月的江南大地已是春意盎然，正是梅花盛开的时节。两年前的初春，老马陪我去过一些地方。看看初春的梅花，品味江南的早春气息，让我领略了"墙角数枝梅，凌寒独自开"的清高傲气，也领略了"零落成泥碾作尘，只有香如故"的孤芳自赏，似乎看到的不仅仅是梅花，还有江南文人的风骨，闻到的也不仅仅是梅花的幽香，还有江南文人的气息。

我家窗外的远山，山势依旧苍凉雄浑，山头依然白雪皑皑。一望之内的杨柳依然枯枝虬然，绿色是看不到的，除了阳台上精心侍弄的那几盆绿植。春天的气息也只能凭借几次外出游历的回忆，隔着屏幕去细细品味了。

如果说南方是山青水绿的"千里江山图"，或者是烟雨朦胧的写意山水，那么北方就是厚重的油彩画卷了。放眼望去，山峦四伏，山的外面依然是山，除了积雪、枯草，只有枯树，仿佛整个天地间，只剩下山的厚重雄深、雪的寂寥和荒草枯树的苍凉荒芜了。

昨天立春，想来南方正是"拂堤杨柳醉春烟""天街小雨润如酥""草长莺飞二月天"的早春景象，而在青海的这片土地上，大部分依旧处于一片冰封的严冬里。就连有着"高原小江南"的小县城——贵德，也感受不到一丝春天的气息。如果非要说有不可，那也只是略感温度有所上升。

但是，春天，真的是不远了。

青海的春天总是悠然而漫长的，完全不顾忌高原人粗犷而急躁的性子，也顾不得高原人急切的盼望。

青海的春天，宛如江南的雨巷里踩着细碎而温情的步伐，缓缓走近的婉约女子，有条不紊、慢条斯理、优雅而缓慢，总是姗姗来迟。偶尔掀开冬天的面纱，吐露一丝春的气息，便半遮半掩地悄无声息了，让人望眼欲穿，触手可及而又遥不可及。

今年的冬天显得格外漫长，最大的原因可能和新冠疫情有关。自打春节前后，全国疫情日渐严重，一个新的话题兴起，也导致宅家成为一种不得已而为之的生活方式。

虽然举国上下齐心协力，众志成城地投入抗"疫"战争，誓把宅家进行到底，有信心、有决心消灭病毒。但是，习惯了灯红酒绿的城市现代生活的人们，早已不适应"日落而息"的悠然逍遥，也耐不住"孤云独去闲""相看两不厌"的孤独和寂寞了。于是，在各种各样的焦虑、等待和渴望中，如我一般，渴望春天，也成为急切的时尚。

人始终是复杂而矛盾的。曾记得，多少上班一族，感叹不堪重负，渴望田园生活、渴望宅家不出、渴望远离职场。如今，当变相的宅家成为现实，立马变了嘴脸，开始向往阳光、向往亲情、向往自由的呼吸，人总是欲求难免的动物。

我自认为，宅家也没什么不好的，可以增进与家庭成员的关系，可以干一些想干而借口没有时间干的事情，至少，也可以像头猪一样地活着或者活得像头猪。也可以无所事事地划拉两下手机，看看别人的春天或者生活。当然，也可以随心所欲地按照自己的喜好追求一些雅致的精神享受。

宅家独处，享受孤独、享受静谧，真的没有什么不好的，忙忙碌碌的现代生活里，难得有大把的时间来体验孤独。终于有了静下来的时候，正好，可以用来审视自己的生活和内心，拷问一下最深的、最真诚的自己：想做什么？做了些什么？也可以更加专注在想做的事情上、想学的特长上、想汲取的知识上。譬如做做传统家常菜肴、学学琴棋书画、读书看报，诸如此类，不仅仅丰富了生活，也是对自己的充实和提高，说不一定，一不小心这方天地间便会在无意间出现一位因忙碌而被埋没的什么大家一类的。呵呵，真的有这个可能，当然，只可能是一种美好的梦想。

昨天，微信朋友圈里充斥着立春的美图和有毒的心灵鸡汤，也流行着"咬春"。美图可以欣赏，心灵鸡汤是提不起兴趣去看的。只是"咬春"这个习俗，我是不记得的。甚至，对于"咬春"，我全无概念。

了解了一下，原来，所谓"咬春"，是旧时北方的习俗，即立春之时，吃煎春饼或生萝卜。刘若愚《酌中志·饮食好尚纪略》曰："至次日立春之时，无贵贱皆嚼萝卜，曰咬春。"这段文字，应该是对这一习俗最早的记录了。

仔细一想，虽然昔日，家中长辈皆无明言"咬春"之俗，但这个习俗还是有的。只是，因地域、气候的差异，略有差异和延迟，青海农村的"咬春"相对要晚些，至少要到春分前后，而不在立春，吃的一般是韭菜盒子。

韭菜盒子和春饼当然不是一类食物。春饼的食材要丰富一些，制作也相对繁复一些。当然，也只是些许差别而已，用食物来迎接时节到来的仪式和借以祝福的意义是没有什么分别的。

在那个物资匮乏的年代里，冬天的蔬菜基本只有土豆、白菜或腌酸菜。过年节时，可能会有从南方运过来的冻芹菜一类的绿色蔬菜。在2月吃韭菜盒子或春饼，是很奢侈的想法。估摸着到了春分前后，天气转暖，露天地里的韭菜在蛰伏漫长一冬后，露出新芽，快速地长到五寸左右，就可以割来尝鲜了。

头韭春芽，叶细而短，拣择费时费力。但是，韭香浓郁，回味悠长，是难得的春之馈赠，是"咬春"的佳品。

这些年，韭菜是再寻常不过的食材了。无论是当地温棚里种的，还是外地调运的，无论什么时节，市场上总也不缺。诚然，和露天地里的头韭相比，总是差了一些口感，少了些唇齿留香的味道。

时至今日，在我们这里，许多人依然执迷于初春露天田地里自然生长的韭菜，尤其是头茬韭菜，常被用来炮制韭菜盒子、饺子一类的美食。

再说"咬春"一事，传统的时节，约定俗成的食物，用来纪念或庆祝，

静斋烟火岁月长

这种深植人心的仪式，何尝不是一种怀旧的情结，不过是对过往的感念和追思。

很遗憾的是，今年的立春，我没有韭菜盒子吃。知道昨日立春，是今天起床后的事情，是看微信朋友圈才知道的。

宅家的日子，只关心两件事：单位的事和吃饭的事。知道了"咬春"的意思，也寻思着吃个韭菜盒子，庆祝一下春天将至。于是，穿衣，戴口罩，例行至小区门口登记，如实告知登记人员出门采购。未料，小区附近的几家菜铺里，竟无韭菜，并被告之："不要再找了，这两天韭菜太紧张了，明后天再来。"

我是明白"紧张"之意的。一则疫情防控期间，因运输等诸多方面原因，蔬菜调运不易。二则与立春节气有关。看来，当地人并非皆如我一般浑噩，不关心历法的。当地人对韭菜盒子的酷爱和对时节的重视可见一斑。

于是，我悻悻地咒怨着这该死的新冠疫情，快速回家，赶去消毒、洗手。吃饭虽然重要，但更加重要的是健康而快乐地活着。

年前新买的桂花正值开花季，却莫名地生了虫，叶片上结满了蛛网一类的东西。偏偏家里没有常备绿植杀虫药，外面的花店等无关民生的铺面已全部关了。我只能希冀着它自己能挺过这个孟春的苦难。西宁家中的绿植，我已经不抱任何希望了。一个多月过去了，应该是早已枯萎了。我也只能默默地祈祷，就像在疫情面前，大部分人也只能默默地祈祷一样。

青海的春天不仅仅是迟到的，还是漫长的。

青海的春天，从2月立春时荒凉如冬的枯寂，到"春色满园关不住"的春意盎然，总是纠结在冰雪交加、乍暖还寒的往复里，总是在所有高原人的期待中，一波三折，在不屈不挠的挣扎中艰难地降临，最终绽放在高原湛蓝的天空下。

但是，不管过程有多么曲折，不管有多少艰辛，春天依旧会到来，在每一个漫长的冬天之后。

2020年，是不寻常的一年，今年的春天，也是个不寻常的春天。新冠疫情正在全国蔓延，形势严峻，不容乐观。但是，在大灾大疫面前，我看到了全国人民必胜的信念，看到了党和政府的执行力量，看到了许多许多人无私的奉献和宽容理解……

这是正义的力量，是传承的精神，这些力量和精神，让我始终相信春天一定会到来一样，坚信着瘟疫终将远去，逆风者终将平安归来，中国终将胜利！

立春已至，春将不远。待到春暖花开、山花烂漫时，踏青长歌浊气无，举杯共庆瘟疫除。

2020 年 2 月 5 日于贵德

雨水无声别离时

壬寅虎年农历正月十九夜零时四十二分五十秒雨水。

昨日雨水,雨没有下,雪花倒是飘了起来。早晨在老大家起床后,走到阳台边上,就看到外面目光所及之内都覆盖了一层薄薄的雪,停车场里的所有车辆,都被盖着一层朦胧的轻纱,几乎看不清车子的本色。天空中,雪花还纷纷扬扬地飘洒着,只是明显已经快停了。

初春的青海,第一场雨应该是在谷雨前后。但也只是可能,也许到了谷雨,依然不会有雨,而是春雪再次光临。

前些天,和家里人一起吃饭的时候就约好了,这个周末和老大、姐姐他们一起去西宁吃饭,依然是为了给儿子送行。其实,对我和夫人而言,这是个略微有些痛苦但无法推辞的约定,实在是盛情难却。

这真是个漫长的春节,冗长的饭局像极了剪不断的亲情,有些繁杂,却始终不可舍弃,在剪不断、理还乱的纠缠里继续着。

昨天早上,起床的时候忽然想起,儿子还没有做核酸检测。在这个疫情时期,没有核酸检测阴性证明,简直是寸步难行的。在县城里面做检测也是可以的,只是如果要去西宁吃饭,肯定是拿不到纸质核酸检测报告的。遂临时起意,去西宁做。便和老大他们沟通了一下,我们仨提前驱车赶往西宁。

现在是网络的时代,是信息化的时代,是电子化逐渐淘汰纸质化的时代。纸质核酸检测报告,实际上是完全没有必要的,因为所有人的手机上都会显示实时的核酸检测报告。不过,为了保险起见,我们还是决定做两手准备,提前备好纸质和电子的所有报告。这样做的目的,只是为了让儿子的行程变得更加舒心,变得更加顺利。因为每当疫情发生的时候,总会有一些你预料不到的决定和做法，让你遭遇困境。

就比如，上级文件规定：非必要不出省，中高风险区返青人员要持48小时内核酸检测报告，进行必要隔离等。但是，到了执行层面，文件依旧是文件，所有的做法就变成了一概不得出省，一律进行核酸检测，一律进行居家隔离，而且每天要向社区汇报两次体温等诸如此类的"一刀切"。这种"一刀切"的规定和做法，纯属懒政，纯属行政不作为，完全是不担责、怕担责的行为表现。

有必要实际上也是可以出省的，只是，请假层层审批，还要顾忌上级的情绪、看上级的脸色，甚至要跨级审批，实在是太难了，非生死关头还是不出省的好。只是，对咱老百姓，若非确有必要，也不会冒着被感染的风险出省，这点自觉，想来，大多数人都应该是有的。儿子的病情，已经拖了两年了，今年，无论如何，也是要在假期带他去寻医问诊的。

年前的时候，儿子从南京回来前，我们也叮嘱他做了核酸检测。当时的南京完全没有疫情，国家权威的疫情报告中也显示，南京是低风险区。我们接儿子回到贵德，也在第一时间做了核酸检测，并且第一时间主动向社区进行了报备。这是我们应该做的最起码的事儿，也是每一个返青人员都应该做的事情，毕竟，疫情与我们每个人息息相关，防疫也是每个人的责任。

孰料第二天早上的时候，接到社区防疫人员的电话，通知我和夫人也必须要做核酸检测，并且也要像儿子一样，每天向社区报备两次体温，还要进行居家隔离，我确实是有些难以忍受了。我耐心地向他们解释着，从手机里翻出政府防疫通告，逐字逐句地与他们交涉，最终算是有了一个双方都比较满意的结局。

不能因为困难而去提前分解应尽的责任和义务，不能因为可能存在的风险，而杜绝一切必要的行为，就像不能因为存在犯罪的可能，而去提前拘留一个自然人一样。风险可以提前规避，但必须有合理的前提。这种"一刀切"的做法，明显是错误的，是不可取的，是应该及早被纠正的。

其实，当时我真的不想解释，只想骂人。只是作为一名公职人员，我了解他们的困境和为难之处，理解他们为了防疫工作所做的大量工作和受到的委屈和伤害。作为一名公职人员，我也不想沾染无谓的麻烦和纠纷，担上扰乱防疫秩序的罪名。但是，作为一名政协委员，我在年初的政协会议分组讨论时，还是提起了这个话题。必须有人看到这个和谐社会中的缺漏，必须有人去碰触不愿意被人触及的阴影，也必须有人去改变一些错误，这才是和谐的真意。

出贵德的时候，阳光明媚，我们仨在车上谈论着关于核酸检测和防疫的经历，一路向西宁行去。

阿什贡峡里，早春淡然的绿意在灿烂的阳光下，显得越发有些明艳，淡淡的春色也仿佛更显浓郁了些。儿子还在感慨着，最近忙于应酬和吃饭，耽误了去松巴峡探寻春天的脚步。"过两天吧！等到返回贵德，我和你妈去松巴看看春天。"儿子撇了撇嘴，"过两天？明天，我就可以在南京看到江南的春天了。"

"下雪了。"谈笑间，车辆刚刚转过尕让乡最后的弯道，儿子喊道。车窗外已经飘起了零星雪花，路面上，有些湿滑，再往前，明显地已经有了一层薄薄的积雪。我让儿子放慢车速，慢慢地向前行去。到了千户，雪越来越大，路面的积雪也越来越厚，几乎看不到路面了。儿子没有雪地开车的经验，他的车速依然保持在八十迈左右，我不断地提醒着让他放慢车速，提点他雪地开车的技巧。对机械和驾驶一类的东西，他还是蛮有灵性的，这也是他选择机械专业的原因之一。虽然有些提心吊胆，但总归是在有惊无险中，翻山越岭进了隧道。

出了隧道，路面很干爽，丝毫见不到雪的痕迹，天空也没有飘落的雪花，这是很难得的。以往隧道通向贵德的方向只要下雪，西宁方向的隧道口到上新庄镇雪只会更大，路只会更加难走。

西宁没有疫情，一切像往常一样平静。儿子去做核酸，很快，我还在停车场的入口排队进场，他已经做完检测回到了车上。

晚上吃饭的地方，选在了比较繁华的力盟商业街。时已初春，夜晚的风很大，有些刺骨的冷，但是，街上行人依然很多，当然还是年轻人居多一些。裹着厚厚的大棉衣，在瑟瑟寒风中，顶风结伴前行。灯红酒绿的夜晚，依然

087

是属于年轻人的世界。街道上的每个人脸上都挂满了笑容，不知道是真的满怀喜悦，还是被春风吹僵了的微笑。我想，还是喜悦的成分会多一些，不然，这个时间应该是宅在家里，把自己包裹在温暖的被窝里。

就餐的地方，人也很多，大厅的卡座、所有的包厢几乎都满了，幸好我们提前订了座。整个餐厅里人声鼎沸、热闹非凡。虽然，政府一直在强调减少聚餐，但是，所有人就像我和我的家人一样，依然无法阻挡对聚餐、聚会的热情，而这份热情，并不简简单单只是为了吃饭，更多的可能，是为了亲情，是为了爱情，是为了友情。

毕竟所有的感情都是需要用心去呵护的，用时间去滋润的。有些人走着走着就不见了，有些亲情走着走着也就疏远了，有些爱情也在时光中枯萎了，有些友情在四季轮转中飘散于风……

所有喜欢聚餐的人，并不仅仅是因为寂寞。他们都是真正懂生活的人，是珍惜情感的人，他们在精心地维系着所有值得珍惜的情感和经历。就像在这个疫情时期，突然兴起的视频聚会、视频酒局等，而这一切，就是真实的生活，就是真实的情感，一切都应该是被珍惜和呵护的，就连这残酷的、可恶的疫情也无法阻挡。

吃完晚饭，精力充沛的年轻人，在侄子的倡议下，约着去KTV唱歌，我们几个老家伙也只好盲从。去唱歌的KTV，是侄子的表哥和几个朋友合伙新开的。合伙人都是年轻人，岁数不大，尚不及而立之年，是几个很有魄力，而且很有行动力的年轻人。

他们从县城的一家小餐饮店开始，涉足餐饮、酒吧等多个行业，很快脱颖而出，走出了县城，走向省城。目前，大概拥有五家相关的企业。生意渐渐地做大了，合伙人依然是起初的那几个。我和老大经常对侄子和儿子说，应该向他们学习。当然，并不是鼓励像他们一样去做生意，而是去学习他们敢想、敢闯、敢干的年轻活力和魄力，学习他们的人际交往和交流方式，学习他们的团队合作精神。

这个世界依然是年轻人的世界，我用嫉妒的眼光打量这个世界，不由自主地感慨着年轻真好。

我不大会唱歌，是因为前些年嗓子有些问题，差点儿失声，虽然动了手术，但依然无法驾驭歌曲的高音部分。每次去唱歌，家人们总会给我点一首赵雷的《成都》，我也只能勉强去唱这种波澜不惊的歌曲了。

最后一首歌曲，所有人一致地把机会留给了儿子，他的歌唱得真不错，比我要好很多。毕竟他是他们学校"轻舞林间"艺术团的一员，勉强还算得上是主唱之一。他唱的是筷子兄弟的《父亲》，他用深沉的语调，唱着这首饱含真实情感的歌曲。我从歌声里，听到了隐藏在他心灵深处对我的关爱和眷恋，听到了他隐藏心灵深处，从未向我表达过的记忆和感激。让我情不自禁泪目，有把他揽在怀里的欲望，却终是抹去泪花，按捺住冲动的双臂，就那样静静地微笑着看着他。

父爱总是不如母爱那般汹涌和灿烂，不如母爱那般直观和入微；父爱如山，总是深沉的、含蓄的，也是严格的、是挑剔的。就像父子之间的情感一样，表露得总是那样的平淡和含蓄。我很庆幸的是，他会选择以自己擅长的方式，来向我表达这种平淡与含蓄。

雨水那天，儿子去了南京上学。叶子，早在雨水之前的那天，就去了重庆上学。这是两个懵懂初开的花季少年，是两个热恋之中的甜蜜人儿。我真心希望他们能够明白情感的真谛，能够珍惜现在所经历的一切，去珍惜当下的生活和今后的岁月。

昨天晚饭的时候，家人们还在调侃我和夫人，说一切尚未可知，说我们有些高兴得过早。其实，正因为一切尚未可知，便也有了一切的可能。所有的可能，都不影响我们心存欢喜，去享受欢乐。因为，重要的不仅仅是结局，值得去珍惜的，也并不全是结局，最值得每个人记住的，只是享受情感的过程，而这个过程，恰恰是每个人记忆中最珍贵的、最值得眷恋的东西。

我讨厌这该死的疫情，讨厌它阻挡住我欣赏这美丽世界的目光，讨厌它牵绊我跋涉的脚步，我诅咒它尽早离开这个世界。

我还想去南京林业大学陪着夫人和儿子，看看灿烂的樱花；在苏州的护城河上喝茶听戏；在美丽的山城——重庆，带着叶子吃一顿酣畅淋漓的火锅；我还想去天山脚下策马扬鞭，去珠江边上欣赏海上生明月的波澜壮阔……

　　我想，我还是有机会去实现梦想的，疫情也无法阻挡我的脚步。而且，疫情终将过去，就像春天毕竟会在冬天的挣扎里到来一样。

　　过不了多久，真正的雨水就会"随风潜入夜"，滋润这干枯的大地，春风也会扫尽这一方寂寥，"李花怒放一树白""千树万树梨花开""万条垂下绿丝绦"，那时，就是真正的春天，是生机勃勃的季节。

2022 年 2 月 20 日于贵德

惊蛰过后春方醒

壬寅虎年农历二月初三二十二时四十三分三十四秒惊蛰。

动物入冬，藏伏土中，不饮不食，谓"蛰"。而惊蛰便是天雷响起，惊醒蛰伏动物的日子。此时应是春雷滚动，春暖花已开。

我一直在惊叹古人的智慧，他们没有显微镜、放大镜等工具，却总是能准确地归纳出许多媲美现代科技的知识和经验，丰富着中华文化的内涵。我想，这些充满智慧的知识，应该是来源于日常生活的体悟，来源于细致入微的观察。

我们的生活中，从不缺乏新奇的事情，也从不缺乏美好的东西。生活万般苦，我们只是在匆匆跋涉的脚步里，忽视了人生途中的风景，多了些浮躁，多了些急功近利，少了份细腻，少了探究和发现美的心灵。

惊蛰那天，没有春雷滑过大地，惊醒沉睡的大地和蛰伏一冬的动物们，那应该是西北以外，南方的惊蛰。青海的惊蛰并不始于雷声，而是始于风声，用春风来唤醒大地和大地之下的一切，用春风吹绿高原古镇、大河两岸。

过了惊蛰，每天清晨，窗外鸣唱的鸟儿们更加勤快了些，声音也仿佛比前段时间清脆了不少。早晨在鸟儿的清脆声中醒来，迎来的几乎都是阳光明媚的一天，很少见到阴天。只是，过了中午时分，老天爷就变了脸色，阴沉着脸，肆意地刮起狂风，卷起漫天沙尘，席卷隐藏在角角落落里的垃圾，晃动着大地上所有的枯树，吹落枯枝无数，带走树干上仅存的几片枯叶，为即将在风中吐露的新芽，让出最后的枝丫。

风在每天下午准时吹起，所有树木都在一天天地返青，青色在风中一天天变深，直到有一天变成满目苍绿，春风也便消失得无影无踪了。

春风吹起的时候，偶尔也会有沙尘暴过境。那是从内蒙古等地方掠过来的余尘。没有铺天盖地、黑云压城般的壮观，却也遮天蔽日、满目昏沉。沙尘的气息无孔不入，就算是躲在屋子里，也让人萎靡不振，胸闷气短，昏昏沉沉，提不起干任何事情的兴趣。

每当此时，我的脑海中就会传来父亲的咳嗽声，时断时续，"咳、咳咳……"仿佛穿越时空的迷雾，仿佛隔了几个世纪，模糊而清晰，厚重而深沉。

父亲生前长期患病，支气管、心肺都有问题，于是，多风多沙尘的春天，包括即将迎来的春暖花开，对他而言，都不啻一场灾难。每到春季，他都在剧烈的咳嗽声中，用尽全身的力量，艰难地呼吸着，挣扎着活下去。这是从前到现在，每个春天里我最深的痛。

苇岸在《大地上的事情》中写道："过了惊蛰这天，春天才算坐稳了它的江山。"写得太好了！太有诗意了！就像"惊蛰"这两个字一样，充满画面感，充满令人遐想的意境。只是这依然是远方的惊蛰，远方的春天。

青海的春天不会在惊蛰过后便铺满大地，而是依然不疾不徐，在东风中酝酿，在春风中积累着。"五原春色旧来迟，二月垂杨未挂丝。"春天要想坐稳它的江山，用绿色占领高原，恐怕是要到清明前后了。

高原的春天还在春风里徘徊，夏天却仿佛已经迫不及待。惊蛰过后，气温已有了明显的提升，省内多地气温迅速突破22℃，省城部分区域竟然突破了26℃。于是便出现了如此评论："走在西宁大街小巷，更是棉服与短袖齐飞。"更有网友调侃："西宁的春天真是神奇，四个人等电梯，竟然在他们身上看到了春、夏、冬三季。"当然说话的人穿的肯定是秋装了。不过这种属于极端的天气不会长久，隔不了几天就会被"断崖式"的降温给打断的。

青海的春天总是在欲拒还迎、欲语还休中一波三折地反复着。春天对高原人民而言，也是个纠结万分的季节，纠结着穿衣如何适应季节的变化，纠结着清晨要不要穿秋裤出门。

单位宿舍楼的外面，紧挨着院墙，是村子里的麦地。过了惊蛰，地里的冬麦苗就已经急不可待地冲破大地的阻挡，冲出地面，用稀稀落落的绿色，装扮荒凉的田野。它们在春风里以肉眼可见的速度汇聚着，行列整齐，一点点蚕食着大地的枯黄。它们在肆虐的春风中摇曳着稚嫩的身姿，过不了几天，它们终将侵吞田野上最后的枯黄，用绿色占领大地，绽放绿油油的希望，在春风中，翻腾起滚滚麦浪。

惊蛰过后春方醒，大地在春风中回暖，万物在春风中复苏。所有蛰伏的生命，在远方的雷声中苏醒，在高原的春风中觉醒。

惊蛰是大自然的礼物，是春天里最有诗意的信使，是开启时序轮转的号角。

过了惊蛰，春天的脚步似乎更加轻盈，更加欢快了，春天的气息也越来越近，越来越浓了。

儿子打电话说，玄武湖和南京林业大学的晚樱也开花了，他已经脱下了厚重的棉衣，换上了清凉的短袖。我叮嘱着他"春捂秋冻"的道理，但自己也穿着轻薄的衬衫，望着单位院子里苍凉如冬的花园，期待着不久之后的繁花似锦、绿荫如盖。

2022 年 3 月 9 日于贵德

田社祭祖雪飞扬

乙亥猪年农历二月十五晨五时五十八分二十秒春分。

"清明时节雨纷纷，路上行人欲断魂。"春寒料峭，雨透衣衫，悲思愁绪上心头。可见清明确实是祭祀吊唁亲人的传统节日。"借问酒家何处有，牧童遥指杏花村。"话锋一转，愁思消散，春意闹枝，邀友共聚酒旗下。可见清明，自古以来也是踏青郊游解心忧的欢乐日子。

我所在的高原小县城的祭祀却鲜有在清明时节的，要早一些。我们的春季祭祀是从春分前一周开始，一直到清明节前结束。没有春祭日期上明确的要求和呆板的规定。

春分祭祀，当地老人们统称为"田社"上坟，年轻人称"田社"的很少，却也是有一些的。奇怪的是读过书上过学的几乎不说，反而农耕在家的一般都这样说。

出现这种对传统节日的不同称呼，最主要的原因，也许是读了几天书，识了几个字，只知有"清明"，而不知"田社"二字，遑论出处、来历。遂自以为是地认为"田社"的称呼是不确切的，就想当然地改了称呼。这个原因，虽是我揣测之意，其实是极有可能的。

关于"田社"，以前，也多次问过父母和村里的长辈们。但是，都不知其意，或模棱两可，说法不一。能与"田"沾点边的说法，大约是：自腊月三十，上坟请先人到家过年，到正月十五以后送先人归阴间。清明前，鬼门一直洞开，各路亡灵都在天地间自游地飘荡着。直到春分前后，万物复苏，春意初醒，为了防止亡灵游魂践踏青苗，困扰人间，所以要祭祖送灵。如果春分前后不送亡灵，鬼门关一旦关了门，祖先们就会成为真正的孤魂野鬼。

"社",本义就是古代祭祀土神的地方,也代指祭祀的礼仪和时间,如春社、秋社等。

但是这个说法,只是我根据父母曾经的解释,自己牵强附会的臆测。

为了确认"田社"的由来,弥补自己的无知,查询了一下出处,出自曹植《〈社颂〉序》:"田则一州之膏腴,桑则天下之甲第,故封此桑,以为田社。"简而言之,应该是古代祭祀田神的地方,是祈请大地赐福于民的仪式,与祭祖没什么干系。

我依然倾向于父母的讲述,因为每次田社祭祖,总是从祭祀后土神开始。仅就这点而言,田社已将祭祀神灵、阴灵和先人亡灵完美地结合起来了。

当然,上坟祭祖,只是个仪式,只要能表达自己对祖先的缅怀和思念就足够了,也不用过于追究什么称呼,怎样去称呼的问题了。这些问题不如交给比我专业的人士,比如考古学家、史学家什么的吧。

村子里上坟祭祖的日子明显多于省内许多地方。首先,肯定比县城里的人们上坟要勤快频繁得多。大小节日无一例外,甚至春分、清明、冬至等节气也无例外,都要上坟给先人送去衣食香火。当然,最重要、最隆重、最重视的除了春节,当数田社无异了。

每年田社前夕,和姑姑、叔伯们约好日期,一般都是选在周末,以方便上班族和远方的亲人们。

然后母亲就开始准备祭礼了,上坟的大馒头,俗称"盘",十二个是定数。直到现在,重要的场合,尤其是至亲或近支长辈去世,一定要有"盘"。至于为什么把白花花的大馒头称为"盘",可能是因为统一装在木制托盘里的缘故吧。

蒸好的馒头,母亲都会耐心细致地用筷子头醮上红曲泡的水,挨个儿点上红印。如果,馒头蒸开了花,母亲会笑着说:"先人们欢喜地笑着呢,馒头都开了花了。"边说边在馒头花瓣上再挨个儿点上红印。我觉得,母亲的话是有哲理的,要不然,为什么当地人形容笑容灿烂的人,总是会说"笑容像馒头般的绽开着"呢?

蒸完馒头,照例,是要做"合页"的。所谓的"合页",其实就是把发面擀成直径寸余的厚圆，两面用新木梳压上对称的花纹，然后对折成半圆，再把半圆的两头捏起两个弯弯的小角，立马上笼屉蒸。出笼的"合页"馍真的能像门窗上的铁合页一样，开合自如。"合页"，母亲也称之为"福儿"，是因为这种形状类似蝙蝠的样子，而蝙蝠是代表着福禄的传统吉祥物，包含着祈福和祝福的寓意。

那真是美味而精细的食物，如果里面再加上一片为上坟准备的热乎卤肉或者卤蛋、凉菜什么的，那味道是极致的，是发自味蕾和心底的难以抗拒的诱惑。

许多年过去了，自从住到楼房里，厨房逼仄，多有不便，母亲也就不做"合页"了。当然，田社除了热腾腾的大馒头和精致的"合页"馍，还有随着蒸蒸日上的生活变得日益丰富的各式凉菜。

现在，省内非清真的饭店里，大多会有一道菜——"红福肉夹饼"。精美细腻的瓷盘中间有一小碗腐乳肉，外面摆一圈"合页"馍，挺好看，但是只有半圆形，缺了两个弯弯的小角，总觉得有形无神，少了这种食物的内涵和寓意，便也没有母亲昔日做的别致、有味。也许是多年来，饭桌上丰盛的食材让我们的味蕾变得过于挑剔和苛刻了，也许是因为再也回不到童年的家园，找不到童年的自然和纯真了吧。

自从上学时读了杜牧老先生的《清明》，便在每年的田社，期盼着邂逅一场春雨里的祭祀。

尤其是近年来，每逢田社，便在心底默默地祈祷着一场纷纷扬扬的春雨。希望春雨带走我们对父母的思念，渴望在春雨里兄弟姐妹们醉卧坟头诉衷肠。但是，三四月的高原小江南，虽然绿意萌发、春意躁动，期待的那场雨却是迟迟未见。而且，依据气候类型来说，几乎是不可能在田社期间见到春雨的。

到现在，虽然没有等来田社春雨，却在多年前，邂逅了一场白雪纷飞的田社春祭。

十来年前，刚结婚不久，儿子还未来得及赶到这个世界上，母亲也还健在。和大家约好春祭的日子，一切准备就绪。

早晨，拉开窗帘，外面已是白茫茫一片，纷纷扬扬的雪花还在不停地从天空洒落。一直等到十点,雪依然没有丝毫停息的意思。大家伙一合计,田社上坟遇上下雪,也算是破天荒的头一遭,体验一下,可能也是别样的风情和意境。

于是,在年轻人的鼓动下,在满天飞扬的大雪里,大家高高兴兴地义无反顾地向小泉山上的祖坟出发了。显而易见,对踏雪野游、户外家族分支聚餐的兴致已冲淡或遮掩了祭祖追远的忧伤和思念。或者说,这就纯粹是借祭祀之礼,用活着的人的幸福和团圆向先人们表示哀悼的另一种方式和礼仪吧?

虽然,没有探究过风水堪舆之术,也不大相信分金定穴之用,但是,窃以为,我家祖茔之地还是称得上风水宝地的。山形自正中间最高处缓缓削落变低,如双臂环抱,形成三面遮风的半环形平坦宽阔的小盆地,远远望去,恰如一把古朴的圈儿椅。前面是自然形成的山川泄洪沟,这些年,除了下暴雨,已经很少见水,以前,春夏秋三季都是有水的。再往前,除了延绵不绝的山峦,依然是层层叠叠的山峦,最远处,依稀能看到皑皑雪山顶在阳光下熠熠生辉。似乎,祖茔所有的坟都朝向那个雪山之尖。

白雪覆盖下的山谷,寂静而悠远,空旷得只剩下寂寥。白雪掩盖下孤独的坟头,像极了父亲临终时的白头,沧桑而又无助。泪水,象征性地滑过脸庞,便在七嘴八舌的嘈杂声里消散在漫天的雪中。这纷纷扬扬的雪,这飞扬在田社祭日的雪,是父亲捎给母亲和我们的,让我们勿念勿思的讯息,还是寂静的夜晚,我对父亲偶尔的思念和愧疚,也许,兼而有之。

母亲和姑姑们各自拿出祭品,念念有词地从后土开始祭献,说道的,不外就是向先人报平安,祈愿保佑平安一类的。年轻人们,开始往坟堆上添新土,三铁锨一背篓,每个坟头不多不少,只添三背篓。新坟,照例是三年不添土的。然后,我跟着老大,向四周抛撒馒头、凉菜、酒食,以免穷鬼、恶鬼来抢了先人的祭食。随后,烧纸、焚香、插香、叩头。仪式,从来都是简单的,简单得和那份随着时间的流逝,越来越淡的思念之情一样。复杂的只有多变的人心和物欲横流的世界。

每一座坟都是活着的诗,每一座坟都是掩藏着的写在心底的散文诗,是祖辈们对人生的诠释、对生活的哲思和希望。

祖茔的坟头，不停地密集了起来，父亲的兄弟姐妹们几乎聚全了，妯娌们也聚了有一半了，所有恩怨是非，应该都放下了吧？应该是丢了"锄禾日当午"，没有了"汗滴禾下土"，只剩下日日把酒言欢，看云淡风轻、看花开花落的随性惬意了。

父亲走了二十多年，母亲去陪伴也有几年了。我想，父母现在至少是不孤单的了，"少年夫妻老来伴"，在阳世上未来得及相伴相守，总算不用再分开了。况且，"儿孙自有儿孙福"，如今，也不用再天天去看儿孙们的脸色，不用担忧儿孙们的前程，应该也是幸福的。

祭祀的礼仪一旦结束，剩下的时间和事情，就只属于活着的人了。

所有人手忙脚乱地在坟前平地上，铺上塑料布或其他什么东西，把各家的肉、菜、蛋、馍等整齐地摆上去，并打开各家的酒瓶。随便在雪地上铺些塑料袋一类的，就围坐在雪地上，开始家长里短、嬉笑玩闹，偶尔甚至会谈起旧事，论两句先人是非，触及伤心事，也会不时掩面抹泪。但是，总的来讲，是欢快、热闹的。身后，不远处，就是那一堆堆添了新土的孤独的旧坟。

坟上毕竟是不耐久坐的，一来没凳子，近年来，大家身体都发了福，坐在地上不甚舒适；二来坟上无遮无拦，天阴时冷，风劲雪疾。所以，闲聊一个多小时后，就兴趣索然地撤回老家院子里了。

回家，趁着祭祖野炊的兴致正浓，正式的吃喝才拉开序幕，直到酩酊大醉，直到华灯初上，杯盘狼藉。只有神位前烧落一地的香灰，只有神位前摇曳的油灯，提醒着我们，今日是田社，是祭祀祖先的日子。

清明也好，春分也罢，田社祭祖，只是春天里的一场隆重的仪式和聚会，唯一的作用，是活着的人用自己的方式去宽慰自己不是一个数典忘祖的人。

祖先是活在心中的神灵，不管方式、形式如何，心意或者说是仪式有多么重要，更重要的是开心就好。活着的人开心幸福，就是先人们最大的期望和祝福。

2019年6月26日于贵德

清明时节忆故人

壬寅虎年农历三月初五晨三时二十分零三秒清明。

"无花无酒过清明,兴味萧然似野僧"《历书》有言:"时万物皆洁齐而清明,盖时当气清景明,万物皆显,因此得名。"早上起来,窗外天清气朗,风轻云淡,实在是与清明之名完美契合,是个适合踏青出游的好日子。

虽然清明节是传统的四大祭日之一,本该上坟祭祖,缅怀先祖,或去烈士陵园祭扫英烈,追忆壮烈年代,不过,贵德的春祭都在春分前后,俗称田社。两周前,已经和家人去坟上培了土,祭了祖,而且,因近期自上海输入省内的疫情渐有蔓延趋势,防疫形势紧张,往年的烈士陵园扫墓活动也改成了网上云祭。

自新冠疫情暴发以来,各种基于网络平台的云会议、云祭扫等也开始变得时髦起来。一波未停,一波又起的疫情,给整个社会和人们的工作生活带来了极大的不便和压力,幸好我们有一个值得信赖而又强大的政府,这是整个疫情期间最值得庆幸的事情。

阴霾终将散去,疫情也终将过去,只是希望,蔓延的趋势能缓解一些,持续的时间能再短些,让这一时之痛很快过去。

以前,一个地方的族群基本上是稳定的,除了战争、瘟疫、饥荒等天灾人祸,几乎不会有大的流动。而现在上学、打工、城市化等各种因素造成的人员流动普遍而常见。于是,近些年,为了等远方的人回乡祭祖,县城里也多了一些在清明小长假里祭祖扫墓的。我们家目前还不存在这种状况,除了儿子在南京求学外,都在县城周边上班定居,所以清明节,也就真的是悠闲的小长假了。

昨天听说老大在家里的果园种树，想来今日应该是没有什么活要干的。正逢清明假期，外甥和外甥女婿也都放了假，各自从贵南、共和回来了。如此良好的春日美景，岂能辜负，借着清明小长假去搞个野炊，应该是个不错的想法。

打了几个电话给哥哥姐姐们，都是一拍即合。外甥女婿嚷嚷着，让我带上煮茶的炭炉，说是坐在树荫下，淋浴着春风喝茶，是件惬意舒心的事。我笑着应承，心中却在暗自猜想：喝茶，只怕也只能是个附庸的点缀，兴高采烈地喝酒，倒是有极大可能。

母亲在世时，酒量颇佳，虽然没见过年轻时母亲喝酒的样子，但是后来，我们都成家立业后，逢年过节，母亲总会和大家一起喝点儿酒，热闹热闹。母亲大概能有一斤的酒量，这是比较少见的，在大碗喝酒、大块吃肉的青海也是少见的。我们兄妹几个可能都随了母亲，性好喝酒，且酒量都不小。两个姐姐虽然近几年很少参与酒局，喝起来却也不输当年。于是，不管什么时候，我们兄妹所有的聚会，最后都会变成一场酣畅淋漓的酒事。

本想着去松巴藏寨，四月初的松巴，风光无疑是极好的。只因没有提前准备和沟通，出门时已经上午十时，到了河东老宅，收拾完东西已是近中午了。松巴稍远，山路崎岖，又恐酒后无人驾车，最后，老大拍板，决定去河西镇关家村。

今年的春天，虽然和往年一样，反复着乍暖还寒的日子，但是总比往年要热上许多，春天也比往年早了许多，本应在四月中旬绽放的梨花，也已经完全盛开了。一路上，桃红柳绿，麦苗茁壮，郁郁葱葱，一片昂扬的春意在大地之上铺满开来。

过了贺尔加村，沿着蜿蜒的村道前行，路两边是平整宽阔、连成片的麦子地，绿油油的麦子在清风中舞蹈，麻雀和喜鹊在天空中欢快地飞掠而过，田间地头的柳树，已经即将退去嫩绿的鹅黄，白杨树的叶子也已经有了铜钱大小，一切都是春天该有的模样。路边上，不时有小孩子们追逐着嬉戏玩耍，旁边的果园里，菜地里，还有弯着腰、低着头种菜施肥的身影，演绎着"汗滴禾下土"辛勤劳作的画面，一切仿如回到了几十年前，村庄的气息、过往的回忆纷沓而至。

"清明前后，种瓜点豆。"母亲在世的时候，每逢清明前后，一天到晚，基本上都在花园里、果园里忙碌着，挑地垄、种土豆、平整地、覆地膜，就连所有田地的边边角角，甚至地垄旁也不会遗漏，无一例外地种上一些蔬菜。这儿撒点儿黄豆，秋天打的黄豆，可以在春节时发豆芽菜吃；那儿点几个刀豆，每天晚上可以拌个豆角下饭吃；这儿撒点儿油菜，那儿种点儿香菜……零零碎碎的地边田头，母亲都像日常过日子一样，精打细算，合理规划，充分地利用起来，只为了一日三餐可以换点儿花样，让清贫的生活不至于单调得让人乏味。而我们兄妹几个从小到大刁钻的嘴巴，就是在母亲精致的菜园里养成的。

这些年，大姐和大哥每年春天也会种一些蔬菜，只是大部分地还是空着的。为了避免荒芜，就都栽上了核桃、大樱桃等果树。虽然早已不见母亲菜地的茂盛平整，却也不失苍翠葱郁。

村道两边，不时闪现的阔气小别墅，整齐的日光、风、电三用路灯，修建房屋的忙碌景象以及干活的人们脸上挂满的微笑，给这恬静的村庄增添了许多现代化的气息，也明显能看出来，这个远离县城的小村庄，人们的生活质量还蛮高的，整个村子也呈现出欣欣向荣的农村新气象。

目的地并不远，就在关家村外的一片小树林里，远离村庄和公路，树林旁边是一条小河，几近干涸的河床上流淌着宛如小溪的一股清流。除了鸟叫、风声、水声，几乎再也没有什么声音，很是幽静。

女人忙碌着收拾桌椅，我们几个男的开始生火、煮肉、烧茶。"三石一顶锅"，搬三块大石头，架好锅灶，柴火是现成的，树林里最不缺的就是散落的枯枝。用气灌式喷灯点火，倒是让我吹火的绝技无从施展。以前，每次家里人结伴出游，生火是我的专利，他们都很难在短时间内让火熊熊燃烧，靠的就是我吹火的诀窍，现在却完全没了用武之地。

煮一锅牛肉、一锅羊肉，没几分钟，肉锅就开滚了，我的陈皮老白茶，也在炭火上的铸铁壶里"咕咕"地冒着腾腾热气。凉拌萝卜，撒上揉碎的香菜，现买的河西镇网红酿皮、锟锅馍馍、糖拌西红柿……简单而不失美味。其实，生活的本质无非就是衣食住行，简单而平淡，只是人为地被我们毫无节制、永不满足的欲望给搞繁复了。

母亲在世时，每逢周末，我和夫人也会像现在一样，拌点儿凉面，弄几个小菜，带着母亲和儿子去河滨公园的树林里，在树荫底下煮一壶老白茶，在明媚的春光里享受简单的餐食。然后母亲在树荫下的吊床上午休，我们在沉寂悠远的古琴声中读书。喝茶看书，伴着鸟儿的鸣叫，生活是那样其乐融融，真诚有情。遗憾的事情是，今年的春天，儿子不在身边，还因疫情原因，被困在宿舍里上网课，没有办法和我们一起春游踏青，也没有办法去看他心爱的人。

锅里的肉熟了，都是大块的，像极了粗犷豪放的高原汉子的性情。大家大快朵颐地吃着肉，东拉西扯地聊着家长里短，工作上的烦心事、生活中的喜怒哀乐、子女的教育，当然，还有带孙子的心得等，时而传出一两声争执，大部分时间都是爽朗愉快的笑声。老大和我，还有外甥女婿三个人在觥筹交错里偶尔插一两句话，发表点儿看法或观点，却往往有一锤定音之效，可见话不在多，而在于精。

侄子在烤炉旁烤着鸡翅，不时传来油和汤汁溅到炭火上，发出嗞嗞啦啦的声音，空气中瞬间弥漫出浓郁烧烤料的鸡肉香。几个外孙在林子里撒欢儿，偶尔跑过来，拿走一串生肉，也学着去烤肉，不时送过来一串成品杰作，却也是色香味俱佳。我们一边喝酒一边聊天儿，目光却始终游离在孩子们的身上，就像曾经的每个周末，母亲躺在吊床上假寐，慈祥地看着我和我的儿子一样。同样的场景，不一样的人们，用同样的仪式迎接春天的到来，用同样的情感，在这个早春四月的清明节里，追忆往事，畅想着未来。

"清明时节雨纷纷"，那纷繁飞扬的，是天际飘落的雨还是眼角滑落的泪水？也许兼而有之吧。

"路上行人欲断魂"，清明节本是个哀伤的节日。不过，用饱含亲情的家庭小聚，用踏青出游的喜悦方式，用丰盛的食物来寄托哀思，似乎更加契合先辈们的期盼。毕竟先祖、父母在世，最想看到的是兄妹和睦，更想看到的是儿孙满堂、日子红火、蒸蒸日上。

除了忧伤的过往，深沉的思念，活着的人们更重要的是珍惜现在，珍惜身边的永续亲情，把握好眼前的岁月。祭祀，最好的方式其实就是让自己活得更好，让日子过得更好。

　　清明时节忆故人，迎着春风和满目春色，在熟悉的日常里追寻往事、缅怀故人，这种思念犹如那碗沸腾的茶汤一样，深沉而悠长。当然，这样的日子里，如果能再放飞一只纸鸢，写满自己的思念和忧伤，那就再合适不过啦。

2022 年 4 月 6 日于贵德

谷雨过后春尚好

壬寅虎年农历三月二十上午十时二十四分零七秒谷雨。

谷雨，这是一个充满生命的气息，点燃希望的节气。春雨将至，百谷催生，万物生长。春天即将在谷雨后远去，等待下一载的轮回，夏天探头探脑地观望着，在某个清晨的阳光下骤然降临。

谷雨处于春夏之交，对高原之地的人们而言，春夏之交并不十分明显，真正的夏天还要更远一些。而这并不分明的换季，由于今年此起彼伏的疫情而显得愈发不明显了。省城自 4 月 15 日开始静态管理，新冠患者渐有破百之势。每天早晨翻看手机，总是传来不好的消息，让美好的心情瞬间凌乱到难过起来。

省内的疫情管控工作做得还是很扎实有效的，县城里虽无疫情，但是大部分人都能自觉宅家或两点一线往来于单位、家庭之间，少见有三五成群闲逛的，也少见不戴口罩的傻大胆们，街道上此起彼伏的疫情防控提示音，代替了往日里纷杂的人声和喧嚣的人来车往。只是出不了门，当平静的生活节奏被打乱，当纷攘的城市按下暂停键，暮春时节里浓郁的春色，也就被隔绝在了窗外。偶然想起，蓦然回首，方知已是梨花雨落，青杏初结。那本就模糊的春夏之交也就更加模糊了，浑然不知，暮春将逝，初夏将至。但愿谷雨时节的清风细雨，冲刷走一切的污秽和病毒，让疫情远去，夏日安详。

"谷雨春光晓，山川黛色青，叶间鸣戴胜，泽水长浮萍。暖屋生蚕蚁，喧风引麦葶，鸣鸠徒拂羽，信矣不堪听。"元稹的《咏廿四气诗·谷雨春光晓》详述谷雨三候：一候萍始生，二候鸣鸠拂其羽，三候戴胜降于桑。青海的节气，往往稍晚于南方，但是细节之处也颇为相近。

老宅里的芍药前些天开得很艳，还有石榴花，当然，这个石榴花不是吃的石榴果树上开的花，而是草本植物，学名应该叫荷包牡丹，细长弯垂的花序上挂着一串粉红色的小花，每朵花蕾像极了成熟后挂在枝头的石榴果，所以当地的老人们都叫它石榴花。这应该是自南向北迁徙的人们口口相传，流淌于血脉记忆中，对故土故乡的风物最后的怀念和追思吧。牡丹树上结满了花苞，已有一两朵开始迫不及待地绽放了。"谷雨过三天，园里看牡丹。"恐怕不用过上三天，今天应该已经完全怒放了。丁香、连翘、海棠依然还在盛花期，谷雨是百花齐放的时节，芍药、石榴、牡丹是属于谷雨的时令之花，似乎也是暮春里最后的艳丽了。

麦田的青苗已经有尺余高了，随着春风轻拂，已是麦浪翻涌。以前种春小麦时，这会儿正是青苗初长的时候，还没鸽子大，从小母亲总是对我说："记住啊，明年麦子鸽子大的时候，就是你的生日。"于是，我在翘首以盼的等待里，总是忽略了麦子鸽子大的时候，所以我也从未在麦子鸽子大的时候过过生日。就连现在的生日，也是我在高考那年办身份证时，估计着麦子的高低填上去的。4月22日，那年的麦子恰好和鸽子的高度相近，当然，现在种的冬小麦是没办法去衡量的。

谷雨过后，雨量就会慢慢多起来，麦苗也就会长得越来越快，越来越高。随着几场春雨，气温也会越来越高，春天也就在不知不觉中别离了，迎来了暴躁的夏天。

种春小麦，谷雨前后，麦田里就要开始浇水灌溉，头水、二水、三水……浇完六水，麦子就到了收割的时候。前三水浇完的间隔里，麦子地里就要除草，母亲带着家里人，有时候也有村里其他人家来帮工，每人拿把锄头，一人占左右几行，一锄一锄地锄去空行里的杂草幼苗。那是个重复单调、枯燥无味的农活，活儿虽不累，干久了却腰酸背痛。我望着那一眼就望到头的田地，总是觉得有万里之遥，每次抬头，那距离似乎从未缩短过。浇完四水，锄头是没法用了，每个人都顶着一顶草帽，在齐腰深的麦田里拔燕麦草。我很是纳闷儿，为什么精心照料着的麦苗永远也赶不上那肆意生长的燕麦草的速度？一遍一遍地锄完又锄，拔完又拔，燕麦草总是能长得比麦苗更高更壮，也往往早于麦苗抽穗开花。

那时候的麦田一望无际，像碧绿的大海，在风中摇摆、歌唱，麦浪滚滚，恰似汹涌波涛的样子；那时候的农村，农活没完没了，而我的父辈们，就像那茫茫深海中不知疲倦的游鱼一样，游来游去，为生计而忙碌，穿梭在那如海的麦田里。

这些年，我似乎没怎么看到有人在麦田里除草拔草，农村里许多人家甚至没有一把像样的锄头了。

岁值暮春，我还没有等到一场像样的春雨，还未盼来久违的那阵春雷。"正好清明连谷雨，一杯香茗坐其间。"也许就在这几天，谷雨的季节里，我可以静坐南窗下，煮一壶谷雨茶，听一场春夏之交的夜雨清风，听一阵万物复苏的春暖花开。

谷雨过后，夏未至，春尚好，远山含黛，翠笼青烟，繁花似锦。在细雨纷纷的日子里，希望我还能赶得上春意盎然的尾巴，来一次孤独的雨中漫步，倾听晚春的声音，在戴胜的鸣叫声里，探幽访夏送春归。当然，这一切还得取决于抗疫的胜利，那是逆风而行的人们用生命写下的誓言，那是"抗疫必胜，抗疫有我"的呐喊，我始终坚定不移地相信着这些。

用一城春色锁住无孔不入的疫情，用万众一心换众生安康、家国美满。

谷雨至，万物生。在这个充满希望和生机的季节里，但愿岁月静好，一切安好。

2022 年 4 月 20 日于贵德

蛙声里的夏天

壬寅虎年四月初五，二十时二十五分四十六秒立夏，万物自此繁茂。

"绿树阴浓夏日长，楼台倒影入池塘。"谷雨刚过，小区院子中央，菜地的角落里，盛开的荷包牡丹仍在怒放，弯曲而绵延细长的花序如暮春时节里的那轮下弦月，却比冷月多了一些浓艳的春色。牡丹即将凋零，正在绽放最后的光彩。

前几天下的那场晚春的雪，依然款款地坐落在远山的额头上，试图抗拒悄然而至的夏天。那稀薄的雪难掩青黑的山梁沟壑，残雪斑驳，一切都显得那样徒劳。

白天变得日渐漫长。昨日夜幕初临已是 8 点以后的事情，日出往往在我起床之前，"太阳晒屁股了"，并不仅是一句说人懒惰的戏谑之言，只是初夏的太阳，在高原的大地上总过于勤快了些。

黄河两岸苍茫了冬春两季的芦苇荡又开始苍翠了起来，在清风中，荡起如海的波涛；公路两边的冬麦苗有些急不可待地在抽穗；麻巴村的油菜花也已经稀稀落落地绽开黄绿色的细碎花朵，吸引着群蜂飞舞；公路中央隔离带里的蔷薇和农家庄子廊外的槐花正在迎接夏天的到来，红色的、黄色的、紫色的、白色的……挂满了枝头，开满了心头。

这是个四季交织的时节，远山的雪，无边春色，夏花灿烂，晨风清凉。这是只应出现在童话里的世界，如一幅充满梦幻色彩的油画，瓦蓝的天空、澄清碧透的河水是自然的留白，任你想象任我描摹。

立夏之前，夏天已至，就如昨日二十八九度的气温一样，热情得让我无法拒绝，热情得让我有些难以承受，只有偶遇的树荫，能让我略作喘息，舒缓一下因骤然而至的孟夏热浪里汹涌而来的压抑。

很多时候，我总是在梦中被一阵阵蛙声叫醒，或者在一片蛙声中失神，迷失在久远的过往里。只是我又有多久没有听到那响亮的蛙声，没有听到成片的蛙声交响乐，久远得让我不得不怀疑：记忆中的蛙声，到底是我曾经听到过，且驻足我心灵深处的具体意象，还是来自书中的描述，别人的感官具现？是曾经真实的存在，还是我如庄子梦蝶般的出窍神游？

村子里十字路口往西，曾经有一口机井，机井旁边是一个不大的小池塘，大约六十平方米。在北方的大地上，尤其是青藏高原上，池塘可是个稀罕物，也许，这是这片大地上仅有的一口池塘。

池塘紧挨着村道，机井里的流水日夜不息地注入池塘，然后又从西北角的泄水口流入旁边的水渠。流水不腐，池塘里的水清澈而宁静，岸上长满了青草，水中是杨柳依依的倒影。池塘很深，中间的水深邃得有些幽暗，在阳光下闪烁着粼粼波光，在夜晚则泛着幽幽的光泽，引人遐想。

清晨，黄昏，总能看到三三两两的村里人牵着耕牛、骡马在池塘边上饮水，然后站在池塘边上，叼着旱烟袋，聊着家长里短，聊着天气，聊着收成，也许还聊一些成年人的风流韵事、八卦趣闻，这也未尝可知。

炎热的夏季里，那是个清凉的好去处，哪怕只是从旁边路过，也能感受到沁人心脾的丝丝凉意。只是，我很少在池塘边驻足，无论是朗朗晴空，还是明月高悬的夜晚，我总觉得那幽深的池塘是鬼怪精灵的天堂，是留仙先生写作的源泉。只是，哪怕我远离池塘，也无法远离夏夜的蛙声一片。

傍晚，雨后，蛙声就会从池塘边上响起，一声、两声、三四声……于是，在某个夜幕将至的傍晚，清悦响亮的蛙声连成片，响成雷，聒噪着整个宁静的村庄。

成群的青蛙蹲在池塘边、青草丛、树荫下，睁着圆鼓鼓的大眼睛，昂首挺胸，一呼一吸，一鼓一放之间，那蛙声就从那小小的身体里迸发出来。雨后初霁，往往一声蛙鸣，便会迎来群蛙合鸣，迎来一阵绵绵不绝的群声合唱，让炎热的夏天变得更加炎热，让我年轻而躁动的心更加躁动不安。

"扑通！"一只青蛙被行人的脚步声惊醒，奋力地跃进池塘深处，于是，络绎不绝的落水声接二连三地响起，在平静的水面上溅起一朵朵水花，激起一圈圈圆形的涟漪，荡起弯弯曲曲的波纹，重重叠叠，缓缓地划向四周，最终隐没在池塘边的草丛里，水面也恢复了原有的宁静。许久之后，随着"啪嗒"一声响起，一只青蛙又蹦到了岸上，一只、两只、三四只……纷拥着蹦到岸上，开始不知疲倦地鸣唱。一切自初夏始，不知其终，仿若轮回般无休止地重复着。

"孤村足雨菰蒲合，只有群蛙噪满陂。"那重复着的蛙声，那噪满整个夏天的蛙声，是寂静的村庄里，唯一嘹亮的歌声。"一夜蛙声不暂停，近如相和远如争。"那蛙声一片里的合鸣、争鸣，便随着日升月落，烙印在我的脑海中。

池塘早就消失不见了，当池塘从静静地映照着岸上倒影的模样，变成布满散落的各种垃圾杂物的藏污纳垢之地，就已经能看到池塘的结局了。村里通自来水的那一年，池塘就被填平了，后来，有人在上面种了树，围了围墙，池塘便成了故事，成了记忆。

"稻花香里说丰年，听取蛙声一片。"几十年过去了，村里人依然喜欢站在村十字路口，跟随着太阳的轨迹，谈论亘古不变的话题。只是曾经伴随着我们长大，响彻整个夏天，伴随着万物生长，守护金秋丰收的青蛙，似乎随着填平的池塘被埋葬了。远去的不仅只是我的童年、我的青春、我的梦想，还有冷冷月辉里的蛙声一片。

立夏三候："一候蝼蝈鸣，二候蚯蚓出，三候王瓜生。"立夏已至，万物生长，在这灿烂的季节里，在这孕育丰收的夏季，我将去何方寻找那萦绕心田的蛙声一片！我又去何方寻觅那炎炎夏日里遗存的清凉似水！

2022 年 5 月 5 日于贵德

人生小满自相宜

壬寅虎年四月廿一上午九时二十二分二十五秒小满。

最近的天气总是阴晴不定，忽冷忽热地反复着，就像今年反复的疫情。阴云密布的天空，一到下午就准时吹起的狂风，还有那满天飞舞的柳絮，让心境无端地忧郁。

静默的城市，虽已解除静态管理，大街上人来人往、车水马龙，依稀恢复了往日的繁华热闹，只是这貌似的繁华难掩门可罗雀的饭店老板满眼的忧愁，貌似的热闹后面却是排队取餐的人们的无奈。取消堂食，又有多少人愿意在风中等候那一碗饱含着辛酸的牛肉面？

晚饭后，和夫人出门遛弯、消食。晚风急劲，街道上的人倒是不少，都戴着形制不一、色彩各异的口罩，三三两两地游走在人行道上，见了熟人也是间隔一米，互相点个头示好，或者草草寒暄几句。临街的牛肉面馆门口摆放着十几张小凳子，两个年轻人坐在凳子上，端着一次性纸餐盒，在享用美味的面条，这让我想起曾经遍布大街小巷的烤肉摊，那时候都没有门店。夜幕初临，在那熟悉的角落里、马路旁，七手八脚地搭起一顶帐篷，烤炉中的火刚刚燃得火红，三三两两的吃货就陆续闻香而来。人越来越多，帐篷里坐不下时，就搬把凳子坐在路边上，撸串、喝酒、侃大山，即使寒冷的冬夜里也是如此。对宵夜的热情，对美食的渴望，就如炉中的熊熊火焰，抵挡着所有的寒冷和风雪。

说真的，在我心中，烤肉、杂碎汤、酿皮……所有小吃还是路边帐篷里的才算得上是真正的美味，而这也是大部分如我一般的吃货们的共识和心声。如今这些小摊早就不见了，都搬进了装修得富丽堂皇的门店里，却总是觉得少了一些当年的味道和人世的烟火，少了一些生活的率性。

人行道两边的杏树、梨树上的果子，如玻璃球般浑圆饱满，虽因前些时日寒流侵袭有些稀落，但是，我依然从那枝繁叶茂的绿色中看到了金秋丰收的模样。政府大院里，几个工人正在用割草机整理草坪，那新切的茬口里散发着新鲜的青草气息，我又有多久没有闻到过？味道依然是那样清新而熟悉。那是很多年前，每个傍晚，我铡草时的味道。植物也是有生命的，要不然草的气息怎么会有淡淡的腥气？

小区院子的菜地里，蔬菜的空行里，长满了苦苦菜，一丛一丛爬满了菜地，菜地里的绿色因它而更加饱满。

"该吃苦苦菜了，明天应该去河东家里挖一些来。"

夫人一边对着盛开的月季花拍照，一边说道。

是啊，明日小满，也是该吃苦苦菜的时节了。

小满三候：一候苦菜秀，二候靡草死，三候麦秋至。这个时节正是苦苦菜长得茂盛，叶肥茎嫩的时候，只是，小时候我从未吃过任何野菜。那时，家中虽清贫，但菜园子里被父母侍弄得茂盛葱茏。苦苦菜茂盛的时节，也是菜地里绿菜最茂盛的时候，吃野菜，反而是近几年的事了。

《诗经》云："谁谓荼苦，其甘如荠。"荼之本义原指苦菜、野菜。野菜味多偏苦，如苦苦菜、蒲公英等，只是吃多了油腻的大鱼大肉，偶食野菜，倒也有滋有味儿。何况，野菜大多有益气安神、清热解表之功效，时疫当前，有些许预防功效，也未尝可知。

小满将至，田里的麦穗即将饱满，过几天就可以煮青麦了。剪尺许带秆的麦穗，放到锅里，加入清水，煮约半刻钟，青麦香甜的味道便充盈着老宅院子的角角落落，让苦苦等候四季轮回的我们垂涎欲滴，只是，只能着急地狂嗅着香甜的气息，焦急地等待着。煮好的麦子稍晾，在簸箕里使劲儿反复搓揉，除去麦芒，簸去麦壳，那饱满的散发着翡翠般光泽的新麦，便露出油润青绿的真身，然后被我们塞满嘴巴，那久候的香甜瞬间充满我们的味蕾，萦绕成心底最美好的记忆。

当然，青麦可煮，也可烤。小满时节，调皮捣蛋的我们总是在疯玩疲累时，偷拔一些麦穗，在河滩的卵石堆里，点一堆柴火，慢慢地炙烤，直到那熟悉的香甜溢出，便在烫得龇牙咧嘴的表情里，"呼呼"地吹着气，在手心里搓揉焦黑如炭的麦穗，直到露出熟悉的青绿新麦，急不可待地塞进嘴里，然后，举着黑乎乎的双手，互相对着抹得黑黢黢的脸庞，笑得上气不接下气。那时，我们嘴里喷溅的唾液都带着烤青苗的香甜，就连夏日里裸露的河滩也充满香甜的气息和无穷的欢乐。

小满是个富有哲理的节气。二十四节气，小寒接大寒，小暑续大暑，小雪纷纷大雪扬，唯独小满之后却没有大满。"水满则溢，月满则亏""满招损，谦受益"，也许人生最好的状态，也是如节气时令这般，小满即可。人生一世，自当知足常乐，进退有据，就如那麦田里的麦苗，过了小满，就一天天地弯下了腰，低下了头，做人也应当如是。年轻时峥嵘显露，朝气奋发，过了中年，也该收拾锋芒，静心自省了。刚柔似水、俯仰如麦、得失自如、枯荣一岁、生死一念……人生所有的感悟，天地蕴含的哲理，莫不在自然万物的生长之中，莫不在卑微细小的不可察之处，而我只需静心品味。

阴沉了数日的天空，也许，会在小满之日迎来一场温润的雨。反复的疫情打乱了我们的工作生活节奏，让许多人面临着生活的困窘，就如高原之夏总是出现在一场晚春的飞雪里一样，也许所有的纷扰会消散在明日的晨曦里，消散在小满节气的厚积薄发、欣欣向荣里。

人生小满自相宜，小得盈满，万物可期，也许就在明天，我就可以堂而皇之地坐在面馆里，用一碗牛肉面唤醒我沉睡的味蕾；在老宅的阴凉里，用一碟苦苦菜，品人生的酸甜苦辣、五味杂陈；在阳台夜雨中，用一杯温热的酒，点燃生活的希望。

2022 年 5 月 20 日于贵德

芒种不忙麦黄时

壬寅虎年五月初八午夜零时二十五分三十七秒芒种。

仲夏的第一个节气，带着沙枣花浓郁的芬芳和粽子黏黏的甜蜜，不温不火地到来。芒种忙种，芒种本应是即将收麦打粮的节气，应该是热火朝天的。只是今年阴晴反复，细雨稠绵的初夏，气温也是忽高忽低、忽冷忽热，而且阴冷湿热偏多，影响了谷物生长。往年的此时，已可以煮青麦、煮豆角，今年麦粒却尚未饱满，豆角初结，尚不可食。

"一候螳螂生，二候䴗始鸣，三候反舌无声。"螳螂，我并不清楚是否在六月孵化，我也一直未见过真实的螳螂，我以为这种凶猛的小昆虫应该是南方特有的。我对螳螂的认知仅来自中国传统武术螳螂拳，而这又源于我自小对传统武术狂热的痴迷和向往，虽然我从未练过武术。

去年7月份一天的值班期间，我正在站台的电脑上查询车辆检测信息，忽觉右小臂似有异物蠕动，一惊之下用左手拂之，后遍寻未见其物。待我坐回桌前，伸手欲点鼠标时，发现一只偌大的昆虫静伏鼠标旁，约莫寸余，大若成蝗，浑身褐色如枯叶，翅尖翠绿，身形细长，顶着三角形的小脑袋。整个身体挺立前倾，两个刀状前肢，一前一后并举。"螳螂！"我不禁叫出声来。虽然我从未见过这种生物，甚至从来见过清晰的螳螂照片，但我还是一眼就认出了它。赶紧拍照，上网搜索，果然是"中华大刀螳"。

我看着桌上这只静伏警觉、伺机而动的螳螂，脑海中瞬间闪现无数个熟悉的武侠电影片段，又瞬间与电视剧《螳螂》剧照重合：一身长衣，弓步虚蹲，重心前移，双手如镰，前后呼应，欲拒还迎；下盘岿然不动，上身随风轻摆，颇有不动如山，侵略如火之姿，较具刚柔相济，勇猛迅捷之态。

据闻，螳螂拳师自螳螂扑食。我用圆珠笔小心翼翼地逗弄，只见它攻守兼备，进退有据，出手敏捷，后退灵活，一招一式，颇有章法，浑如天成。我一边逗着它玩得不亦乐乎，一边在想：道法自然，师从螳螂，此言不虚。如果再年轻十余岁，也许我可以跟它学出三招两式，悟出一二绝学。

这应该是一只随着外省大货车远游的螳螂，未料遗落迷失在了高原上。我小心翼翼地捉着它，放到院子里的青草丛里，但愿它能安稳地度过异地的夏天里短暂的一生。

道法自然，我从螳螂身上看到螳螂拳最初的形态，也从螳螂拳中一眼认出了它的真身。其实，我们所有的一切，何尝不是在每时每刻地师法自然、师法万物，就连我热爱的文学，正在努力着的写作，一切都来于自然，源于生活。文学源于生活，但我从来不认为文学会高于生活，文学就是生活，所有的写作者都是生活最忠实的搬运工，所有文学只是精心编织过的生活，仅此而已。

芒种三候之"鹀始鸣，反舌无声"，就像随着童年远去的各种鸟鸣一样，早已消散在我的记忆中。我甚至不知道在我生长的这片土地上，是否有过伯劳鸟和反舌鸟的鸣唱。也许曾经有过，也许将来会有，毕竟消失在我所在的这方天空下的雨燕又回来了。成群的雨燕在东山脚下哇里村"苍鹭广场"的上空飞来飞去，形如黑色的闪电，划破阴霾的天空。这久违的场面，许多年前，每一次风雨来临之前，每年芒种麦黄之时，我经常看到。这些年倒是第一次见了。

"割麦麦黄熟，插禾禾青葱。"芒种前后，南方忙着插晚稻，北方忙着收割。高寒缺氧的青藏高原上却只有贵德等屈指可数的地方，才是收麦打粮的季节，其余地方要晚至七八月份，也许更晚些。只是，今年受天气影响，贵德也即将错过芒种忙种的季节。

我有多少年没有割过麦子、打过场、晒过粮了？应该是从1997年的那个夏天算起，那也许是我最后一次参与农事了，想来也整整二十五年了。

跟母亲学割麦子是上初中的时候，骨子里真的是个农民的我，上小学时，学干农活总要比学课本知识快得多。学会割麦没多久，我就能赶上一个娴熟的"老麦子客"了，一天最多的时候能割三百多个麦捆。不过，据说最好的"麦子客"一天能割六百多个麦捆，我不大相信，因为村里最好的庄稼把式一天也最多割四百出头。

"麦子客"是我们本地人对外州县赶着时节帮农村里割麦赚钱的打工者的通称，多来自半农半牧的山区。贵德麦子黄的时候，他们那里尚不到收割季，凭着一身过硬的割麦技能，腰里别一把镰刀，便走村入户割麦挣钱。凭着一身技能，颇受劳动力缺乏的人家的欢迎，收入可观，况且，东家还管一日三餐，此一举数得也。

割麦子是个辛苦活，因为早出晚归，一直弯着腰不停地挥动镰刀，到了晚上腰酸胳膊痛。幸好，那会儿的土炕都很硬，上炕前，喝几茶缸子浓酽的老熟茶，用热水泡泡脚，躺在平时硌得发慌、辗转反侧、夜不能寐的土炕上，却也睡得香甜，一觉睡到天亮，便也神清气爽，不觉困乏。唯有胳膊上红肿、酸痒、刺痛的麦芒划痕，形如爬满双臂的丑陋蚯蚓，每天都重复噬咬着我的心灵，一直要到麦子被收进仓，才会慢慢褪去。

我们家由于父亲常年病着，劳力不足，割麦子时，也雇用过"麦子客"。只是为了少掏钱，全家都练就了不错的割麦手艺。母亲一天能割四百多个麦捆，和村里最好的庄稼把式不相上下，一直是家中当仁不让的壮劳力、顶梁柱。大姐略逊一筹，却也不输男子汉。我暂排第三。至于大哥，我学割麦时，他在上大学，后来参加工作，也没有多少割麦子的印象了。只是其他农活，虽然他干得不赖，可是依他急躁的性格，想来割麦一道，应是不如我擅长的。二姐是火头军，负责洗衣、做饭、送饭等家务，加之参加工作也早，农活手艺不提也罢。

割麦子，印象最深的两次，都是与两位姐姐有关。

记得有一年夏天，一天下午，母亲他们去"六大畦"割麦子，果园里的二分自留地也迫不及待地等着收割，临出门母亲叮嘱我和二姐，把那块地的麦子割了，然后再做晚饭。那时二姐已经出嫁了，是临时回家帮忙的。往地头上一站，二姐就开始各种诱惑贿赂，应承着买小吃、买饮料、买雪糕，然后丢下我一个人在果园里割麦子。等我吃着她贿赂我的美食，奋力割完麦子，

115

拖着疲惫的步伐回到屋里，才发现她在午后的阳光里躺在炕上呼呼大睡，真是让我怒极反笑，无言以对。

最浪漫的割麦，也是某年的这个季节，大姐回娘家帮忙收麦，母亲让她回去，因为她自家也有麦田等着收割。大姐不回，反和母亲生气，最后妥协，说好晚上回去赶时间割自家田里的。吃完晚饭，稍事休息，父亲就让我陪大姐去她家，帮忙割麦子，虽然疲累，但也欣然而往。

大姐家的麦田，就在现在的河东供电所东面，离我家也不远，约莫两三里地。是夜，月明星稀，天清气朗。四周杨柳依依，在夜风中轻扬，黄澄澄的麦穗在微风中舞动，迎合着杨柳曼舞的沙沙声。我在大姐不断的"小心手脚"的提醒里，很快就掌握了夜间割麦的技巧，我甚至有些喜欢上了夜割的美妙。皎洁的月亮如轮，清辉笼罩着澄黄的麦田，没有白天烈日下的炙热，任清风徐徐，麦浪阵阵。虫豸的鸣唱也少了白日里的躁动，渐渐地随着夜色沉睡在草丛、泥土的缝隙里，终至微不可闻。四野静谧，只剩下镰刀挥舞的声音和刀割麦秆的声音，就连大姐给我讲家中往事的声音，也显得空灵飘逸。直到许多年后，我依然清晰地记得那夜的一轮圆月如盘、皎洁如银，记得那夜的微风温柔如许、清凉如水。

此后几年，我考上大学，后又参加工作，远离了村庄，告别了繁忙的农活。加上农业科技的普及，各种各样功能齐全的机械代替了人工，传统的农活在一步步萎缩，传承千年的"麦子客"也失业了，同样也解放了农民的双手。芒种，早就已经不忙了，这对辛苦了千年的农民而言，无疑是一件值得庆幸的事，这是社会进步的福音。只是在本应繁忙而欢乐的季节里，缺少了一些值得纪念、值得回味的事情，少了一些生活的滋味，缺了一些烟火气息，只剩下芒种这个节气的名字，提醒着我们不忘农事，勿忘稼穑。

芒种忙种，那种热火朝天、欢天喜地、齐心协力忙收割的夏收景象，终将成为一代人的记忆，也将随着我们这一代而消亡，只留下一个关于季节的传说。

明日芒种，芒种是收获与播种并存的节气，一头连着收获，一头连着播种。恰逢高考日，高考也是一样，是万千学子收获希望的日子，也是重新撒下希望种子的时刻。"路漫漫其修远兮，吾将上下而求索。"人生漫漫，学无止境，但愿每一分耕耘都有好的收获，但愿每一份希望都会有圆满的结局。

明日芒种，又逢省城疫情完全得到控制。这是今年芒种节气里最好的消息，习惯了人声鼎沸、车水马龙的我们，却因疫情静态管理而焦躁不安、迷茫困顿、不知所措，终是少了一份平常心。芒种解除静态管理，岁月静好；烟火人间，明日可期。

芒种不忙麦黄时，常怀一颗平常心，让生活多一些简单的快乐；万事莫强求，让人生多一些平淡的满足。道法自然，顺应自然，勤奋耕耘，人生处处皆是收获，岁月时时皆为芒种。

2022 年 6 月 5 日于贵德

夏至未至的躁动

壬寅虎年五月廿三十七时十三分四十秒夏至。

夏至是个浪漫的节气，夏至更像是个浪漫的名字。夏至这个名字应该是一个人的名字，是那充满激情的年代里初恋的名字，也许是你暗恋的同桌，也许是我念念不忘的村姑小芳，不会时常惦念，是因为我们把这份情感隐藏得很深很深。只是，每逢夏至这个浪漫的节气，却总是会让我们不由自主地回想起曾经浪漫的过往。仿佛所有的爱情都缘于悠长的夏至，所有的爱情也都被遗忘在绵长的夏日里。

夏至是一年中阳气最盛的一天，白昼悠长，悠长得就像我的思念，悠长得就像我模糊的初恋，总是在不经意间悄然地回放。夏至是一年四季的分界线，也分开了我的情感，一半是朦胧的初恋，一半是真挚的爱情。一半如陈年的老酒，历经盛唐的繁华如梦，历经大宋的风月无边，依然散发着千年的酒香，历史的芬芳；一半如茶，浓淡相宜，在人生的岁月中沉淀，沉淀如一饼老普洱，蕴含着昨日所有的情感记忆、生活的酸甜苦辣，也丰富着我阳光明媚的明天。

过了夏至，夏天的性情逐渐明朗地显现，不再是遮遮掩掩的阴晴不定、冷热交替，夏天火热的脾性一览无余地展现在了我的眼前。

前些天，侄女从天津到了青海，按照疫情防控要求，在宾馆隔离了几天。解封后，昨晚到了贵德，我也刚好调休。于是，今天便计划和夫人、侄女去县城西南角的团结村美地花田赏花游玩。

临出发时，大约是上午十点多，气温不高，车内温度计显示只有22℃。只是，临近夏至，温度的高低几乎和我们能感受到的热度并无多大关系，火辣辣的太阳暴晒着青绿的大地，也暴晒着衣着单薄的我们。夏天，太阳有种和我拉近了距离的感觉，亲密地抚过我的肌肤，炙烤着我的身体，没过多久，细密的汗水就沿着我肌肤滚落，瞬间消失在惨白的地面上。从那滴落的晶莹汗珠里，我仿佛闻到了夏日里独有的汗味。

"我错误地理解了青海的夏天，尤其是低估了贵德的夏天。"侄女一面抹着汗，一面尽可能地躲在汽车旁的小片阴凉里说道。此时，我们正在往车后备厢里装着中午的餐食，侄女虽然衣着清凉，却依然被晒得面色潮红，湿漉漉的发梢紧紧地贴在额头上。

"为什么呢？"

"这边的二十多度，简直和天津三十六七度的温度有一拼，而且觉得异样，天津的天气，感觉进了蒸箱，虽然闷热，却并不是难以接受，这儿的热有些……"

"像进了烤箱。"我抢过她的话头，笑着说。

"没错，真的像是进了烤箱，不但热，而且晒得皮肤刺痛。"侄女故作可怜地蜷缩在车旁继续着她的评论。

我们一边聊一边迅速地装好东西，逃离似的离开了小区。美地花田那边海拔略高，而且是在林区，想来应该没有这种炙热的感觉。

高原上的四季，只要有太阳，所有人都能感觉到火热的温度，夏季更是如此。就像高原人的性情，豪放热情得让你无法推辞，但是，就算是高原上的夏季，只要有树荫，也立马会感受到一丝清凉如水，就像高原人隐藏在粗犷的神经下的细腻一样，清新怡人。

一路上，高大的杨柳间杂着少量的榆树、沙枣树，郁郁葱葱，亭亭如盖，公路蜿蜒其间。树荫外的农田，小麦、青稞、玉米等农作物长势喜人，随着微风吹过，传来丰收的喜讯。间种的油菜田错落有致，随着地势路形，不时地映入我的眼帘。那纯粹的金黄在夏日的阳光里闪烁着耀眼的光芒，丰富着绿荫浓长的单调夏日。花香、蜜香、麦香……所有乡村能有的气息，都随着疾驰的车轮掠起的清风扑面而来，是那样熟悉而又陌生。

"全世界的乡村几乎都一样，只是美国的乡村显得更加整齐简洁一些，种花只种一样花，种草就种草，少了一些变化和层次。"曾经留学美国多年的侄女在我旁边感慨着。

是啊，山水林泉，四时田园，正是有了季节变迁、风景变幻，才让世人流连忘返、迷醉其间。人生也莫不如此，往往因波云诡谲、波澜壮阔而精彩。每个人都在渴望一种平淡无争的生活，只是如果每一段人生都平淡到水波不兴、诸事顺遂，少了变数的人生，是否也会如缺乏层次变幻的山水一样过于单调乏味，甚至无趣了呢？

美地花田就在团结村后面的田地和树林里，因地制宜地规划了住宿区、餐饮区、露营区、烧烤区、游乐区等。几栋色彩缤纷的欧派简易木屋式小别墅，依着地形整齐地矗立在树荫下，艳丽静谧，浓浓的异域风情一览无余，让看惯了北方粗犷的土木建筑的高原人顿觉眼前一亮。房前屋后栽满了各色玫瑰，花形硕大，色彩鲜艳，辅以小桥流水，游鱼肆意其间，倒也吸引了不少省内外的游客。

在我看来，美地花田的老板应该是个很有艺术特性的人，至少是个懂生活的人，或者是个颇具浪漫主义情怀的老文青。从整个景点设计，到房屋甚至小到休闲桌椅的设计摆放，都透着大道至简、随性自然的气息。毫无矫揉造作之匠气，把人为的造物同天地之造化有机地融合，衔接得无比顺畅自然。就像那玫瑰园里的花间小径，随处可见毫不起眼的川草，整齐地沿着低矮的白色篱笆墙蜿蜒向花海的深处，形若百合的黄花成堆成排地簇拥在一起，却也并无多少凌乱繁复之感，反而显得清新自如。恍若这并不茁壮的川草，本应就是这样肆意地丛生、浪漫地开放，昂扬着吹响季节的号角，催促着整个夏天最灿烂的玫瑰盛宴，指引着曲径寻幽的步伐。

春天的时候，我和夫人到美地花田拍照，车辆是允许直接开到景区最里面的烧烤营地的，虽然每辆车会收取不高的费用，但是这次才发现，景区已开始售票且不允许车辆进入。景区需投入，收费是天经地义的事儿，只是从门口到烧烤营地足有一公里多的距离，又没有摆渡车，只能走路，甚是不便。

我抬头望了望树荫缝隙里碧蓝如洗的天空，依稀能感受到翻滚的热浪升腾，不禁头皮发麻，心底发怵，我甚至感受到一滴汗水沿着我的脖子，顺着我的脊梁滑落。

沿着树荫下的长下坡，硬着头皮往下走，虽绿荫浓郁，依然酷热难当。没走几步，中段有半截路，两边没有树木，只有低矮的花丛，炎炎烈日毫无阻碍地照射在灰白色的硬化路上，泛着炽白的光芒，刺痛我的双眼。白花花的路面，白茫茫的热浪，让我们望而却步。迟疑片刻，随着一声呐喊，我们以冲刺的速度嘻嘻哈哈地快速通过了并不算长的烈日火线，躲在树荫下喘息。仅是如此，我还是感觉到自己寸余长的头发下传来的隐隐刺痛。

其实，真正的夏天远没有到来，明天才是夏至，夏至充其量只是盛夏的起点，真正的夏天要在"入伏"之后。而"入伏"，应该尚有二十多天，只是这持续了好些天临近30℃的高温天气，让夏天的气息早早地勃发。高原上热情似火的夏天，30℃左右的高温天气远胜于南方35℃以上的潮热，更显得无比炙热。高原上夏天的热情比高原人本身更加热情而直接，热情得让我无法阻挡，直接得让我无处可逃。

路边的草丛里传来持续如蛙鸣之声的聒噪，短促而急躁，应该是"地狗儿"的声音。地狗儿，这是老辈人对草丛中或地底下一种虫豸的称呼，我并不知其为何物，只知其声，想来应该就是古人称为蝼蛄的东西吧。只是有些纳闷儿，明明其声如蛙，为何会有地狗儿之名。倒是这种虫子天气越热，叫声越响，更趋频繁急促，这让我想起多年前的夏天，我在秦皇岛的街头听到的那场蝉鸣。

夏至三候：一候鹿角解，二候蝉始鸣，三候半夏生。

那年夏天，夏至前后，我去秦皇岛探亲游玩，独自走在海港区的街道上，所有的衣裤紧紧地贴在我的身体上，就像我所有的头发纠结着，趴在我的头皮上抿在一起一样。人行道旁的高大树木上，茂密的树叶间传来阵阵蝉鸣。初闻蝉声嘒嘒，几微不可闻，好像只有一两只在鼓动着双翼，继而，蝉声微躁而众，似有多蝉合唱，清悦响亮，终至群蝉躁动，声如江潮，势如滚雷，一浪高过一浪，一声高过一声。少顷，蝉声渐缓，渐趋平复，终于消失在一阵微风中。仿佛刚才的躁动只是一场幻觉，是我的幻听，鼓动的只是我的耳鸣，焦躁的只是我的心灵。而在你犹豫揣测之间，蝉声又起，周而复始，此起彼伏。

那不绝于耳的躁动让那个夏天更加酷热，也让我思乡的灵魂躁动着。就如现在，不绝于耳地狗儿的叫声一样，让我在清闲的夏日里始终难得清净之意。

一条小溪在树荫下的 U 形水渠里缓缓流淌，水质清澈洁净，偶遇坎坷起伏，"哗哗"之声不绝。水渠边上长满了儿时常见的各种野草，我随手拔出一棵草，问夫人和侄女，可识得此草？均是一脸茫然。我用手揉搓了一下草叶，然后让她们闻了闻，"薄荷"，她们异口同声地喊了出来，是的，正是清新怡人、其貌不扬的野薄荷。如夏至时节里喜阴的半夏，野薄荷总是依水而生，寻荫而长，可入药治疾，也可煎水煮茶，是夏日祛暑的好东西。手心里传来的薄荷清香，伴着潺潺水声，顿时让我精神一振，扫去了一身酷热和疲惫。在夫人的提议下，我们小心翼翼地拔出四五根带根须的薄荷草，裹上泥土，夫人像捧着至宝一样捧在手心里，准备回家移栽到花盆里，只待枝叶繁茂，采鲜叶煮奶茶喝。

我们走走停停，到了烧烤营地，商店关着门，也没有管理人员，草草地吃了些自带的吃食，兴高采烈地玩着秋千、溜索、跷跷板，兴奋得仿若回到了童年，各自回味着儿时简单的欢乐，不知不觉已近日暮。我们意犹未尽地拖着疲惫不堪的身体，沿着林荫小路回转。

漫长的夏季，漫长的夏至白昼，随风而来的麦香、手心里流淌的薄荷香，还有那碧绿的树荫、青幽的绿草……所有一切都在彰显着夏日的无限美丽和诗情画意。

高原风光四时异，独爱阴浓夏日长。奈何所有风光和诗意，终是难敌炎炎烈日的炙烤。对如我般的胖子而言，夏季这个远胜于百花灿烂的季节，也许只有清晨和黄昏，才能安放这一季躁动的心灵。

夏至未至，高温袭扰，酷暑难耐。不知明日又将开启一个怎样的盛夏，迎来怎样的"三伏"。我又该用怎样的激情来迎接盛夏的到来，迎接她悠长的浪漫和汹涌的热情。

2022 年 6 月 20 日夏至前夜于贵德

小暑神清夏日长

壬寅虎年农历六月初九上午十时三十七分四十九秒小暑。

小暑，顾名思义，即小有炎热的意思，也意味着迎来了一年中最酷热的天气，最高温的时节，也是一年中多雨多雷暴的季节。小暑之名是相对大暑而言的，只是开启高温炙烤模式，尚不是最热的时候。其实在小暑之前的几天里，西宁就一直持续高温，只是我躲在万科城的二十六楼上，所有窗户大开，任清风穿堂而过，带走新家具的甲醛异味，非但没有感受到暑热难耐，反而倍感清凉，唯有日暮外出时，才觉得暑气已至。

昨日，原定去西安给儿子看病，因西安疫情反弹，单位建议暂缓出省，我无奈地取消了挂了近半年才挂到的西京医院的专家号，临时驱车前往兰州就医。兰大二院皮肤科特需门诊的号也是昨晚临时挂的，每周四只有十个号，儿子幸运地挂到了最后一个号。

出发的时候是凌晨，夜色微澜，却并不晦暗。城市彻夜的灯光驱散了夜的黑暗，静谧幽暗的黑夜早已远离了城市。就像现在，虽然没有白天车水马龙、川流不息的喧嚣，但是，依然有零星的出租车游走在大街小巷，依然有行人迈着匆匆的步伐行走在光影斑斓的街道上。出租车是城市永恒的邮差、忠诚的信使，缩短着人与人之间的距离，压缩着城市之间的空间，昼夜不停地成为城市里最有活力的风景和名片。每一个外来者都通过出租车对未知的地方、未知的城市有了一个大致而模糊的印象。就像我用一碗牛肉面来认识兰州，用一碗重庆小面爱上川渝一样。

沿着西和高速一路向东，高速公路上的夜色比城市里深沉了许多，路两边高大的行道树只剩下巍峨如山的暗沉轮廓，模糊了和远山之间的界限。"昨夜雨疏风骤，浓睡不消残酒。"仲夏的凌晨，月色暗淡，星光稀疏，我在昏暗的车灯引导下，以120迈的时速在暗夜中飞驰。半开的车窗外呼啸而过的风，带走夜色朦胧中沉闷的暑热之气，平抚着我焦躁不安的心灵。

这时，儿子在副驾驶上陪我聊天儿，夫人在后座上假寐休憩。

独行的车辆如暗夜的精灵，游走在夜的海洋里，我把故乡城市的灯火丢在身后，前往另一个并不陌生的城市。偶尔轰鸣着驶过的大货车，载满一个家庭的希望和所有生活的艰辛，昼夜奔驰在南来北往的动脉上，满足着人们各自所需。对向车道上刺眼的远光灯，照亮每个人心底的恶念，化成嘴边不满的怨言和咒骂，所有人都在对方听不到的风声中发泄着不满，浑然忘了自己的远光灯，可能也是开着的。活在这人世间，哪有什么对错可言，只是各自的立场不同、需求不同，便徒增了许多无谓的忧愁和烦恼。

黎明的光从飞逝而过的行道树的暗影中升起，树冠一点一点地清晰呈现枝条分明的模样，只是依然黑黢黢的，看不到一丝夏天的绿色。远山也变得不再昏沉，最远的清辉如云，灵动缥缈；稍远的暗沉如铁，浑厚苍凉。整片天地，随着黎明的到来，变得轮廓分明，有了层次和肌理的变化，丰满着黎明前的视野。

一抹明亮的橘黄，从灰黑的山峦后点亮，单调的黑色幕布上多了斑斑点点的云霞，薄云灰白，积云如墨，这是日出前金乌的吐息，苏醒的太阳即将照亮沉睡的大地，还有这片大地上沉睡的人们。

当宅在家里成为一种习惯，我早已遗忘了日出的壮美，也许今天我能看到一次日出，看到日出东方的波澜壮阔了。

拒绝儿子要代我开车的要求，我虽然相信他的技术，但还是不想让他在天色未明前开车，我喜欢自己掌握未知的风险。强压着上涌的睡意，晃了晃昏昏沉沉的脑袋，点燃一支烟，我把目光专注在天边那不断扩张着的明亮的橘黄里，期盼着日出磅礴的那一刻。

天色微明，山和树的轮廓更加清晰，我的眼界渐趋明朗。灰色的天空，成片的乌云在流动，慢慢地遮住了大半个天空，慢慢地侵吞着那一抹明亮的橘黄，还有那一丝刚刚呈现的橙红。渐渐地，所有明亮的橘黄和橙红都消失不见了，乌云甚至吞噬了远山的山头。日出肯定是看不到了，只是天色却渐渐地明亮了起来。

趁着在马场垣服务区休息的片刻，我让夫人到副驾驶上陪着儿子开车，我坐到后排休息。抬头望了望已是完全放亮的天空，想着到兰州之后的行程安排，便迷迷糊糊地睡去。

醒时，车已经到了兰州西防疫检查点，扫码、登记、测温，一切流程自然而有序。疫情时期，这略显繁复的流程早已深入人心，几乎成为一种出行的本能。当我们还在喋喋不休地探讨网络、手机对我们原生生活的破坏和干扰的同时，手机、网络早已浸透我们生活的方方面面，操纵着我们的衣食住行。一机在手，畅行无忧，一机如无，寸步难行。我们除了肉体，只剩下灵魂和思想，还游离在网络之外。不，我们的肉体依然被手机和网络控制着、被疫情限制着、被内卷的规则束缚着，我们只有灵魂如风飘向远方，只有思绪如秋诗意绵长。

我重新坐回驾驶座上，凭着自己对金城兰州的记忆，行走在绿荫葱茏的滨河大道上，努力地寻找着川流不息的车流中每一个缝隙，小心翼翼地避让着杂乱无序的车辆。真的，没有一个城市的交通，如兰州一般随意，随意得就像一个大型碰碰车乐园：随意变道，不打转向灯，横冲直撞，几无避让。窗外39℃的高温炙烤着我的肉体，让我感受着小暑三候中的"温风至"，而混乱的交通，让我的灵魂充斥恐惧，额头上的冷汗夹杂着滚烫的汗水，瞬间湿透我的衣背。幸好，热情洋溢的夏季，高温炙烤的小暑，热浪翻涌的兰州，只有老城区的交通过于混乱，否则我必将心力交瘁。

目的地并不远，就在兰州中山铁桥的南面，正对着白塔山，宾馆就在医院的对面，直线距离不足五十米。放好东西，匆忙赶至医院就诊，儿子挂的兰大二院特需门诊，挂号费二百元。我并不觉得诊费很高，并不是有钱任性，而是这种模式既方便了有需求的患者，又能彰显真正的名医专家的价值，是一种双赢的模式，应该予以推广。

如果说，一个城市夏天的夜景，最热闹的地方是人声鼎沸的夜市，是充满着人间烟火的地摊经济，那么一个城市四季均热闹的地方就应该是医院了。

尚未走进医院，就已人头攒动，进了医院更是人流如织、摩肩接踵，完全不逊于闻名遐迩的景区。唯一的区别只是每个人的心境有些不同，医院里更多弥散着焦急、悲伤、烦闷和忧愁的负面情绪，总是让人有一种不由自主的压抑。也许只有产科大楼是个例外，那里是生命的源地，是希望的诞生地。

所有人簇拥着前行，然后消失在角角落落里紧密的房门后，人多而杂，倒也并不喧闹。空调甚是凉爽，隔绝了楼外的炎热。我从人群中寻到了导诊台，客气地问着一脸漠然的导诊人员："特需门诊的方向在哪边？"她抬手一指，蹦出一句："左手的尽头。"我牵着夫人和儿子，按照她的指引到了尽头，却遍寻无果，无奈又找一漂亮小护士再次询问，她指着我来时的方向，道："沿着过道直走，走到头就能看到。"我看着远处一脸漠然的导诊人员，不由火从心起，不断地告诫自己：夏日养心，制怒养恕。擦了一把额头上滚落的汗珠，默念着心静自然凉，又牵着夫人和儿子的手，快步地从导诊台前走过。过道虽长，顷刻即到，漂亮的小护士，温暖的笑容，甜美的声音，和蔼的态度，让我瞬间忘却了刚才的不愉快。人世间，我们需要的并不是很多，往往一个微笑、一声问候，就会拉近人与人之间的距离，消除所有陌生和隔阂，让我们的内心时刻欢愉。

疫情防控新规：一患一陪，谢绝探视。夫人陪着儿子去就诊，我无所事事地站在楼道里，看着所有的医生护士，所有的病患家属急匆匆地走过我的面前，那急促的脚步声让这个小暑节气又平添了许多焦躁和不安。

拿出手机给老张打了个电话，告诉他我在兰州。老张是我大学同宿舍的哥们儿，甘肃本地人，在兰州工作。一切如往常一样，是那样自然，每次来兰州都会第一时间告诉他，这次稍晚，以前都是来之前就会向他报备的。草草聊了几句，告知来兰州所住的酒店，约定就诊结束后联系，就挂了电话。

我可以云淡风轻地看淡这人世间的一切，可难免对儿子因学习而延误治疗，又因三番五次地被误诊、反反复复拖了两年多、日趋严重的脚疾有些忐忑不安。我略显焦躁地靠在医院冰冷的墙壁上，焦急地等待着，期盼着这次能有一个好结果，最起码能确诊是什么病，以方便后期对症治疗。

漫长的等待中，我不时翻看手机上的时间，在每一分钟里煎熬。一个多小时后电话响了，夫人欣喜地告诉我，大夫已经确诊是什么病，已安排办理住院手续，明日再做后续检查，以印证诊断。这是个好消息。我跑遍了省内各大医院，甚至到西安就诊，遍寻中西名医，却毫无头绪。希望这次确诊可以有的放矢地治疗了。

又过了一个多小时，夫人和儿子办理好住院手续出来了。我们三个人探讨着诊断结果，回到宾馆，打了个电话给老张，约定下午在宾馆休息，晚上上山避暑。

躺在宾馆的床上，看着夫人和儿子吹着空调，睡得安详，我却始终无法入眠。宾馆的窗外，咣当咣当的地铁站施工的声音，清晰地传入我的耳朵，纷乱的城市，纷乱如我此刻的心情。

小暑三候："一候温风至，二候蟋蟀居宇，三候鹰始鸷。"除了温热的风，准时地从小暑的节气吹起以外，其他物候早已远离了我们所在的城市，远离了我们的生活。我们的视线里只剩下如现在般的嘈杂了。倒是风雨雷电会不时地出现在季节的天空里，让上烤下煎的我们时不时地感受那一刻难得的清凉。

"倏忽温风至，因循小暑来。竹喧先觉雨，山岸已闻雷。"看着窗外刺眼而苍白的天空和大地，我期待一场不期而遇的风雨。就像我现在还在期待和老张在山顶的夏风清凉中把酒言欢，畅叙别离一样。所有风雨都值得期待，所有真情也都值得期待，我如珍惜爱情一般，珍惜着每一次相遇的缘分。

如果"红泥小火炉，绿蚁新醅酒"是飞雪连天的冬季里最美的风景，那么"一碗分来百越春，玉溪小暑却宜人"绝对是小暑季节里最相宜的遇见了。我坐在房间的小茶吧旁，泡了一壶龙井，分杯饮之，虽无古人水丹青之妙趣横生，倒也怡然自得，夏日静心，茶亦静心。

儿子的病有了治愈的希望，我还可以躲在空调房里看书、写字、喝茶，这是小暑节气最好的消息，是炎炎夏日最好的馈赠，也算是这个季节里最好的遇见了。

罗伯特·瓦尔泽说："在夏天我们吃绿豆、桃、樱桃和甜瓜。在各种意义上都漫长且愉快，日子发出声响。"在这个炎热的假期里，我决定从现在起，我们也吃绿豆、桃、樱桃和甜瓜，让每一天发出声响，愉悦甜美地度过这悠长的盛夏。

2022 年 7 月 8 日于兰州

大暑夏浓雨绵长

壬寅虎年农历六月廿五凌晨四时六分四十九秒大暑。

"小暑大暑紧相连，气温升高热炎炎。"按理，过了小暑，气温应该持续升高，到了大暑节气，当是温度最高、湿度最大之时，就连干燥的北方也应该是湿热沉闷、汗水津津透衣背的时候。只是，今年夏天，老天爷似乎又开了一个玩笑，自打入伏后，气温虽也不低，却反而不如小暑时节一般酷热了。

入伏的那天，我和本家兄弟陪着叔叔们在农家乐里避暑。绿荫浓郁的农家小园里，虽时有清风徐来，穿堂而过，却也闷热难当。我们围桌团坐，把酒言欢，聆听长辈们追忆家族的荣光，从他们的回忆中汲取朴素的哲理和智慧，发现生活的进步和美好，从点点滴滴的往日烟火中截取片段精彩，弥补着我们缺失的生活和记忆。把曾经的苦难、昔日的美好和所有的希望融入一杯杯53℃的烈酒中，在三十多度的高温下压榨着我们的记忆和对生活的激情。酒，是永恒的媒介，一头连着逝去的青春和昨日的故事，一头连着苍凉的岁月和明日的阳光；酒，是强大的黏合剂，黏合着你我他，黏合着在时光中支离破碎的亲情和友情。

入伏的那天，酒是热的，天是热的，人心也是热的，那是夏天和平静的生活原来该有的模样。

入伏的次日，珀池兄来电，说是找了个中医，对疑难杂症颇有心得，也许可以治好我儿子的疾病。儿子的病虽不是什么急危重症，倒也恰属疑难之列，或可一试，于是就匆忙赶往省城。

有珀池兄引荐，寻医很是顺利，开了一周的中药。心想此症所知之人甚少，而所寻大夫不仅遇到过此病症，且有治疗经验，实属难得，且寻医问诊，如此轻松惬意，想来儿子的病情会迅速见好。这虽然纯属个人臆想和期盼，但我始终认为，中医之道重在阴阳相合、水火相济，冥冥之中自是有缘分的。而缘分之说虽有虚无缥缈之感，却也是只可意会而不可言传之间真实存在的。

  自学校毕业，参加工作以来，从最初在省城租房买房、又卖房租房到再次买房，二十多年来，我有一多半时间定居在省城，其间很多时候，省城更像是个临时的落脚点、中转站，我更像是一只迁徙的候鸟，不知疲倦地往返于青南地区的果洛、玉树、西宁和我的原生地贵德，这种漂泊式的生活，让我更像是无根的浮萍。我从骨子里流淌着贵德的血，我从未真正地融入过天高云淡的青南藏地，作为户籍归属的西宁人，这个日趋繁华的城市里，我却依然是个格格不入的下里巴人，我在贵德又被称为暂住人口，在贵德的旅游景点又被称为外地人。我在省城的灯红酒绿中无比渴望着生我养我的那片碧水蓝天，我就如被生活遗弃的孩子，茫然地在社会的夹缝中无助地张望。

  许多年过去了，我已不再拘泥于户籍上的矛盾和归属，只以贵德人自居。虽然不时地在省城居住，只是从未真正地适应过这个年轻的城市，不是不适应这个城市的繁华和节奏，而是无法适应被林立的高楼大厦改变的四季和天气，更无法适应夏天房间里阴冷，冬天房间里闷热。说真的，每年夏天和冬天，我在省城的家中不是被冻感冒，就是被热得有种口干舌燥的感觉。

  就像今年入伏以后，我们一家子待在万科的新房里，一面等待着定制家具的到来，一件一件地完成安装，充盈着空荡荡的房间；一面自己动手，一点一点擦拭、点缀着角角落落，亲自装扮和美化安乐的小家。还有，我们一日三餐煎煮着中药，开启未知的治疗。所有一切都在按照美好的愿景和期望，按部就班地进行着。

  房间里并没有进行过多的装修，基础装修是交房前，开发商早就已经完成的。除了定制的家具外，所有的白墙洁白如纸，留着的朋友的字画被我挂在新居的白墙之上，丰富了我空旷的精神家园。新安装的家具也并无刺鼻的甲醛味道，只是，我和夫人依然打开所有窗户，让远方吹来的风肆无忌惮地在室内激荡，带走所有异味和有碍健康的污秽。

第二辑 四时物语 春秋代序

在贵德的家中,每年自五月份始,至十月份终,我总喜欢昼夜不闭阳台窗户,然后半裸着身体,在阳台上喝茶听琴、读书写字。尤其是三伏天,就算是高原上微凉的清晨和午夜,室内的温度也始终保持在二十六七度,但省城并非如此。我始终觉得省城的室内就算是酷热的夏天,也不会觉得温暖如夏,逢阴雨天更是颇有阴凉之感。而冬季的室内,偏高的供暖温度和零下十几度的气温,又让室内外温差高达三十度,让人极度不适。

入伏之后,本就气温不高,又逢连日阴雨,天气就更不如小暑时节般炎热了。21号那天,淅淅沥沥的小雨已经下了一天一夜,早晨的时候还在下,本该炎热的暑气早已消散得无影无踪,代之以深秋的寒凉。窗外的清风,从洞开的窗户里穿堂而过,房间里更显刺骨的冰凉和阴冷湿重。不时到来的快递和物业维修工,让我们无法离开新居,逃避这夏日里难耐的寒冷。夫人坐在沙发上吹着电暖风驱寒取暖,我和儿子躺在沙发上翻看手机。

"此时,当吟诗一首:'八月秋高风怒号,卷我屋上三重茅。……俄顷风定云墨色,秋天漠漠向昏黑。'"我感受着从四面八方袭来的如秋般的清冷,不由得笑言道。

"嗯嗯,确实很贴切。我也感觉像住进了破草屋,只是可怜的清风早就没有了可卷的茅草。"夫人在旁边笑着回应。

"要乐观,马上要住新房了,什么破草屋呀?"儿子一本正经地在旁边打岔。

是啊,我虽无"安得广厦千万间,大庇天下寒士俱欢颜"的胸襟、理想和能力,但是生活不能没有奔放的激情、浪漫的诗意和火热的希望。

透过窗外朦胧的烟雨,我能看到远方逶迤起伏、连绵不绝的拉脊山脉,小区左边不远处是低矮的凤凰山,右边高架桥外是低矮的南酉山。近处和远处的山都笼罩在如轻纱般的烟雨云霭里,浓淡相宜,如梦如幻。错落盘旋的立交桥旁的花坛里,绿意正浓,夏花灿烂,在雨水的滋润下更显苍翠艳丽,好一派《山居秋暝》意象,只是少了竹林暮归的浣衣女。哦,这并非寂寥的深秋,也并非明月高悬的秋夜,而是大暑时节夏正浓的季节里昏暗如夜的白昼。

朋友圈里被海西州都兰县夏雪的洁白爆屏。老张从兰州发来讯息，询问夏天是否真的有雪，是的，青海局部在炎炎夏日里偶遇一场突如其来的雪是早就司空见惯的事情了。就像在省城的夏天里，适应清秋悲凉一样，早已不是什么不可思议的事情了。

　　"大暑不可避，微凉安所寻。"蝉噪夏浓，汗湿罗裳的三伏天，足不出户，尚能感受清凉如秋，倒也不失为一件美妙的事情。

　　我望着远方的渺渺群山，心想：也许，这个夏天，我会在阳台上迎来第一场错乱的雪，当冬雪尚未降临这座城市的时候。

　　大暑，夏季最后的节气，我用一壶热气腾腾的生姜薄荷老白茶来迎接透着秋凉的炙热时节。入住新居的期盼和热情，驱散所有冷冽寒风。

　　三伏未尽，夏日正浓，绵长的夏雨也并不能完全阻挡大暑"上蒸下煮"的热度，况且，"大暑不热，秋后不凉"，过不了多久，更加暴虐的"秋老虎"就会弥补这个夏季缺失的炎热。就如现在，大暑的傍晚，已是云开雨歇，红彤彤的晚霞，映红了大半个天空和新居的阳台，扫清了萧瑟的秋意，夏日重回，温暖着瑟瑟的我们。阳光从未缺席季节的天空，就像欢乐和希望，也从未缺席过我们艰涩如秋的生活一样。

　　也许，明天回到贵德家中，我仍然可以尽享"夜热依然午热同，开门小立月明中"的炎炎暑热了。

2022 年 7 月 23 日于西宁

立秋之日暑未尽

壬寅虎年七月初十晚八时二十八分五十七秒立秋。

今年的这个夏天似乎都在忙忙碌碌中度过，忙着和疫情赛跑，从省外到省内到处给儿子看病抓药；忙着装修万科新居，花光所有积蓄；忙着兄弟姊妹、亲戚朋友之间各式各样的饭局和酒局。有时觉得，都没有空闲在家里给儿子做顿家常饭吃，当然，这一点，也和儿子还要忙着和小叶谈情说爱不无关系。

今年整个夏天，除了热得让人喘不过气来之外，就只剩下空气里都是湿漉漉的水汽导致的潮湿。我几乎每天都在和滚落如雨的汗珠搏斗，经常感受到中暑和虚脱的危险。因为闷热，整个夏天我都不曾舒畅地睡个好觉，也不曾做个安稳而香甜的美梦；因为闷热，每天汗津津的我，从里到外，身体和衣物没有一刻是干爽的。这个夏天的湿热沉闷对我这个体重两百多斤的胖子，未免过于残酷了些。我从未如今年一般，渴望着夏天的结束，期盼着秋天的到来，甚至期待着飞雪连天的冬季。

今日立秋，清晨，依如今年夏天的每个清晨一样，五点左右就被热醒，慢腾腾地从床上爬起来，离开被汗水浸透的被子，客厅里的电风扇吹了一夜，还在呼呼地转动，只是屋子里依如午时般闷热。赶紧冲凉，然后坐在阳台上喝茶，继续和不断滚落的汗水搏斗。

立秋的清晨，除了炎热，我没有看到一丝秋的意象。

阳台茶桌上的花盆里种植的已经由翠绿变成了艳丽深红的辣椒，还有挂晒在晾衣架上由青转红的辣椒，仿佛在告诉我，秋天即将来临，告诉我这是一个丰收的季节。

立秋三候:"一候凉风至,二候白露生,三候寒蝉鸣。"从清晨起床,气温一直在上升,屋子里的温度却似乎恒定在二十八摄氏度多一些,而这个恒定的温度已经无视室外的气温变化许久,也许,还将持续地恒定多日。

直到十点多钟,一丝丝凉风混杂在湿重酷热的热浪里从窗外吹进屋内,却又转瞬即逝,让我不由怀疑上一刻的微凉感受是不是错觉。只是,不时吹进窗户的一丝微凉,才让我确定凉爽的秋风终是没有错过这个秋天开始的日子,虽然只是微不可察地掠过,虽然立秋之日,暑气未尽,丝毫感受不到天气转凉的预兆。高温天气依然持续着,夏天依然不愿退去,白露为霜依然还需耐心地等待,却也让我对秋高气爽、云淡风轻的秋季有了一些期待和遐想。

查了查立秋的确切时间,当是在晚上八时许。俗话说:"早立秋凉飕飕,晚立秋热死牛。"看来这难挨的湿热还将继续折磨油腻的胖子,夏日依然健在,秋老虎仍将肆虐,我还需和挥之不去的汗水做不懈的争斗。

看着窗外摇曳曼舞的树梢,想来户外应该比家中要清凉一些。恰逢周末,家中兄弟姐妹都有空,儿子下周也要回南京上学,这个暑假,聚少离多,不如相约去农家院,一来向家人辞行,二来迎秋风、贴秋膘、纳凉避暑,想来应该也是惬意而美好的事情。于是,我打电话给姐姐哥哥们,相约午后到河东保宁农家乐一聚,均拍手称好,纷言家中闷热难当,此约恰逢其时。

夫人已经在和儿子准备着"啃秋"的西瓜和润肺止咳的秋梨等应季的水果,还在念叨着立秋应该吃鸡、藕等类似的立秋宜忌之言,尚不忘怡然自得地说一句:"生活不能没有仪式感。"这让我想起前两天二丫看着我发到群里的照片感慨道:"老贾,这是每一个节日都不错过啊!"那天是农历七夕,叶子自省城而来,我们在新街乡尕马堂河滩里踏青。是啊,世事沧桑,人生苦短,唯有家人和爱情不可辜负,唯有美酒和仪式才能给生活增添更多风采,丰富我们平淡的生活。

"山僧不解数甲子,一叶落知天下秋。"我虽非隐居深山的僧侣居士,却也勉强算得上宅男一个。微信朋友圈里都在晒着秋天的第一杯奶茶,去农家乐的路上,我却在细心地寻找立秋的第一片落叶,遗憾的是,自始至终,我也没有发现一片秋黄的落叶，哪怕是被意外蹭落的绿叶，也未曾寻到。立秋之日，缺了这一片秋黄的落叶，再香甜的奶茶也弥补不了秋日之始的悲凉和寂寥啊！

"槐花新雨后，柳影欲秋天。"小区外面，纵三路两旁种植的槐树应该是苦槐。春天，当我还在嫌弃它枯败如冬的时候，等街道上所有的杨柳早已葱茏翠黛时，它才开始不慌不忙地抽出灰绿色的嫩芽。洋槐的花朵，早就在四月的春风中化作香甜的槐花饭，祭了我的五脏庙。低调的苦槐，在七月的似火骄阳中，盛开串串淡黄的花序，如盛开在半空中的紫藤，装扮着夏日的明媚，用巨大的树冠遮挡着夏日的炎热，为我遮蔽着每次排队做核酸时毒辣的烈日。只是，被昨夜的小雨和清晨的微风吹落满地的槐花，均匀地铺满人行道和柏油路街道的边缘，犹如一夜秋风后叶落满地，填补着立秋日缺席的落叶带来的遗憾，也让这个炎热如夏的立秋日有了些许微凉的秋意和萧瑟。

保宁农家乐是个老字号，只是我以前从未去过。院子约两亩，院内绿荫浓郁，十几盆一人高的三角梅在院子中央怒放，我仿佛又回到那年秋天，随处可见的三角梅长成了参天大树，染红了广州的山山水水。农家乐院子里的树木大都是果树，而这个季节里勉强可以摘来入口的，只有早酥梨。站在树下，头顶上挂满了青翠的早酥梨，让我垂涎欲滴，伸手摘下来，随意用手擦拭，一口下去，饱含香甜的果汁，塞满口腔，让我感到无比甜蜜。这也算是立秋日第一口"啃秋"，这满嘴的甜美，再一次让这个周末充满曾经的味道和季节的仪式。

姊妹们陆续到来，所有人都坐在院子里的葡萄藤底下，吹着阵阵凉风，闲话家常，等着尚在红柳滩钓鱼未归的老大和在龙羊峡游玩的侄子。树荫外的阳光下，依旧炎热如夏，树荫下却已是凉风骤起，清爽怡人，秋天是真的即将来临了。

人齐了，大大小小十四口人，独缺远在贵南上班的外甥，因故未能前来。上菜开酒，菜自然少不了应合时令的土鸡，酒却是我平日里很少喝的青稞酒。我拿青稞酒迎秋，还是因为昨天去巴卡台的路上，看到即将收割的金灿灿的青稞，经过漫长的春种夏长，即将在八月的季节里丰收，所有辛劳的汗水、所有对美好生活的期望，都将在这个丰收的季节里，化作一颗颗饱满的麦粒，酿成一杯杯醉人美酒。虽然我不大喜欢喝青稞酒，但思来想去，用一杯甘甜清澈、回味略苦的青稞酒来迎接凉风初起的立秋日，才能更好地纪念这个季节，符合季气的意义。

慢慢地吃菜，细细地品酒，聊着各自的生活工作，聊着这个炎热的夏天的闷热和立秋未消的暑热，直到夜色将起，才意犹未尽地各自回家。所有人都明白，家中的温度如同酒杯里 55° 的青稞酒一般滚烫，立秋之日的热度依然热情似火。

立秋，本就只是秋的开始，远远算不得秋季。酷暑未尽，三伏未完，绿意未褪，草木未黄。一场秋雨一场寒的瑟瑟萧寒，只能是一种奢望。

立秋之日暑未尽，偷得浮生半日闲。能在这夏秋之交里喝茶吃酒，诉亲情、纳秋凉，静心享受一次秋风初起的清凉，岂不也是平淡烟火里最有诗意的时光？

夏日依依，秋风袅袅起，又一个美好的季节要来到了。也许在某一个清晨或午后，下一场骤起的秋风就会拂尽夏的酷热，下一场秋雨就会平复烦躁沉闷了整个夏天的心灵，然后用一滴秋露、一地枯黄、满山秋红，渲染出更加壮美的山河秋色。

2022 年 8 月 7 日于贵德

处暑微凉雨惊魂

壬寅虎年七月廿六上午十一时十五分五十九秒处暑。

"处"即结束、终止之意。以前村里的老人们都习惯把处暑称为"出暑",而年幼无知的我,在很长一段时间里竟然不知"出暑"也是节气之一。处暑的到来,也就意味着烈日炎炎的三伏天已经接近尾声,炎热的夏天即将远去,一场秋雨一场寒的西风微凉渐起,草木渐黄、满山金红的秋季即将到来。

自立秋之日始,省内大部分地方已是秋意渐浓,昼夜温差增大,人们已经不同程度地体味到秋风乍起的些许寒凉,贵德除外,昼夜温差虽然已达十余度,秋雨绵绵,金风细细,却只是如南方一般,秋老虎的劲头依然十足,灿烂的阳光依然热情似火。尤其是今年,按理凉风阵阵,十几二十几度的气温早就应该是秋高气爽的时节,只是天气依然是湿热难耐,闷如盛夏。

不过,秋天毕竟已经到来,风微凉,雨绵长,虽不时仍有三十多度的高温,却已难掩秋意渐浓,早晚寒凉了。

秋天在哪里?在高悬枝头、果香飘溢的老梨树上;在银灰色枝叶间,隐匿的金黄如豆、暗沉如火的沙枣果里;在四野田间割去了麦穗,整列如阵的麦茬地里;在金风细雨中,飘落如雨的满地槐花里;在千姿湖枯色渐呈、败色已现的荷塘里;在膏肥肉厚的螃蟹季里。只是固执如我的人们,也不知道秋天早已在一夜秋风、一夜秋雨中悄然登场,而我依然如凄凄寒蝉般埋怨着秋天未至,暑热未消。

秋天是个过渡的季节,是绚烂的生命厚积薄发的季节,所有一切经过漫长夏季的野性生长,终将沉积出厚重的色彩,凝结丰收的果实。这是个艳丽而色彩缤纷的季节,绿色即将告别大地,金黄、枯黄、橙红、深红乃至深沉的紫色即将取代苍翠绿黛的主角地位，大地不再是只此青绿的千里江山图，而是一只五颜六色的调色盘，呈现婀娜多姿的娇媚风情。暖色系的逆袭成功地展现，让这个云淡风轻的季节，在冬日的枯败凋零来临之前，在冬夜归寂之前爆发最后的灿烂和光芒。

秋天的色彩，是丰收的色彩，也是生命成熟的色彩，没有春天般的青少年似的稚嫩和羞涩，也没有冬天般夕阳西下的暮色苍茫和人生感叹，有的只是奔波半生的体味和生活的积淀。四季秋至，人到中年，醇厚如风，醇香如酒，遗忘了江湖的意气风发，不再沉湎于人情往来的拖沓，不再计较寒来暑往里鸡毛蒜皮的琐事。秋如人，人如秋，夜凉如秋，心如止水，静候秋凉，秋思高远，静候中年，往事可追。

明日处暑，坐在阳台上，从远处摇晃的枝头掠过的风一阵阵地从窗外袭来，带给我丝丝凉意，带来秋天雨季的风信。天气已是昼暖夜寒了，虽然我依然汗流浃背地期待着每一次路过的西风更劲。

处暑三候："一候鹰乃祭鸟，二候天地始肃，三候禾乃登。"我不知道老鹰会不会把猎物整齐地摆在山崖上祭天，想来应该是古人的误解，是虚无缥缈的以讹传讹。不过，小的时候，每年秋收前后，总是能看到老鹰在天空翱翔，时而如一片枝叶随风起伏，时而如离弦之箭，高飞低伏。每逢此时，母亲总是一面呵斥着院子里啄食的鸡，一面吓唬着我，别在太阳底下玩，小心老鹰把你叼走。老鹰捉小鸡的游戏，莫非就来源于母性的呵护？只是如今的天空，除了叽叽喳喳的喜鹊、麻雀，偶尔轰鸣而过的飞机外，我已许多年没有看到过老鹰的雄姿了。就像我已经许多年没有看到过满院乱窜的老母鸡，许多年没有剁过鸡菜喂过鸡一样，一切是那么久远，而一切又仿若昨天般清晰。

"天地始肃"始于"禾乃登"，随着河谷地带的麦子、油菜、大豆、青稞等渐渐地被收割入仓，秋天的肃杀之气已然在田间地头慢慢地升起了。秋黄，始于金黄色的麦浪，秋肃之气始于收割的麦田。这让我不由得想起了影视剧中的"秋后决"一词，古人往往在秋后处决罪大恶极的人犯，除了顺应这个季节里天地肃杀之气，莫不是还有春种夏长、不误农事，秋收冬藏、戒骄戒躁的告诫之意？

今秋的天气极端异常，高温不退，湿热难消。今年青海多灾多难，不时突发地震、冰雹、雷暴、山洪、泥石流等地质灾害，还有多点频发的疫情，袭扰着安宁的大地上安宁的我们。

现在的天气预报真是精准，昨夜一声炸雷，准时在20时45分响起。我看到第一道金蛇狂舞般的闪电，蜿蜒着划破天空，照亮夜空的刹那间，一声响彻天际的雷声地动山摇地响起，震撼着我脚下的大地和房屋，震撼着我脆弱的心灵。震耳欲聋，这个词已然失色，惊恐失色，心跳加剧，也许能更加贴切地形容我当时的状态。咆哮的风如过境的台风一般，怒吼着压弯了闪电照耀下清晰可见的巨大树冠。"叮叮哐当！"那是风席卷着远方或屋顶上的杂物，从窗外飞过的声音。"咔嚓！"是狂风折断了小区院子里蔬菜架子的声音，院子里不时传来含糊不清的大人的呼叫声和孩子们的哭喊声……雨线、雨帘，不，雨早已看不清形状，哗哗如泻，在大地上、在窗户上流淌成奔腾的河，顷刻间激起滚滚的如烟水汽，模糊着大地，模糊了暴雨和大地的界限，模糊了雷电照耀下的树木和建筑，极目所见也只是烟雾弥漫，水汽缭绕。

轰鸣的雷声，一声高于一声，连绵不绝地在耳边响起。仿若地震袭来，我感觉到脚下的楼房在震颤，我如临深渊，黑暗中不可见的水声、如魔鬼般咆哮的风声、摄人心魄的雷声，一点点放大着我内心深处暗藏的恐惧。闪电也早已没有了形状，只是持续地点亮整个夜空。在这个初秋的夜晚，夜空不再漆黑如墨，目光所及，都是恍如魔域般的紫色，那诡异的紫色勾引着我心底深埋的担忧、恐惧和悲凉。

我从天地的咆哮中仿佛听到了来自宇宙深处的呐喊，看到了天神的震怒，听到了大自然的怒吼：人类，索取无度的人类，自私的人类啊，终将自食恶果。

"滴滴滴"，手机不停地响起提示音，是朋友们传来的今夜特大暴雨的照片和视频，我隔着手机屏幕听见树木在不堪重负地呻吟，我看见"泥浆"河流在草原上、公路上、街道上奔腾，我看见天空紫色的雷霆里，一道道审判的光芒。

我为每一次暴风雨后不分昼夜保通抢修的交通人叹息，我为每一次暴风雨后受灾的地方祈愿，我也向每一位奋战在大灾大难一线的逆行者致敬，只是我始终无法隐藏对灾难的恐惧和悲伤。

　　在每一个春天里，我都期盼着第一声春雷响起，惊醒沉睡的万物和大地，在每一道闪电划破天幕的时候，努力地捕捉它们的踪迹。我始终认为，闪电是暗夜的精灵，是大自然里最美的遇见。只是，今夜这匪夷所思如妖孽般的紫色雷霆，让我心中除了恐惧，只剩下敬畏了，是对天地的敬畏，对大自然的敬畏。我站在窗户边，面朝紫色的天空，如面朝深邃的大海，如临深渊，如陷永夜，只能默默地祈祷，祈祷天地怒火停息的时刻来临。

　　"亡羊补牢，犹未晚也。"自上而下，已深入人心的新环保理念已根植人心，只要我们还心存一份对自然、对天地的敬畏，不再一味地索取，把回馈自然、保护环境当作一种责任，当作给自己以及我们后代的礼物，一点一点抚平大地的伤痕，我们深蓝宁静的地球，终将恢复成往日的家园。

　　处暑将至，秋凉缓至，酷热湿闷的天气也渐趋尾声，这狂躁活跃的雷暴疾雨，也终将恢复斜风细雨的温柔模样，缠绵这个寂寞高冷的清秋季节。

　　"留得残荷听雨声。"心存对生命的执着和对生活的希望，让瑟瑟秋风和绵绵秋雨澄澈我们的心灵。选一个爽朗的晴日，抬头望天，心存高远，看秋高气爽，云淡风轻，暴风雨过后，必将又是一个爽朗的秋天。

2022 年 8 月 22 日于贵德

静斋烟火岁月长

居家不知秋露重

壬寅虎年八月十二夜二十三时三十二分零七秒白露。

瑟瑟西风在山野田间流浪，为即将来临的仲秋施加着最后一根稻草，渲染着橙黄金红的渐浓秋意。疫情随风，肆虐着风吹过的犄角旮旯。心心念念地与夫人合著的处女作《静斋笔记》也在随风流浪，流浪在甘青省界悠长荒凉的山坳里，迟迟不愿与我相见。城市静默的日子里，我只能在百无聊赖里，用一杯茶或一杯酒，打发这寂寥秋天里的无奈和寂寞了。

昨天早上，物流公司来电：西宁解除静态管理，书已到城东物流园，只是因工作人员尚未到位，配送可能延迟到晚上。这对焦急等待了半个多月的我而言，无疑是个好消息，只是久等无果，又急于回单位上班的我，已经向县防疫办、社区和单位报备了，准备当天回贵德接受七天隔离，然后上班。等晚上送到肯定是不行的，我和夫人稍加合计，便约了珑山兄弟，一人开一辆SUV，就向物流园进发了。

从接到电话直到出发，说心情不激动，未免过于虚假。就像儿子出生时听到第一声"哇哇"的哭声一样，听到护士报一声"母子平安"一样，对这本犹如亲生子女一般，倾注我夫妇二人大量心血，耗费大量时间的《静斋笔记》终于印成书籍，即将谋面的心情，肯定是万分激动的，是欣喜莫名的，就连多日阴沉的天气，似乎也因我的心情而豁然开朗，晴空万里。

静默了十余天的省城正在逐步恢复生机和活力，商超、小吃店陆陆续续开门营业了，饭店、娱乐场所依旧大门紧闭。高速公路也还封闭着，环城南路上的车虽然很多，却也没有往日拥堵，从家到城东区，穿越大半个城市，也仅仅耗时十余分钟。

物流园区就在贵南路十字东口，附近就是儿子曾经就读的十四中学和我曾租住三年的小区。园区门口堵了许多进出的微型小货车、半挂车，都在有序等待扫码和消毒。两台大型雾化喷水机摇头晃脑地持续喷洒着浓浓的水雾，刺鼻的消毒水味道隔着车窗隐约地钻进我的鼻孔。解禁的第一天，这里倒是有了些车水马龙的繁华景象。

　　两千册书，在我的认知里应该是没有多少的，我估摸着我的车就足以装下并拉走了。当我看到书时，说真的是有点震撼了。一个个的小纸箱子，整整齐齐码成一米多宽、近一人高的两个长方体，静静地摆放在凌乱不堪的货场上，矗立如山。

　　物流园的师傅看着有些吃惊的我笑道："两箱资料一吨多，你的车肯定装不下的，你最少也要拉两趟。"

　　一吨多？那可真正是名副其实的"千金"了，难怪夫人对儿子戏言，这本书是他的妹妹了。

　　"我还有一台车，应该……应该可以的。"

　　我有些不确定，迟疑着应着。

　　没隔一会儿，珑山开着车也到了。一台车装一摞，后备厢码满，再装后排座，只留了驾驶座和副驾驶座，刚好两台车塞完最后一箱书。

　　一鼓作气装完才发现，自己早已是汗透衣背、气喘吁吁了。回到小区，把珑山车上的书，乘电梯运到楼上，立马就觉得腰酸背痛，甚至手指都有些弯不了的感觉。珑山和夫人迫不及待地开封取书，评论着书的装帧、印刷，而我早已累瘫在沙发上。

　　时已过午，夫人下楼去买午餐，许久之后，才"呼哧呼哧"喘着粗气，买了三碗馄饨上来。言道："餐厅都没开门，只有馄饨店排着长队，还限量，只售中碗和小碗。"

　　不知是否与劳累饥饿有关，馄饨味道十分鲜美，虽是中碗，分量倒也很足，只是苦了珑山兄弟，劳累半天，只得一碗小食果腹。

　　"明天就是白露了，天气渐凉，更深露重，哥哥嫂子回去保重身体。"临别时珑山兄弟贴心地嘱咐着，此时我们已各自上车，珑山回家，我和夫人也准备启程返回贵德。

返程之路也并不顺遂，在城南收费站排队扫码、查验双码、查核酸报告和报备信息，等待了约半个小时。上山时，车明显比往日里吃重费油，只是想着满载着我四十年的文学梦想，满载着我沉重的乡土情怀，满载着我和夫人静斋闲适的诗情画意，倒也不觉其重，反而有些乘风而行的飘飘然了。心想，春耕秋收，明日白露秋意将浓，我可以在秋日艳阳里听风、读书，当然是先睹《静斋笔记》了。

白露，仲秋之始，白露之名，依如《诗经·秦风》之相思，囊括了整个秋天所有的诗意愁怨，仿佛白露这两个字便生在这优美诗词中，长在这华章歌赋里。从"关关雎鸠，在河之洲"到"蒹葭苍苍，白露为霜"，《诗经》引领着我们从懵懂的爱情到饱尝相思之苦，再到相看无言、心有灵犀的相知相偎，刻骨铭心的不只是在河之洲的求而不得，而是白露为霜的思念和望穿秋水、望断天涯的相思之苦了。

白露三候："一候鸿雁来，二候玄鸟归，三候群鸟养羞。"《逸周书·时训解》又曰："白露之日，鸿雁来。又五日，玄鸟归。又五日，群鸟养羞。"看来，这白露物候，皆缘于鸟，是为古人观鸟所得。只"来、归、养羞"三词皆有归藏之意，倒也不无思乡之情，养生之道，居安思危之心。

今天早上起床的时候，就听到窗外叽叽喳喳的鸟叫声嘈杂不绝，听着约莫有三五只鸟雀的样子，只是从卧室窗户到阳台窗户，张眼望去，只闻其声，不见其身。听鸣叫声，当属喜鹊无异。我未免有些惆怅，看来今年的白露之日，我注定见不到群鸟的身影，见不到鸿雁归去来兮，也见不到"玉阶生白露，相思黄叶落"里露珠初凝的晶莹剔透了。

昨日返回贵德，被告知要居家隔离，虽多次申诉自己不是风险区人员，均被无视，只好遵照执行了。明知我之隔离，有地方性扩大隔离面的嫌疑，倒也万分理解政府的做法。毕竟疫情管理不易，无论是政府还是工作人员都压力太大，压力不仅仅来自疫情风险，压力之重莫过于疫情蔓延和事后追责的风险。不过，如果因我一人之隔离免去一场风波，岂不是一件幸事？幸好知道要被隔离，我早早地学群鸟养羞之举，提前在省城采购了食材，倒也可安心居家，静待解封了。

不事稼穑多年，对秋日的露水打湿裤脚的记忆却依旧深沉。

秋收过后，农事稍闲，只是，儿时的乡村里，依旧有些许农活需每日操持。如早晚天凉时翻麦茬地、收秋菜、挖土豆、拔胡萝卜、打猪菜、割鸡菜等。活儿虽没有春夏那般繁重，却也如每日三餐一般，不曾缺少。地垄上的青草，依旧如夏日般茂盛，不见秋黄。只是，不论是晨读还是干农活，沿着地垄走上一圈，便湿了鞋子、裤脚。过了白露，露水一天比一天湿重，天气也一天比一天寒凉，露水打湿后的腿脚也一天比一天冰凉彻骨了。

白露前后，轻掠的秋风，仿佛把天地间所有水分都裹挟在怀抱里，升而为汽，趁着静谧的夜洒落在所有草尖叶头。在清晨的寒凉里，凝结成露，凝结成晶莹剔透、洁白无瑕的泪珠，在晨光熠熠中闪烁着耀眼的光芒，如散落的珍珠，让我万分怜爱；如穿越千年的眼泪，令人相思断肠。

白露之名，已不再仅是露如珠、白如玉而冠名，也是在河之洲的窈窕淑女，是在水一方的伊人，是跨越秦时明月汉时关的相思泪，是秋风揉碎一地的皎洁月色，是秋水激荡的片片涟漪。

"露从今夜白，月是故乡明。"再过两三天，又是"秋空明月悬，光彩露沾湿"的中秋佳节了。在这个看不到大雁的白露季节，居家隔离的我，看来也只能过一个清冷寂寥的中秋了，只能寄希望于中秋明月之夜，无乌云之蔽，无秋雨之扰，吾当对月独酌或邀月对饮，安享静斋之闲了。

2022 年 9 月 8 日于贵德

平分秋色岁月柔

壬寅虎年农历八月廿八晨九时三分三十一秒秋分。

据闻,贾姓渊源约有六种,有以国为氏,以邑为氏,以官位为氏诸源。源于官位者,出自商周时期官职贾正,主管城中贸易活动、调节物价、稳定市场等业务,类似现在的市场监督局的职司。

贾也读作"gǔ",指的是商人,也含做买卖之意。这个读音和释义料来也是与贾正这一职司有关的。

当然,我不是想于此探讨贾姓的源远流长,也并不想追根溯源我姓贾的来历,只是,自小有一个梦想,就是做一个风流倜傥的商人。虽然,这个愿望终是没有实现,但是,我一直也没有放弃过实现这个梦想的机会。

其实,我们兄妹四个之中有经商头脑的,应该是大哥,有商业天赋的,还要算上二姐。大姐沉稳实在,与商无缘,而我与商业的缘分,或者说是我对成为商人的渴望,或许真的来源于久远的血脉传承,更多的,却是受了大哥的影响。

小时候,受家境影响,当我得意扬扬地坐在毛驴车的辕条上,跟着舅舅们串村入寨换粮食的时候,大哥已经悄悄地做起了一些简单的生意,默默地补贴着家用。而这些生意,在如今看来也不外是以物易物的交换、倒买倒卖的物流、站街吆喝的小打小闹,是远不如当下商业贸易一般琳琅满目的。

而正是这些不起眼的小生意,不断地改善着我们家因劳动力不足而导致的青黄不接、缺衣少食的困窘,甚至补贴着父亲的医药费用和我一年高于一年的学费。是的,我从初三起一直到大学毕业,学费都是老大和嫂子负担的，虽然也离不开姐姐们的赞助，但是大部分的担子还是落在他们夫妇的头上。

我上初中时，大哥就和村里家境稍好的同龄人合伙做起了生意。刚开始时，利用节假日从西宁批发瓜子、花生、糖以及一些廉价的日用品，然后，几个人开着拖拉机，贩卖到交通不便的四沟八乡的小山村里。所有交易都是灵活的，可以现金交易，也可以以物易物，收获的除了不多的辛苦钱，还有成袋的粮食、油菜籽和土豆等物，当然，还有家中过年的年货小吃瓜子、花生、糖。

我记得那些年的腊月，他总是在山里奔波着，直到年关将近，才喜滋滋地拉着沉重的收获和剩下的货物回家。当然，剩下的也是他故意留下来过年用的。

再后来，他开始独自从省城往偏僻之地的小卖部倒卖烟草，批发啤酒、饮料、百货，而上了高中的我也开始帮他分忧，利用周末、节假日，担起了分销员和送货员的职责。

每年大暑前后，县上总会在河滨公园举办声势浩大而隆重的物资交流会，人们习惯称其为"六月会"。"六月会"的来历，也许源自传统而古老的两神相会，据说是二郎神和舅舅相见的日子。农历六月廿二那天，人们抬着神龛，衣着盛装，迈着古老的步伐，遵循古老的仪式，一神自河东乡王屯村二郎神庙出发，一神自河西文昌庙出发，会于河滨公园。两神相会已正式申遗成功。也许是曾经传统的赶集商贸活动，受到了改革开放初期"广交会"的影响而发展壮大。只是，不论出处，"六月会"就像是一种源自某个时代的时尚，被大众接受并喜爱，以至于成为一种风俗，一种习惯，被父老乡亲们所钟爱。"六月会"早已不再只是一种商业或宗教的演绎，已经成为地域文化的缩影和几代人的记忆。

我对"六月会"的记忆，初起于老大上高中还是上师范时的那年暑假。有一天，父亲说老大和同学在会场上开了个茶馆。于是，在母亲的提议下，我决定去一睹其容。

到了会场，人山人海，到处充斥着商贩们的叫卖声，有卖布匹服饰的，有卖书籍箱包的，有卖五金百货的，有卖天南海北特产的，有卖当地小吃的，也有卖狗皮膏药的，有玩杂耍演猴戏的，也有僧人道士化缘的。整个会场人声鼎沸，卖货的卖力，汗流浃背、声嘶力竭；买货的图热闹，兴高采烈、喜笑颜开。叫好声、讨价还价声、呼儿唤女声、哭爹喊娘声，让整个会场暑热更甚，嘈杂成热闹非凡的尘世间。

沿着会场，走过林荫下的八角亭，老大他们开的茶馆就在林间小道的右手边，不宽的水渠上搭了两块厚实的木板，供客人进出，我已不记得茶馆起了个什么名儿，只记得老远就看见老大站在水渠边，左肩搭着一块雪白的毛巾，卖力地吆喝着。迎客入，送客出，像极了古装电视剧里的店小二。

老大看见我们有些愕然，显然有些不自在。随口嘟囔着让我们进去，自己找个地方坐，然后，继续在门口当着店小二。

说是茶馆，其实就是一座宽四五米，长十余米的简易帐篷，里面摆了十几张桌椅板凳，最里面是个用纸箱堆砌的简易吧台，兼收账、冲茶水、出干果碟。也许是天热的原因，里面已经有七八桌客人在喝茶，有刮盖碗茶的、有喝啤酒的、有喝饮料的，桌子上都有一两碟瓜子、花生或者外面买的小吃，看着倒也生意兴隆。

老大的同学都是家中旧识，看见我们赶紧让坐下，一面倒茶，一面说着他们各自的分工，还特意说起只有老大胆子大，能拉下脸皮当小二，其他人都不行，只能充当端茶倒水打杂的，而且，晚上还需老大算账点货、查盈亏，兼职账房先生。话里话外皆是赞誉之意，父亲和母亲也是满脸欣慰。

我们进去没多久，老大又恢复了之前的自如洒脱，开始高声地吆喝，忙忙碌碌地迎来送往，叫唱着客人点的茶水干果品类。而那一幕也深深地印入我的脑海深处，萌发经商的念头，并一直催促着我朝这个方向迸发。

自我上了高中，每年暑假都会帮着老大在"六月会"摆摊。卖过啤酒，开过商店，放过录像，开过饭店，卖过西瓜，摆过台球案子……而且，利用每个周末帮着老大分销从西宁拉来的烟草、啤酒等。也是那时候我学会了骑摩托车，并在周末时，跑遍了县城里各个偏僻的乡镇村庄，往小商店里配送着各类商品，赚取微薄的差价，补贴家用。如今看来，倒是像极了满大街的快递小哥和外卖小哥，虽然只能算得上兼职。

也正是这种参与，让我多了一些对人生的感悟，对社会的思考，对未来的期望；也正是这种参与，让我比同龄人多了对人生百态的观察和经历，多了一些对人间冷暖的认知和感怀，多了一份与年龄不相符的深沉；也正是这种参与，让我忘记了从商的风吹雨打、苦楚难言，反而不可抑制地膨胀着做个生意人的梦想。

而这些经历，也一直激发着我去经商的勇气，支撑着我在大学毕业后，直到婚后多年，依然固执地沉迷于各种屡战屡败的经商投资，并以此丰富着我苍白的人生，不时激发我昂扬的斗志。诚然，为此付出的代价是昂贵的。

时值秋月，明日秋分，昼夜平分夜渐长，秋色平分露寒凉。时光总是在不经意间把最美的季节一分为二，一半是收获，一半是希望；一半是落寞，一半是萧瑟；一半是诗意，一半是烟火。而我也是年过四十之后，方才淡了名利之心，放下了虚无的经商梦想，重拾了遗弃多年，被醉人的酒香、纷乱的人际关系掩埋了的文学梦想。静静地读书、写字、喝茶，把一方陋室用心营造成"静斋"的模样，把半生风雨化成《静斋笔记》里流淌的文字。

把生活变成文字，把文字变成书，却有些悲哀地发现，我又走回了老路，变成了一名推介拙作的小书商，却又总是放不下自己的酸腐和清高，徘徊在现实和梦想之间。只是转眼一想，我能把自己的喜怒哀乐、人生感悟，分享给熟悉的人、陌生的人，哪怕引人一丝回忆，引起一时共鸣，博得一时欢笑或悲伤，那也是我之所幸。如此，我的文字也好，书籍也好，便也有了一些微不足道的价值，如秋分时微红的一片树叶点缀了五彩缤纷的秋天。

明日秋分，我欣然地做着一个快乐的小书商，乐此不疲地与人分享我的文字、我的心灵之旅，以此来圆满我的文学梦。在每个"风高秋月白"的夜晚，在每个秋凉似水的清晨，用孤独书写一个人的狂欢。

"回首向来萧瑟处，归去，也无风雨也无晴。"明日秋分，与我而言，半生烟雨，一事无成的商业梦也好，刚刚开启的文学路也罢，倒像是这半分的秋色，半是灿烂如夏，半是寂寥如秋。诗意的梦想，就算是有了现实的收获，终是掺杂了人间烟火的沧桑，"诗酒茶花"终是逃不脱"柴米油盐"的束缚。想来，这就是人生一世，饮食男女的本来面目吧！

2022 年 9 月 23 日于西宁

第三辑

静斋雅意
清欢自得

岁月静好,闻弦知雅意,阅文以知音。人生清欢静处寻,终了,也不外乎"心静"二字。

静斋有静意

我不是一个自觉寂寞的人，我也不是一个性格孤僻的人，我更不是一个自闭的人。虽然谈不上广交天下友，但是，就和夫人说的一样，我的朋友几乎遍布大江南北。对待朋友，我是真诚的、是热情的。大西北的人对远方的朋友都是真诚热情的，而且自有应酬之道。

有朋自远方来，自是欢天喜地，按照朋友们的要求或者喜好，提前张罗饭局、酒局、住宿，提前安排旅游的线路，一句话："吃好、喝好、玩好。"当然，一般情况下，所有的安排我都只是提出相关建议，具体筹划落实还是要夫人去做。所谓旅游，也只是县域内的一二日游，如有空闲或朋友们另有提议，也会有环青海湖游等，我自然是司机，夫人兼职导游和后勤管理。

"独乐乐不如众乐乐！"这种时候我一般很享受欢聚或者久别重逢的感受，由此可见，我本质上并非是个不合群的人。人毕竟是社会化的动物，我们不能，也不可以把自己与世间万物隔绝，不能没有任何交集成为这尘世间的一缕幽魂，我们依然需要从外物中寻求物质和精神上的帮助。

大多数时间，我依然喜欢独处，喜欢孤独地享受时光美好、岁月无声。在一切可能得到的闲暇时间里，我都喜欢静静地坐着：在春天的风雨里，看日升月落、观白云苍狗聚散离合；在夏夜的蝉鸣里，徜徉在唐诗宋词里，品味人生的悲欢离合、喜怒哀乐；在夏夜的清辉里，或作"西风残照千帐灯"，"夜深犹有读书人"的清高，或享月下独酌"对影成三人"的风流；在冬日的寂寥里，感悟人生、追忆过往，惦念着昔日里仗剑走天涯、雪中悍刀行的豪气和梦想。

喜欢安静地坐着，无非就是喜欢：随心所欲地选择适合自己的心情，适合时令的一杯清茶，让沁人心脾的清香抚平自己狂放不羁、躁动不安的心灵。清茶氤氲，其乐悠然，一叶沉浮，心无挂碍，求的是心静，何尝不是心境使然。

喝茶，首在选茶，选的茶要有季节的味道。从茉莉花茶中醒来，等待春天的气息弥漫；从龙井开始，自有欣欣向荣的气象万千；从滇红开启，蕴藏深秋的寂寞绵绵；从普洱中蛰伏，温暖整个冬天的荒芜寥落。如果，再配上白釉、桃红、青绿、黑陶的茶具，那无异就更加相衬了。

选茶，其实选的不是味道，而是心境，是心情。选对了茶，茶香就更加沁心益人、回味悠长了。否则，再好的茶也会索然无味、如同嚼蜡，弃之不惜。

喝茶，更多的时候，只是为了沉寂自己焦躁、浮躁的心灵。我确实是个容易焦虑的人，我常常在午夜醒来，只是因为一些未尽的琐事。比如每隔五年的迎国检工作期间，我都会失眠一段时间。在凌晨入睡，在凌晨醒来，独坐阳台，倚窗品茗，检点疏漏，弥补不足，那时候，只有一杯清茶，陪我漫漫长夜，伴我静候天明。

喜欢安静地坐着，无非就是喜欢：静静地捧一本书，沉浸在他人的世界和思想里，回忆自己过往的悠悠岁月，那也是自己的世界、自己的思想，那是更加绵长、更有回味的精神世界。书中的世界自有世相百态、宠辱荣枯；自有悲欢离合，自有涓涓细流绕青山的隽永，也有滚滚长江东逝水的波澜。

读书，每个人应该都是从"书中自有颜如玉，书中自有黄金屋"这个美好的期待开始的吧？我应该是受了这个美丽谎言的诱惑，于是从闲书始，自此无终，总是沉浸在用文字勾勒的历史长河里、江南雨巷里……打量着秦砖汉瓦的沧桑、静候打着油纸伞的吴娘……谎言也好，诱惑也罢，读书让我有了梦想，学会了思考；有了目标，学会了追求；有了欲望，学会了写作。这一切总归是好的。

在淡淡的墨香中读书，安静地坐在阳台的窗前，在斜阳里、在月光下，看风起云涌、月影西斜；读花开花落、万物归途。在空间中交错，在时光中纠结，在不经意间，触动历尽风尘的心弦，不可言说，却自有无尽欢喜。

喜欢安静地坐着，无非就是喜欢：静享"相看两不厌"的温情，或捧书对坐，于"无声胜有声"处，心有戚戚，早已洞明，泪眼相望，确是无言亦欢；

或对坐闲谈家长里短、柴米油盐、琴棋书画、读书偶得等，让本就简单的生活，变得更加平淡起来，让日常生活变得更加真实起来。

真实的婚姻生活无外乎这些鸡毛蒜皮的小事，无外乎平淡得如此波澜不惊，简单得只剩下寂寞了。对爱情的激情和热情，相互的关心和爱怜，也融入了几不可察的闲言碎语中，就连偶尔的磕磕绊绊和争执吵闹，仿佛也提不起兴趣了。只是，脸上的笑容比年轻时多了，眼里的温情比年轻时多了，相互间附和的声音比年轻时也多了。这就是被岁月沉淀的爱情，少了起初的霸道、狂野，变得历久弥新，更加绵长淳厚。

平淡的日子，并不是爱情失色，更不是生活失去激情。平淡无奇，静默无言，才是爱情的本真。当爱情变成生活，语言在很多时候是苍白的、是无力的。白首偕老，在夕阳西下里，相依相偎地慢慢老去，才是真实的生活，真正地被岁月见证的爱情。

喜欢安静坐着，无非也就是喜欢：在夫人迁就的目光里，自斟自饮，一杯浊酒，引起尘封的往事、湮灭的记忆。

我本就是个不乏热情的人，是个天生的好酒之徒。好酒始于"宰羊烹牛且为乐，会须一饮三百杯""醉里挑灯看剑""淋漓满襟袖，更发楚狂歌"的豪迈、爽朗和狂放。我也是缺乏克制和自制力的人，尤恐被热情似火点燃心中的激情，变成"今朝有酒今朝醉""谁料平生狂酒客，如今变作酒悲人"的醉鬼。呵呵，于是，我就不可抑制地更加喜欢"花间一壶酒，独酌无相亲""举杯邀明月，对影成三人"这诗意般的独酌。这算不上是我为喝酒找的借口，这确实是我饮酒为乐的原因。

"一曲新词酒一杯""绿蚁新醅酒，红泥小火炉"，在每个夜晚的月光里，品诗读词，独酌小饮，无疑是最风雅不过的事情了。除了附庸风雅，独酌倒也十分符合中年人的性格。人到中年，少了奋发图强的激情，少了争强好胜之气，少了名利之争的向往，淡了金钱财富的追求。活的就是寻求自我，过的就是一个本真，在平心静气中慢慢老去。独酌恰是最符合的，少了烦躁，去了争论，少了是非，远离纷扰。

其实，我自打会喝酒时，就喜欢独酌。我觉得，洋溢在唐宋盛世、诗词歌赋之间的酒意，就是浅饮独酌的诗情画意，是吟偶诵唱的岁月静好。

殊喜清代朱锡绶《幽梦续影》中写道的："素食则气不浊，独窗则神不浊，默坐则心不浊，读书则口不浊。"话里话外，莫不是无限静意。

喝茶、饮酒，勉强算是食素食，仅食素食，我是做不到的，我是粗鄙的肉食者。

无事此静坐，倚窗听风雨，挑灯夜读书，对月品酒茶……无一不是我喜欢至极的事情。虽然我依旧是浊人一个，满腹肥肠，却依旧向往着气神不浊、心口清静的自由自在。

2022 年 2 月 22 日于贵德

春雪无声

　　昨夜刮了一夜的风，呼啸的寒风就像从战场上空呼啸而过的炮火一样，猛烈而激荡。躺在床上，耳边听着窗外急劲的春风，迟迟难以入眠，心想着老宅院子里早开的桃、杏、李花，明天又将是满地飘零的景象。

　　早上起床已是八点半以后，窗外静悄悄的，风不知什么时候停了。躺在床上，翻看手机，看到微信朋友圈第一条，记者老祁从海东乐都区马家洼村发的微信照片，下雪了，皑皑白雪覆盖了他的爱车，还附言戏谑"小黑变小白，春雪兆丰年"。

　　老祁在那里当驻村书记一年多了，坚持用相机和文字记录着山村的四季美景，日升月落，风霜雨雪。苦中作乐，怡然自得，虽然工作生活充实而忙碌，倒也颇有山野村居，闲云野鹤的隐逸之风。

　　赶紧从床上爬了起来，跑到客厅去看雪，窗外阴沉沉的一片，没有一片雪的痕迹。小区内外、远近各处的杨柳，似乎比昨天更绿了一些，桃花、杏花的颜色比昨天淡了一些。没有一丝风，整个天地都是一片寂静。我有些失望地回头，心里琢磨着，看这天儿，应该能下点儿雨。没有雪，下一场春雨也是件美妙的事情，心情便也瞬间开朗。

　　照例烧水，空腹吃药，吃药的间隙里，抬头望了望窗外，天空依然没有什么变化。打开冰箱，纠结了半天，选择了一款"仙游黄"，泡了杯茶，走到阳台上，浅酌了一口，偶然抬头，被眼前的一幕惊呆了。

　　穿越了？窗外凌乱飞舞的，纷纷扬扬的鹅毛大雪，从四面八方散落，塞满了整个天空。真的是鹅毛大雪，每一片雪花都如片片羽毛，纷扬着缓缓地从空中落下，须臾间便遮掩了小区外面那凌乱的蓝色彩钢瓦的顶棚，顷刻间被覆盖上洁白的色彩，只剩下凸起的棱线，依稀可辨瓦蓝的底色。

我使劲儿摇了摇头，以便确认自己是否清醒，没错，一切不是我的臆想，我也没有穿越，窗外，真的是下雪了，我没看错。

昨天还是春光明媚，阳光灿烂，我和夫人沿着黄河游荡，吹着自制的柳笛，在那单调的笛音里寻觅春天的色彩，欣喜地面对每一丝钻出大地的野草，雀跃地把镜头对准盛开的丁香，惬意地在清澈的黄河边用石头打着水漂。谁承想，今日却迎来一场如冬的大雪。莫非真的是雪花爱上了春花，想来一场浪漫的三月之恋？

"白雪却嫌春色晚，故穿庭树作飞花。"瑞雪兆丰年，这真的是一场恰逢其时的倒春寒，真的是一场恰到好处的春雪。

这两天正是桃、李、杏、樱的繁花期，尚未开始挂果结蒂，气温骤降，既不会有百花凋散，残花落尽的凄美，也不会对贵德闻名遐迩的苞谷杏、长把梨的收成造成任何影响。这个时节的雪落在远山上、大地上，过不了多久就化成"润物细无声"的春水，滋养万物，催促万物生长。落在公路上，也是随落随化，丝毫不影响人们出行郊游的计划，真是一举数得。

"下雪的时候，天地是寂静无声的，就连小区外面的鸡鸣、鸭叫、犬吠声也听不见了。"夫人看着窗外的雪，在我耳边轻声呢喃。

是啊，下雪的时候，是寂静无声的世界，远处的施工工地也静悄悄的，没有了往日的嘈杂。每天准时唱响的鸡鸣狗吠也听不到了。院子里和院子外的街道上，看不到行人的踪迹，除了飘飘洒洒的雪，这个世界仿佛陷入了刹那间的寂静深渊，变成了无声的世界。春日里烦躁、萌动的心灵也仿佛得到了片刻宁静。就连因东航失事而忧郁了好些天的心情，也略微好转起来。祈愿这场瑞雪也能传来东航搜救工作方面好的消息，也愿逝者安息，生者珍重。

这场突兀的春雪，急匆匆地来，又急匆匆地飘向远方。雪慢慢地小了，有停歇的意向，外面裸露的土庄廊又恢复了往日破败的景象，蓝色的彩钢瓦恢复了本来的面目，只是如远树近花一般，比往日更添了一分艳丽。

这场短暂的、纷扬的春雪，这场孕育着希望的春雪，这场爱上烂漫春花的春雪，倒是在这个春日的早晨传来了不少好消息。

今夜凌晨的时候，省城西宁之前因疫情影响，被封控的城北区相关街道和小区都解封了。整个城北区，像过春节一样锣鼓喧天、鞭炮齐鸣，一片焰花怒放的海洋。在疫情肆虐，此起彼伏，蔓延全国大部分省市的时候，西宁解封的消息无异于一缕春天里最明亮的曙光，给人希望，令人鼓舞。这也无疑是这个春天最值得期待和庆贺的好消息。

但是，身处后疫情时期的我们，还是应该谨慎客观地面对现实。疫情尚未远去，还在我们身边虎视眈眈。我们还是应该自上而下地继续绷紧疫情防控之弦，严防死守，查缺补漏，自觉遵守政府的防疫政策规定，做好自身防护，保持良好生活习惯，为全民抗疫尽自己的责任。

防疫，毕竟不仅仅是自己的人身安全，还关切到家庭、社会，甚至整个世界，还是要谨慎些的好。

叶子也算是解封了，可以每天轮流出宿舍，一次虽然只能出去一个人，倒也能解决一些生活急需；儿子在宿舍上网课，也允许出宿舍。重庆、南京，都有疫情风险，也成为我的牵挂之地，希望一切都能尽快结束，恢复往日的平静。

在这百花争艳、绿意初绽、飞雪连天的春天里，贵德县惠安黄河市政大桥正式开工修建了。

昨天和夫人去黄河边探春，才发现吊桥已经呈半封闭状态，只允许行人通过，禁止车辆通行。而通过黄河清大桥去河北岸，又需要绕很远的路程，于是只好放弃去黄河北岸游春探花的计划。

黄河南北两岸的风景是迥然不同的。观赏尼那塔、转经轮的远景，是必须去北岸的。况且，每年10月开始，成批成群的大天鹅在碧波荡漾的黄河中嬉戏觅食，时而在南岸的树丛下，时而在北岸的河湾里，吊桥不让通行，实在是一件麻烦而扫兴的事儿。

昨天，我还在抱怨着吊桥的事情，今早，在春雪里便听到了新桥开建的好消息。据说，新桥宽三十米，四车道，还有双层人行道和玻璃栈道，可以在桥上远眺黄河，也可俯瞰近观。整体造型是一对相互守望的天鹅，这无疑让我更加期待它建成的模样。

　　这几年的贵德，发展的脚步在不断加快，许多民生项目都凸显人与自然和谐共生的理念，蕴含着生态保护和发展、民族团结进步与乡村原生态保护性发展的理念，更显人文关怀，更具人文情怀，这是城市文明和执政理念上可喜可贺的进步和发展。

　　雪完全停了，太阳出来了，天空不时有飞鸟轻盈地掠过。打开窗户，随着清风扑面，依稀还有雪的味道，春天的气息，一切又将在宁静的雪后逐渐苏醒，恢复往日的烟火人间。

　　"天街小雨润如酥，草色遥看近却无。"春雪已过，期盼下一场早春的雨，也期待着山河无恙烟柳满，人间皆安春更好。

2022 年 3 月 25 日于贵德

春夜喜雨

谷雨刚过，按理来讲，现在依然是晚春季节，夏天尚未真正到来，这几天的天气却已略显闷热。尤其是今天白天的时候，走在大街上，阳光照在身上毒辣辣的，瞬间穿透清凉的夏装，晒得我皮肤胀热难耐，走不了几步，就已经大汗淋漓了。

临近午时，乌云从山的那边涌起，翻滚着、聚拢着，遮掩了不久前还晴空万里的天空。屋子里显得更加闷热难挡了，这应该是一场春雨的前奏。可是直到吃晚饭时，天依然阴沉沉的，雨却一直未下。屋子里，虽然开着窗户，但那种又热又湿的空气仍然无法阻挡。

夫人在阳台茶桌的一角处理她的有声演播作品，我在茶桌旁喝着茶，写着文字。爬满本子上缭乱的字迹，就像外面的天空一样乌七八糟，像我烦躁不安的心情一样凌乱。

晚上11点多，在夫人的催促声里，放下手中《赤贫的精神》，打着哈欠，准备洗漱上床，忽然一阵"噼啪、噼啪"的声音从窗外传来。是雨的声音，没错，是雨打窗户的声音。

"下雨了！"我一面望向窗外，一面喊着夫人来看雨。

"真的吗？"夫人趿拉着拖鞋跑过来，欣喜地问道。

"是真的，这真是一场久违的春雨。"

"是啊，春夜喜雨，真是一场及时雨。"

"此时，当吟诗一首，以贺夜雨初霁，春雨喜降。"我一本正经地向夫人提议。

"好呀，那就《春夜喜雨》吧！"夫人爽快地应着。

"好雨知时节，当春乃发生。随风潜入夜，润物细无声……"

夫人在旁边轻声地诵读，我突然想起今天中午在河东老宅种的花。在恰当的时节里播种，真是凑巧的农事，凑巧的雨。

上午和夫人在阳台上边喝茶边读书，权当是给世界读书日应个景。吃完中午饭，实在难耐闷热，遂提议去河东观花，心想着再不去看牡丹花，就该凋谢了。

当下，和夫人约了二姐同去。到了河东，侄子一人在家，嫂子出门了，老大带着项目上的人去工地上检查工作。今天是周末，老大是个兢兢业业、埋头苦干的人，利用一切可以利用的时间，一心扑在工作上。不得不承认，老大的工作态度向来是认真负责的。

拿着观花的装备，人手一部手机，抬头拍天的，低头拍花的，一个个神情专注。不管照片拍得如何，却都拿出了专业摄像师的专注，摆足了架势。随手还摘了几个枝头上刚结的苞谷杏，龇牙咧嘴地品尝这个季节里最早的青涩。

这让我不禁想起，儿时的我们也是这般不顾父母的阻拦，吃着尚未脱去所有花蕾的青杏，一直吃到杏子成熟。不知是出于阻拦我们任性采摘青杏违背时令的目的，还是真的怕我们吃坏肚子，大人总是讲：吃青杏，积食，吃黑狗的屎尖尖才能消食。于是，我们一边犹豫着，担心一不小心中招，一边难以抵挡那酸涩的诱惑，依然如故地在斜眼歪嘴的酸涩里，发出嘶嘶的抽气声，不断地吃着酸杏子，边吃边纳闷儿，为什么非得是黑狗屎才有消食之功效？难道不能是白狗屎？花狗屎行不行？幸运的是，我从未因吃多了青杏而积食，当然也不用去享受那让人作呕的东西。所以直到现在我也搞不明白，老人们说的到底是个民间验方、偏方，还是成年人的恶作剧，只是，当地人无论老幼，都喜欢时不时地摘几个青杏解渴生津，这是真实不虚的事情。

我正在兴高采烈地赏花拍花，大姐带着俩孙子也来了，于是，满院子都充满叽叽喳喳的声音。百无聊赖的我们在屋子里聊着闷热的天气，聊着烦人的疫情，孩子们在院子里追逐玩耍。

老大在微信家人群里发来一条消息："家里那么多闲人，没事干，把院子里的花种了。"

于是，几个人嘻嘻哈哈地叫上侄子去种地。院子里的空地并不多，也就乒乓球案子大小的五块，且多数是果树、木本花草之下的边角地，没办法种菜，种花倒是不受影响。

我拿着铁耙子耙地，大姐在旁调侃着："嗯，多年不干活，架势还可以啊！"

是啊，想来已是有许多年未干农活了，尤其是兄妹几个聚在一块儿在老宅里干活了。

耙了一会儿地，嫌效率太低，我和二姐、侄子三个，干脆拿着铁锹翻地，夫人帮着撒花种，大姐负责用耙子把种子翻下去，把地耙平。几个人一边干活，一边聊着各自曾经干活时闹的糗事，嘻嘻哈哈，没过多久就种完了，种了什样锦、格桑花、九月菊三种。

许久未干活，加上天气原因，干完之后已是汗流浃背，腰膝酸软了。不过，想着如果今夜能有一场透雨，过不了几天，今天的辛劳，又将变成明天娇艳的繁花，也就不觉疲惫了。谁想，老天不负我，雨终于在夜半时分降临了。

窗外的雨声越来越急，噼啪噼啪的声音变得更加清晰而连贯。漆黑的夜晚我看不见雨线，透过窗外的雨声，听出来雨势急骤。

一滴雨打在窗户上，散开一朵放射型的花朵，瞬间绽放，又瞬间被另一朵雨花覆盖，在玻璃上，汇聚成河，川流不息，奔流如海。

院子外面的彩钢瓦屋顶，在黑夜里被雨水冲刷得泛着光洁如新的亮泽，在骤雨的敲打下，发出持续的叮当声，像一曲优美的打击乐，如远山传来的铜磬佛钵之声，悠长得似一曲梵音禅唱，如一首天籁妙音，悦耳舒心，烦躁了一天的心情，刹那间被平复，如波澜不惊的水泊。

对面楼房里，星星点点的灯光拉长的光影斜斜地射在院子里的水泥地上，那暗黄的光影里是摇曳着晚春气息的梦幻河流，依稀可见绵绵雨滴从深邃的夜空中飘落，激起涟漪无数，溅出四射水花。

这个时候，我应该在河东家的老梨树下听雨，那瓢泼大雨，从暗沉的天空倾泻而下，沙沙地打在繁茂的树叶上、枝丫上，然后顺着树叶掉落，沿着树干滑落。那声音像儿时爬满笸箩的蚕宝宝吞食桑叶的声音，绵柔地抚慰着我的心灵。只是，就像记不起我在多久以前曾经痴迷于养蚕一样，我已记不起，又有多久没有在老宅的老树下听雨了。

这个时候，我应该以一场浪漫的雨中散步祭奠这场晚春的初雨。漫无目的得像个幽灵一样，在夜雨的天空下游荡，让春雨带走我沾染了一个冬天的尘埃，让我的心灵洁净如洗，不染纤尘，拥抱即将到来的夏天。

我已经看见，纷飞的雨穿透今天我松的土，落在干瘪的种子上。种子在如饥似渴地饱饮着适时而降的甘露。我已经预见，在某个阳光灿烂的清晨，种子冲透大地的阻拦，在那细小的两片嫩芽之间释放生命的希望。

今天，省城除城东区以外的地方解除了静态管理，这是个随春雨而至的又一喜讯。

记得每到干燥的时节，老人们总会盼望一场冬雪或春雨。在他们眼里，一场久旱之后的雨是消灾除病的。看来这场突如其来的晚春夜雨，也许真的能扫除疫病，扫除笼罩春天的阴霾，洗净这城市的污浊，还我们宁静祥和的家园。

这真是一场久违的春雨，仿若久违了的漫长岁月，从古代的初春飘落，穿过时空的迷雾，就在这个百花齐放的晚春，如时而发，润物无声……

2022 年 4 月 23 日于贵德

忙里偷闲悟茶香

春夏秋冬，每个清晨，在悠扬悦耳的闹铃声中醒来，总是不舍得立马关闭铃声。我的手机铃声是"斯卡布罗集市"，这是我很喜欢的一首用国外经典歌曲演绎的古琴曲。我喜欢它那洋为中用、中西合璧的风格，喜欢古琴的悠远和音乐本身的空灵，宛如天籁。古典演绎下的乐曲，除了曲子本身的忧伤旋律，宛如春天里轻抚大地的东风，夹杂着早春花草的苦寒清香，更包含着对爱情强烈的渴望。舍不得关闭闹铃，更舍不得离开温暖蓬松的被窝，舍不得睁开蒙眬的双眼。清晨赖床，似乎是人与生俱来的天性，在我看来，不赖床的人才是真正的勤快之人，比早睡早起的人还勤快许多。

拖沓着离开床，摇摇晃晃地洗漱，用一杯开水唤醒沉睡的身体，只是，脑袋总是昏昏沉沉的，还在昨夜的梦中流浪，直到一杯绿茶下肚，麻木的脑袋才慢慢苏醒，整个人也就像初升的太阳一样，瞬间充满活力。

我喜欢用一杯清茶迎接每个清晨。当然是绿茶为上，取一个干净的玻璃杯，捏一撮散发着春天气息的绿茶：龙井、毛尖、雀舌、云雾、猴魁……每一款茶都带着春天的色彩，青春的气息，在80°的水温中欢快地翻腾，释放春天的味道。每一片茶都是一位花仙子，在清澈透亮的液体中雀跃地舞蹈。每一款茶叶都是一部风光秀丽的纪录片，记录着各自家乡的春天和味道，也诉说着一片茶的前世今生。

我细酌慢品，在每一口茶的味道里寻觅我曾经流浪的足迹，翻看着昔日出游、访茶探幽的记忆，幻想着不曾抵达过的崇山峻岭外的美景。

午后，我会把自己交给温暖的阳光和一杯散发着金黄色泽的红茶，慵懒地窝在阳台的椅子里，看书、听音乐，或者干脆什么也不做，什么也不去想，只是静静地享受红茶的香气扑鼻，温暖我的身心、我的肠胃，舒缓我的身体、我的大脑。当然，这里说的红茶，不是什么英式下午茶，而是地地道道的滇红……自然晒制、烤制的红茶，还有我很喜欢的，带着浓郁江南水乡的气息和民国风情的"九曲红梅"，这是一款小众红茶，就连名字都透着茶香气和书卷气。添加了许多香精的英式红茶，我是难以接受的，也许英式红茶也有好的，只是我没见到过吧。

　　下午茶，最好适当配些茶点，咸酥饼、绿豆糕、蛋黄卷等，只要口感不是出奇的独特，清淡而略带食材本身香气的精致小点，均可作为下午茶来用，配上红茶，满口留香，满屋飘香，整个午后的时光，洒满阳台的阳光也弥漫着四溢的茶香，惬意的午后也就更加舒适宜人了。"食罢一觉睡，起来两碗茶。举头望日影，已复西南斜。"这不正是下午茶最好、最真实的写照？

　　夜晚是寂静而清冷的，不适合散发着清香、花香、果香的各色绿茶和红茶。夜晚是普洱茶的天下，一杯汤色金红、清澈透亮、深沉如海的普洱，回味圆润甘醇，犹如漫漫人生，值得细细咂摸、慢慢品味。

　　每个夜幕清辉下的一盏茶汤，总是能勾起我对往事的回忆，点亮封存在心灵深处的世界，让我沉浸在四十余年的人生苦旅里，难以自拔。所有一切，都如那杯不起眼的茶汤一样，韵味十足，令人回味悠长。

　　普洱和寂静清澈的夜晚相得益彰，而我的思绪也总是在那厚重、润泽的茶汤里，被窗外的月影拉长，变成一个个鲜活的文字。夜晚，除了读书、喝茶、听琴，也就只剩下写作这件事情是最适宜的了。

　　当然，这种惬意的时光并不常有，毕竟我还没有退休，我还是一名公职人员。所以我的清晨，大部分时间里，都是伴着闹铃声起床，草草洗漱，三下五除二地吃完早饭，使劲儿晃晃依旧昏沉的脑袋，抓紧时间急匆匆地赶到单位，或者干脆就在单位的宿舍里醒来，同样匆忙地洗漱、吃饭，完全失去了生活的优雅和闲适，也没有了欣赏音乐的心情，活脱脱一忙碌的现代小市民。

　　时间已临近了月末，单位院子里，唯一的杏树开满了粉色的花朵，已经有些残落；黄色的连翘花，爬满了皱巴巴的枝干，像一只只展翅欲飞的蝴蝶；

圆柏的变化几乎是不可见的，仿如一夜间就卸下了沾满尘土的一身枯绿，换上了鲜艳光洁的新绿。

春天到了，检测站台上，大车的轰鸣声又多了起来，从早到晚，从凌晨到天明，日夜不停，昼夜不分地响彻超限站的天空。超限站单调枯燥的检测、卸货、登记、作文书、抄告……一系列工作也就又开始繁杂起来，如往年的春天一样，有条不紊地开始忙碌了起来。一切都恍若昨天，一切都在重复，重演着日复一日、年复一年的工作。

到了办公室，和行政负责人一起，几个人碰个头。聊聊过去的 24 小时工作开展情况，有没有疏漏，有没有需要纠正的地方；然后事无巨细地安排当天需要干的事情。一切都在近乎闲聊的商议中，你一句我一句，就安排好了当天乃至近期的一些工作，然后按轻重缓急，着手分头办理。

超限站，是个只有二十来个人的小单位，24 小时上班，开展超限运输车辆的检测工作，工作单调乏味，乏善可陈。没有什么天天都要去解决的大事情，投诉上访一年也不定能见到一起，司机闹事等恶性群体事件也几乎看不到了。当然，这是近几年的状态，以前，这样的事情，几乎每天都有许多件。这是个好事情，至少说明了两件事：一方面是执法大环境变好了，大家都开始遵纪守法了；另一方面，也说明咱们的执法本身，做到了公正公平、文明执法。缓和执法者和被执法者之间的矛盾，无非也就这两点。

没有什么大事件和出彩的工作，小事却也颇为繁杂。"麻雀虽小，五脏俱全"，行政、党建、工会、财务……所有事情都需要理清楚，上报的资料、处理文书、抄告文书都要页页核实、核查；文字材料要推敲修改；吃喝拉撒的事情也必不可少地要去跟进安排一下；办公室的电子产品、宿舍的水电暖要维修等，当然还有汇报请示、沟通协调、联合治超……于是忙忙碌碌的一天，就在此起彼伏的呼唤声中开始了。偶尔，觉得口干舌燥，端起一杯茶时，早已是临近中午，浸泡的苦涩而又冰凉的茶水，也早已欲饮难咽，失去了那股熟悉的草木清香了。

忘了说，我是单位的副站长，从 2015 年算起，已经干了七年的副站长。当然，这绝不是我的抱怨，我只是在陈述事实。事实上，我觉得生性懒散，性喜自由的我，现在这个岗位，对我而言也是有些焦头烂额了。我也是个超限站老执法人员，从 2006 年到现在，几乎都在这个站上工作，中途曾经断断续续调出去过三四年，可最终还是绕了回来。

我见证了这个站上的一切，从靠人力围追堵截式的治超到科技治超、从混乱到公正有序、从简陋的平房到现在舒适的办公生活环境……我不敢妄言自己有多么热爱这份工作，只是，时间久了，总有一份牵挂在我心头，就像我每天都牵挂着一段悠闲时光里的茶香一样，牵挂着超限站的鸡零狗碎。而这就是我的责任，作为一名执法人员本身的责任，作为一名基层干部的责任。说得再俗气直白一点，就跟做人要对得起自己的良心一样，我们应该对得起纳税人给我们的那份薪资，这应该也是我们坚守的底线。

当然，没有什么着急事、要紧事的中午，或者，站台上风平浪静的夜晚，我也会忙里偷闲，沏一壶合我心意的茶，静静地听窗外轻柔的风声、高昂的喇叭声、刺耳的刹车声……让自己烦闷的心灵，慢慢地平静下来；让自己疲惫的身心，慢慢地放松下来。用一杯茶静心养气、养精蓄锐，用一杯茶消除疲惫、润泽己身。

喝茶和工作相较，只是可有可无的小事。"静坐常思己过，闲谈莫论人非。"忙里偷闲，自得其乐，静坐观心，明见过失，不仅仅是一种生活的态度，更是一种自我提升，是时刻自省、自查的道德修养。其实，许多时候，爱喝茶的人，喝的并不仅仅只是茶叶本身，而是一种对人生的态度，对工作的态度，对自己的态度。品的也不仅仅是茶叶本身的滋味，而是人生百态，世态炎凉。

闲坐南窗观花落，看见的是四季更迭、风霜雨雪、万物生长的造物神奇。忙里偷闲悟茶香，看见的却是真实的自己，明见的也是最真实的内心，悟见的是"水善利万物而不争"的清静自然、中正平和。

2022 年 3 月 31 日于贵德

晚春的雪落在初夏的额头上

4月29日的晚上,下了一场瓢泼大雨。30日,早晨起床时,雨还在下着,单位院子里的春花已经早于晚春的夜雨凋谢,院子里的草坪绿植都显得苍翠欲滴,格外葱茏,就连斑驳的办公楼外墙也光鲜了不少,被风尘吹旧了的公路路徽也显得更有庄严之气。这是这个春天里最酣畅淋漓的夜雨,是"春雨贵如油"的季节里最后一场雨。

连日的阴雨,让前些天的闷热一扫而空,取而代之的是深秋般的凉意。气温也许只有八九度,或许更低一些,穿着轻薄的衣裤,冰凉的雨滴落在我的脸上,也已经失去了晚春的新意和初夏的温和。

"五一"值班,早上刚起床,就接到了视频点名电话。挂了视频,翻看手机,整屏都是贵德下雪的消息和白雪苍茫的照片。拉开窗帘一看,外面白茫茫一片,纷乱的雪花正在漫天飞舞。欣喜的我急忙拖着新崴的肿胀如刚出锅的馒头般的脚踝,蹒跚着向站台走去。去看看通宵达旦地值外岗的兄弟状态如何,顺便看看防疫、安全、内务各方面的落实情况,虽说有例行公事之嫌,却也得面面俱到,谨小慎微。当然,顺便欣赏错落在初夏的冬雪。

鹅毛般的大雪,纷纷扬扬地在天空中清扬飞舞,缓缓地、不着痕迹地滑落。这个漫天大雪的早晨,清风已经躲藏在群山深处,隐没在林海之中。平日里叽叽喳喳的鸟儿们,也不知躲到了哪个枝丫间的鸟巢或是谁家的屋檐下。天地一片寂静,了无声息,只有雪花落在枝头的声音,细微得像昨日花开的声音,只有用心聆听的人才能听到。

纷扬的雪花盘旋着落下,在院子里的松树上站成一排排富士山,静静地矗立在那里;盛开的荷包牡丹似一串串冰雕玉砌的水晶项链,粉嫩的花蕾,在雪的世界中燃烧，绽放着火红的耀眼光芒；树下的草坪和院子外的麦苗都顶着厚厚的霜荚，好似镶嵌在叶尖上璀璨的钻石，发出迷幻的晶莹光泽。

这是个错乱的时空，错乱的季节。春天的绿，夏天的花，冬天的雪，在这个清冷如秋的清晨，凌乱地糅杂在一起，却又是那样和谐。

站在卸货场，抬头远望，才发现远山早已披上了白色的盖头，雪笼山头，青黝的群山被雪线分割得那样界限分明，于是，白色的山头显得更加光洁温润，像少女的额头一样。透过绵绵的雪花，依然清晰可见，那高洁如玉、洁白无瑕，如青春般明艳的润泽光芒。

天空中堆积着的云层千姿百态，异彩纷呈，有黑色的、灰色的、青色的、水墨色的……层层叠叠，不知其宽，不知其远，唯不见一朵白云，一片蓝天。阴云笼罩下的群山沟壑，在云层笼罩的阴霾下，愈发显得线条分明、明暗错落、挺拔雄伟。

"白雪却嫌春色晚，故穿庭树作飞花。"远处的林海在漫天的雪花中如群山一般绵延，与群山融为一体，分不清群山和林海的界限。近处的树木披上圣洁的婚纱，犹如到了盛夏，杨柳絮花满天的季节，那纷扬的雪花就如一朵朵纷扬的柳絮、杨絮，漫无目的地飘荡着，悠扬、轻盈，只是少了杨柳絮花满天的烦恼，多了一份天地之气的灵动和飘逸。

雪慢慢地变小了，不到十点半就戛然而止。似乎刚才的漫天飞舞，只是突兀的臆想，是刹那的穿越。漫天的雪花，在不知不觉之间悄然而至，又在我关注的目光里倏然而逝。雪停了，那迟滞枝头的"富士山"在肉眼可见之间消失，雪快速地融化着，从枝头跌落，"滴答、滴答""噼啪、噼啪"，打破了天地的宁静。随着渺渺无踪的雪，天地又慢慢地在各种声音中苏醒过来。

"忽焉而去，倏然而来，其动也天，其静也地，故万物不能萦心焉。"一动一静之间，这来去无影的雪，一切都是天地的造化，只让我用心倾听、用心感悟，却丝毫不在我的心头驻足。

雪停了，雪化了，云淡了，天蓝了，天地之间依然是初夏的苍翠模样，只有空气中弥漫着的清新和扑面而至的些许凉意告诉我，刚刚下了一场初夏的飞雪。

　　晚春的雪落在初夏的额头上，沾湿了夏天的发际线，打湿了夏天的脸颊。在魔幻的季节里，用漫天轻扬的雪花，滋润着初夏干涸的身体，拉开初夏灿烂如花的序幕，那是晚春冬雪给夏天的贺礼，是初夏的序章。

　　晚春的雪落在初夏的额头上，天空是鹅毛般飘洒的雪花，寂静无声；地面是流淌的涓涓细流，润物有声。时至5月，春天已踏上远去的列车，夏天已然来临，那纷扬的雪花早已无法坐稳它在大地上的江山。

　　冬天的雪划破春天的重重晨雾，落在初夏的额头上，变成一颗颗闪亮的钻石，化作晶莹剔透的雨珠，在这个魔幻的清晨，呈现出美轮美奂的梦境。

　　晚春的雪落在初夏的额头上，那是春天离别的泪，是凛冬不甘退缩的挣扎……只是，一切都已无所谓了。那突破云层的阻挡，散发着耀眼光芒的太阳，轻声地告诉我：冬天早已远去，春天已然告别，用身体去享受，用心去体味整个夏天的风采吧！

2022年5月1日于贵德

世事维艰亦如人意

前些天，聊起以前在西安的旧事，夫人突然感慨道，每次去西安，老肉几乎都是全程陪同，他回贵德，我们却很少招待，实在是不好意思。"我们去西安，以游玩为主，他回来是探亲为主，我们天天陪他，就算他不烦，他家人也会烦的。"我一面跟夫人解释着，一面在想，因疫情原因，也有两三年没见到老肉了。

老肉不姓肉，姓任，老肉之名，源于贵德方言中"任"字，发音类似于"肉"字，因此得名。本地人说某个人很肉，一般不是指他肥胖，而是泛指拖沓，办事不利落，拖泥带水的意思。只是，老肉其人似乎同这个泛指扯不上丁点儿关系。

老肉是一名生于斯长于斯的贵德人，在西安上完大学，不舍得离开大城市的繁华热闹、灯红酒绿，于是，就选择了留在古都长安。他和我是高中同学，不同届也不同班，只因脾性相投，意气相合，当年就走得颇为亲近。其人身形颇高，接近一米九，身材魁梧，不拘小节，声音洪亮，尽显汉藏混血之精华，待人接物也直爽豪气，颇具侠义之风，只背微驼，而这似乎也是身材伟岸之人的通病。

上大学时，我在西安公路交通大学，他在西安理工大学，周末闲暇之余，也曾偶有小聚。所谓小聚，无非也就是拿着饭卡到食堂多打几份平日不常吃的菜品，再从牙缝里抠出一点小钱，买几瓶啤酒或者几块钱一瓶的尖庄酒，便沉醉在对高中生活的追忆，对八百公里外的家乡的思念，或者对楼下偶尔路过的女同学的评头论足里。当然，限于当时干瘪的钱包和拮据的生活费，这种聚会也是很少的，大学期间，似乎也就你来我往的有过那么两三次。

大学毕业后的很多年里，我在果洛、玉树等地工作，只听说他留校任教的消息。时间久了，也就慢慢地失去了联系。

2006年的夏天，突然，有一天接到一个陌生电话，接通后，随着爽朗的笑声传来一声："老贾，我是谁？"一听，我就知道是老肉，三言两语闲聊，得知他回乡探亲，恰好我也调到了贵德，便约定晚上在农家乐小聚，又约了几名高中旧友作陪。

岁月催人老，多年未见，倒是没多大变化，如我一般显成熟了些，显富态了些。几杯老酒下肚，分别多年的陌生感慢慢消失了，问其近况，方知他依然在西安理工大学任教，教的是体育，主要是太极拳术。他的回答顿时让我们大跌眼镜，顿生张飞绣花之叹。

行云流水，圆润如一，宁心静神，极尽宁静和谐，充满仙风道骨、儒雅脱俗之气的太极拳，与我眼前膀大腰圆，口若悬河，吆五喝六，面红耳赤之人实在是有太大反差，也让我根本无法联系到一起。本就喝的有几分酒意上涌的老肉，耐不住在座同学朋友们的揶揄、调侃，愤然离桌，欲现场表演一番，以正视听。

农家乐的院子里有一棵老梨树，树荫如盖，贴心的老板在树枝上缠绕了许多氛围灯。夜晚时分，只见树影朦胧，灯光时明时灭，却也有别样的浪漫。只见老肉往那树下随意一站，便浑身松沉柔顺，起式流畅，动静相合，虚实相济，时卷时舒，卷如老龟藏首纳气于中，伸如白猿献桃曲展如意，轻灵柔畅。在我们目瞪口呆间，已是抱元守一，气沉丹田，与身后的老树浑如一体。恍惚间，我仿佛看到云烟弥漫，一人长身而立，白衣如雪、衣袂飘飘、出尘脱俗，在月光下起伏腾挪，缓若流云，疾若闪电，行云流水间自是仙风道骨的异世仙侠，那是曾经的我们梦中的江湖，被雪藏的侠骨柔情。

那一刻，我方知"人不可貌相"之言非虚，也让我不禁想起上大学期间，不善交际、不善言辞、孤傲冷僻的我，被老师同学们一致认为自己应该是个误入文科专业的理工男，我应该是搞体育或埋头于数理化中的人，或者干脆就是孤身仗剑走天涯的流浪客。也是，我也真的是在那种"斗酒诗百篇""孤舟蓑笠翁""闲过信陵饮，脱剑膝前横"的自如和浪漫梦想里，成为一名文科生，成了一名文学的仰慕和爱好者。而正是这种保持至今的梦想，让我依旧浪漫如昔、童真如旧，支撑着我写作的欲望和梦想。

酒后演拳，略有气虚步浮、气喘吁吁的老肉，面露得意之色，回到桌前落座。于是在一片喝彩声中，互相敬酒，恭维之声不绝，猜拳喝酒互诉衷肠，最后宾主皆欢而散。男人们所谓的衷肠也好，离别苦、相思情也罢，终是化作一杯饱含着爱恨情仇、红尘往事、万般情结的酒水中，暖了肠胃，热了心肺，喧嚣了那一桌的江湖。那杯清冽灼热的酒，自古以来便也成为男人们感情的基础和纽带，成为我们江湖梦、侠客情的梦幻天国。

陆续送走其他人，老肉提议我俩去吃消夜，顺便醒醒酒、谈谈心。于是我俩又坐在马路边的烤肉摊上，在夏日熏风徐徐中，吃着肉串，喝着啤酒，闲聊着。他说媳妇儿一直都在做与文化、旅游、宣传一类有关的生意，他虽然不用在校坐班，没有安排课程的时候也会去帮忙，却总觉得媳妇儿过于辛苦，有些过意不去。加之工作多年，日久生厌，也没有了往日的激情，想着辞职下海，又恐家里人不同意，也是担心今后不知会如何，所以有些苦闷烦躁。他的诉说让我感同身受。人啊，就是如此，干一行烦一行的人永远不比干一行爱一行的人少，是因为人的欲望从无止境，是因为一大部分人所从事的工作偏离了他的理想、他的兴趣、他的爱好。而这也恰恰就是现实和梦想的距离，这虚幻的距离，却成为横亘在我们生活中的天河，让我们难以逾矩、难以逾越。那几年，正好我也一直在酝酿辞职的事，所以我俩聊到很晚，终至深沉醉去。

他的老家离县城颇远，约二十公里路程。彼时我还没有车，所以也就再未见面，只通过电话问候。忽一日，他说已经开车往西安去了，说是想来想去也难以下定辞职的决心，还是就维持现状吧，听说话语气甚是落寞。我安慰了两句，叮嘱行车安全，也就挂了电话。此后几年，偶尔节假日间打电话联系，平时联系渐少，直到2020年的冬天。

有一天，忽然看到许久未联系的老肉发了个"墨舞春秋书画院"的小程序，说是他成立的，并附言他已辞职离校多年，一直在帮媳妇儿做文化方面的生意。并坦言本是一名理工男，却误打误撞学了体育，圆了武侠梦，终了，却发现心底还深藏着一个文学梦。目前生意尚好，便约了几个同道中人办了书院，闲时舞文弄墨、品茶论道，顺带培训、教授书画，传道解惑，倒也归了老师的本行。还发了他自己写的几张书法习作，已颇具章法、气象。

他的所作所为，真是再次让我大吃一惊。人到中年，下决心离开单位是需要大勇气的。如我一般纠结多年，却依然未能离职，未能随心如意。庆幸的是，我也幸运地找到了工作和生活、理想和现实的平衡之道。

毕竟理想化的人生是虚无缥缈的，我们每个人必须立足于生活与现实，柴米油盐酱醋茶，老婆孩子热炕头，这才是平凡的人世间绝大多数平凡之人的真实生活，琴棋书画诗酒茶花，远方、梦想和理想也只能基于这个真实的基础，才有实现的可能和去追求的资本。

我向他表示祝贺，也为他庆幸。人生苦短，能在不惑之年后，决然地放下顾虑和包袱，义无反顾地去追求自己理想化的生活，并幸运地步入正轨，有所收获和成就，确是人生一大幸事。

世事维艰，唯心有梦想，才有万般可能，如那太极，动静之间，便也多了万般机缘巧合。人生一世"不如意事常八九"，然而只要心平气和、脚踏实地，人生得如意事一二，也就无憾此生，圆满如一了。

2022 年 4 月 16 日于贵德

静默的城

这已经是第三天了，我和夫人宅在家里，坐在阳台上喝茶看书，默默地相对无言，望着窗外蓝天如洗，白云悠悠。这不是我们的情感走入了逼仄的胡同，也不是岁月让我们默契地无须言语，而是仿佛只有这样，才更适合当下这静默的小城寂静无声的状态。这种仿若开天之初、末世之后的寂静，仿若从未有过的、极其珍贵的遇见，我们都不忍心去打破。

清晨窗外，树是静的，在晨光下闪耀着明亮的银灰，枝头上挂满了一个个光灿灿的银币，那是小区院子里唯一的一棵沙枣树。虽然尚未开花，我却依稀闻到了它浓郁的芬芳。银色的树叶，金黄的花朵，沙枣树，也许就是名副其实的摇钱树。

远处，工地上的塔吊如上个世纪的陈旧钟楼，指针定格在两点钟方向，融入当下的空间里，岿然不动，定住了八方风雨，定住了满天流云，定住了漫长的夏日。

整个世界都安静了下来，从我的身边开始，直到整个高原小城静默。听不到工地上的隆隆声，听不到人声，听不到车声，听不到每天都会不时响起的鞭炮声，也听不到远处唢呐的悲鸣，就连最喜欢吵闹哭泣的孩子们的声音也不曾听到，我甚至看不见炊烟升起，闻不到烟火的味道。整个世界都静了下来，天空也静了下来，只有太阳在不曾察觉之间升起又落下，只有月亮在夜的暮色中升起又落下。

"蝉噪林愈静，鸟鸣山更幽。"偶尔，远处、近处传来鸟儿们婉转清越的鸣唱，让清晨的寂静变得更加深远而悠长。鸟儿们的鸣唱是大自然最悠扬的音符，来自远古莽荒里唯一的声音，而我直到这个寂静的清晨，才静下心来聆听。鸟儿在歌声里舞蹈，它们在庆贺，庆贺这方自由的天空，终于有一天落到它们的手里，由它们掌控，任它们歌唱和舞蹈。天地本就是属于它们的舞台，它们才是这方天地亘古的精灵。

昨天去做核酸检测，小区里的人沉默地排着长队，夏日午后的阳光拉长了我们的身影，空旷的街道上，树影婆娑，一片阴凉里，看不到行人，看不到车辆，所有商店、饭店都拉下了冷冰冰的卷闸门。偶尔轻风卷起遗落在街道上的纸片，盘旋着扬起，但我还是没听到风声。只有一种声音响起，那是不辞辛劳的社区人员和志愿者们，声嘶力竭地告知我们注意事项的声音。在这声音里，是两列长长的、毫无声音的队伍，所有人，用近似无声的状态，谨慎地打量着四周，打量着和前一位排队者之间的距离。

我的眼前坐着我的夫人，目光所及之内只有她的身影。我听着她沙沙的翻书声，如虫蚁啃噬般的声音撩拨着我凝神静气的心湖，泛起阵阵涟漪，除此之外，只有阳台茶桌上"汩汩"的烧水声，这是此刻寂静的世界上唯一可见、唯一可闻的，让我明白，生活只是暂停，而没有终止。这是全县静默，全员核酸检测的第三天，我默默地望着窗外，外面除了窗户玻璃上我自己的镜像，看不到任何人。

"饱食终日，无所用心，难矣哉。"喧闹的尘世间，每个人都在渴望着闲适的宁静。是的，静中自有真功夫。静首先要有空闲，而当时间停摆，世间沉寂，被动的闲适，却让大多数人都心急如焚、如坐针毡。被动的闲适，让我们心神不宁，坐立不安，百无聊赖的人心在躁动。面对未知的恐慌，面对疫情的不安，面对被动静止的压抑，每个人心里都充满对自然的渴望，对喧嚣的向往。

我们望着窗外，向往着如鸟儿般自由地飞翔，向往着远方的山水，向往着门外的繁华和灿烂，我们有一种前所未有的渴望，渴望着踏出家门自由地奔跑，欢畅地呼吸。有一些人却在风雨中逆行，用信念织成网，用生命筑成墙，阻挡着疫情的脚步，他们也在向往，向往慈母幼儿的团聚，向往亲人家中的沙发，向往着跨进自己的家门。门里门外，充满同样的渴望、同样的思念、同样的牵挂、同样的忧伤和担忧。唯一不同的，只是我们想出去，而他们想进去。一扇门的距离,不只隔绝了目光,也隔绝了生离死别。门外,不一定都是风光无限,也许是暴风骤雨,是怒海狂涛。

我们家里最少有四个人奋战在抗疫一线,老大、姐夫和两个外甥女,他们中有社区工作人员、市场监管人员,也有志愿者。他们日夜不分地奔波在一线,在炎炎烈日下,在冷冷月辉里,力所能及地默默构建防疫抗疫的战斗防线,与肆虐的疫情展开争分夺秒的竞赛。

这个世界永远不缺英雄,不缺逆行者,只是有些人头戴光环,站在台上发表激扬的感言,有些人在清风徐徐中默默前行,只留下孤独的背影。而两者都是必然而又必须合理地存在,两者都有同等的价值,都需要被我们理解和宽容,被我们尊重和敬仰。

来势汹汹的疫情笼罩着我们,窗外晴朗的夏日天空依然遮不住疫情的阴影。不为人知、不为人见的病毒,犹如暗夜中的幽灵,在风中游荡,在夏花中释放,追随着每个个体自由的脚步,踏遍高原,伴随着每个不甘寂寞的心灵,沿着河流流向四方。

我把春花隔绝在窗外,和冬雪一起埋藏,我又将夏花的灿烂遗忘在昨日的晚风里。我都有些记不清清清黄河的模样,想不起人民公园里行人如织的场面。我在逆行者的背影里期盼着疫情过去后释放自由奔放的灵魂,而现在都已经化为泡影。

封控的日子里一片寂静,静默的城市中,寂寞的心灵感到无所事事。空气中弥漫着躁动的气息,比夏日里青蛙的躁动犹有过之,我隔着手机屏幕就已经听到和看到了。

我们都在渴望闲静,可是有了空闲,却总是难以静下心来,或者干脆忘记了静的存在和静的意义。庆幸的是,我并不是无所事事,我只是没有非做不可的事。闲下的时间里,我可以做我往日里想做而无法做的事,做一些想做而没有空闲去做的事。比如拿起一本爬满蛛网的书,静静品读;捡起搁置多年的毛笔,书写当年的风骨;或者煮一壶茶,放一首音乐,看流云变幻,或者看电视、睡觉;也可以把我沉睡的艺术细胞唤醒,化作精致的一日三餐,温暖家人的心灵,勾起他们儿时的口腹之欲;再或者我可以什么也不干,点一支烟，傻坐着，回忆遗落的爱情，回忆多年前繁星满天的夜空，回忆记忆深处母亲哼唱的小调……

可以随心所欲地支配所有时间，随心所欲地享受时间，随心所欲地做事，是一件惬意的事。每个人都有兴趣爱好，有雅致的、有俗气的。有些人爱好广泛，有些人兴趣不多，无论怎样，随心而动，随兴而为，自然可以让这难得的闲适，变得像寂寞的城市一样静谧无声。

非常时期当行非常之事，做非常之人。如果每个人都能守规矩，守静气，静默的城市会更快、更早地恢复往日的模样，恢复往日的热闹非凡。

珍惜难得的寂静，聆听自然的呼吸，看云海变幻。读书喝茶，写字观花，把宅家的日子过成诗也好，把宅家的日子过成稀泥也罢，静守本心，做好自我，静候夏花灿烂，静候云开日出。

2022 年 5 月 11 日于贵德

夏花灿烂

晚春的柳绿花红被突如其来的疫情封控在了窗外，初夏的灿烂绚丽也被来势汹汹的疫情阻隔在了窗外，任白云悠然，清风微拂，凌乱在满天飞舞的杨花柳絮里。

幸好，临近小满，疫情似乎在慢慢地消散，城市也在一点点地恢复往日的生机和活力。只是，似乎疫情的阴霾尚未远去，就如这几天的天空一样，阴晴不定，晴少阴多。

昨日午间，我抽空去了趟河东，院子里的芍药和月季开得正艳，五颜六色，整个院子里洋溢着盛夏的味道。

那一小丛芍药竟然开成了偌大一片花田，繁盛的枝叶如撑开的伞盖，每个枝头都顶着含苞欲放的花蕾或者盛开的硕大花朵，层叠的花朵，大如碗口，沉甸甸地压弯了枝条。为了防止不堪重负的芍药花倾倒在泥土的怀抱里，嫂子用一根粗绳子尽可能地把所有枝条聚拢在一起。

月季也开得繁茂，有红白相间的，每一片花瓣，根部洁白如玉，顶部猩红如血，聚拢在花蕊周围，便如一颗血色的钻石。有紫红色的，红得发紫，紫得发黑，将开未开时形若玫瑰，盛开之时，却如暗沉的地狱魔花，又如凝结的熔岩，仿佛还带着炎炎炙热。

所有花在午后明艳地怒放，有些花瓣透明得如片片薄如蝉翼的玲珑玉片，透射夏日的阳光，那醉人的花香里是吹遍老宅的风的味道，是塞满老宅的阳光的味道；有些花瓣如那平滑柔顺的绸缎、如暗红色的丝绒，华贵雍容，在碧玉般的绿叶丛中，伫立成中世纪冷艳的宫廷贵妇。

夫人在院子里不亦乐乎地给每一朵花拍照，恨不能把夏天所有的灿烂、

179

所有的光、所有的风都留存下来，寄给远方的儿子。让他在江南大地上欣赏高原的灿烂夏花，听高原的徐徐熏风，沐浴高原温暖的阳光。

我和老大坐在老梨树下的凉亭里，商议着周末出游的计划。因疫情影响，县域以外肯定去不了，县城附近又恐游人如织，有感染新冠的风险。思来想去，忽然记起多年前，兄妹几个和二舅去过一趟东山的白石崖，附近甚是幽静，不如去那里。

次日早起，收拾好夫人昨晚打好的凉粉，出门买了一些卤味，叫上二姐就去了河东老宅，大姐和外甥女一家也随后赶到，简单准备之后便驱车前往东山。大小共计十二人，是这个周末，家中能聚到的所有人。其他人，要么求学在外，要么被封控在家，要么忙于疫情防控。

车辆颠簸在狭窄的村道上，沿着崎岖的山路缓缓前行。多年前修建的通村硬化路已老旧得有些破碎，到处沟沟坎坎，坑洞密布。路两边的村庄、麦田渐渐地被低矮的牧草、零散的青稞地和散布的大大小小的胡麻地代替。水渠旁，地垄上，路沿边，开满了一丛丛、一窝窝的狼毒花。绿色的花茎上，盛开一轮白色的小花，远看白白圆圆，饱满如刚出锅的大馒头，而这也正是当地人习惯称其为馒头花的由来。

狼毒花并不完全是白色的，其实每一朵花都含着红白两色，而且每一株都不相同。有的外围花瓣儿呈白色，靠近花蕊都是朱红色，有些则恰好反之。狼毒花是贫瘠的大地上怒放的生命，吸引着夏日里猎奇探幽的我们，美丽的花朵让我们忘记了鲜艳的色彩后面隐藏着的危险。狼毒花别称"羊见愁"，那漂亮的外观下暗藏着大毒，连牛羊都唯恐避之不及，那圆轮般盛开的花冠下，是草场土地沙化前最后的坚守，狼毒花以其顽强的生命和繁殖能力，正在悄然侵吞根植于斯的土地。

车窗外零星的金雀花爬满灰绿色的花茎，黄绿相间的小花，像一只只依附枝头的黄莺。零散的藏族村庄闪现在郁郁葱葱的绿荫里，偶尔有牛羊在村道上旁若无人地游走。黄色的野刺玫，在道路旁、山坡上竞相开放，细碎的黄花，繁密地遮住了所有细小叶片，远看只剩下一株浓郁的金黄。山路幽静，只有车轮碾过的声音和远处传来的藏獒深沉的吼叫声，还有车里二姐和两个小外孙叽叽喳喳的吵闹声。

目的地并不远，没多久就到了。路的尽头是巍峨的东山白石崖下的小山坳，山坳里有一座依山而建，不大的藏传佛教寺院。说它不大，是因为只有一座不大的经堂，周围是依山而建的几座藏族院落，拱卫在经堂两侧。金碧辉煌的金瓦殿和旁边低矮陈旧的土院落相互映衬着，形成巨大的反差，那是现实和梦想的距离，是生活和信仰的距离。

山上海拔已接近三千米，山顶上的石崖，白石嶙峋，寸草不生，山坡上却草木葱茏，野花满山。雨水的侵蚀把小山坳分成了四条狭长而泾渭分明的坡地，阴面是满山遍野的松树林，中间靠近松树林的是茂盛的草地，像蓬松的绿地毯；阳面是牧草有些退化的山梁和延伸的坡面，草木稀疏，依稀可见沙化的黄褐色土质。

这是一块纯粹的野生花田，纯粹得只有盛开的马兰花。坚硬如剑的马兰花叶子，在正午的阳光里闪烁着钢铁利器般的寒光，一丛丛马兰花蔓延着向山顶方向而去，占领了整个坡地。除了马兰花，就连花丛周围的牧草，也低矮地贴着地皮生长。蓝白相间的花朵像绿色草地上展翅欲飞的蝴蝶，又像栖息洞天福地的仙鹤，高傲娴静地流连在蓝天白云之下。

我从未如此专注地欣赏过这卑微的马兰花，虽然小时候也曾跟着父母学着用马兰花叶子编蝈蝈笼子，当然，里边装的也许只有蝗虫；也曾用马兰花叶子在昏暗的灯光下捆扎过准备次日早上出售的韭菜、油菜等，只是，一直未曾关注过随处可见的马兰花。

其实，马兰花也勉强算得上是兰花的一种，只是它倔强地爬满青藏高原、河湟谷地，遍布山川大地，反而不像同科同属的那些稀少品种一样珍贵，往往被我们视而不见。

盛开的马兰花，飘逸如风，灵动如云，似欲迎风而上，乘风而去，那是大地上所有生灵暗藏着的舞动九天、翱翔长空的野心和梦想。

山坳里的气温比县城里要低上十来度，只有十七八摄氏度，盛大而强烈的阳光，依然让我们真切地感受到热情似火的夏，只是少了山下的燥烈，多了些清凉，少了些烦闷，多了些舒朗。远眺山下，远处的县城，掩映在苍翠的林海里，笼罩在轻烟如纱的朦胧雾气里，如隐现的海市蜃楼，仙气缭绕，是那样似真似幻，如梦如魇。

居高临下，眼界开阔，心情愉悦，我们箕坐在盛开的马兰花海里，吃着丰盛的野餐。七八个凉菜，有荤有素，一盆凉面、一盆凉粉在你争我抢、嘻嘻哈哈的玩闹中一扫而空。吃饱了，孩子们在山坡上自由地玩耍，我们或坐或卧，静候锅里的羊肉开锅上桌。野外的周末，我们的胃口好得就像那开阔的眼界一样，可容纳万物。

我静静地躺在凉棚底下，听清风微拂，听身体底下虫豸的鸣唱，听马兰花开的声音，听鸟儿的歌声。所有声音都是生命的鸣唱，是生命怒放的宣言，这是整个夏天里最容易被忽视而无时无刻不在发出的鸣唱，是生命的躁动和欢愉，是属于夏天的声音。

我看着流云变幻成千奇百怪的样子，从山顶的白石崖后面升起，飘散在松林的深处。然后，又有一朵云从白石崖后面升起，周而复始地重复着。天空没有一朵相似的云，我不知道到底是云朵在变换着它的模样，还是我波澜如海的心在变换。我也不知道，我看到的，到底是云彩真实的模样，还是我想象出来的千姿百态。

随手拍了几张照片，发给大学同学，被秒回一句"贾神仙"。是的，近些年，许多同学戏称我为"贾神仙"，并不是我喜欢神神道道，而是我总是把所有的闲暇寄情于山水，总是想把所有生活都过成诗和远方。"山不在高，有仙则灵。""仙"字，一人一山，此刻我静卧山下，蓝天白云，近花远树，任我的灵魂随风飘扬，任我的思想与群山律动，仙者莫不也止于此？清代《养真集》云："自古神仙无别法，只生欢喜不生愁。"在这夏花灿烂之地，饱食后无所事事，随性而为、随兴而至的我当如神仙那样逍遥自在。

夏天是生命最旺盛的季节，所有花朵都在绽放生命最绚丽的色彩，释放生命中所有的奔放和热情，就连高悬于空的太阳也不例外。夏天也是个充满希望的季节，勃发着所有深藏的欲望和梦想，连掠过山顶的风声，也带着远方欣喜的歌声。

"生如夏花之绚烂"，在这自由奔放的夏季里，过好每一天，善待每一朵偶遇的花，善待每一个相逢的人，善待自己，善待生命，善待一切与己休戚与共的人和事，善待一切与己无关的人和事。我无须去期待"死如秋叶之静美"，我也无须担忧死亡之恐惧和忧伤，活好当下，绚烂多姿，随性洒脱，是对生命最真切的拥抱，是对生命最深沉的拥有。

"生如夏花之绚烂"，静候风起雨歇，闲看花开花落，把每一天当成一页新诗，把每一天都过成灿烂盛开的花朵。

生命不负，明日可期。

2022 年 5 月 23 日于贵德

夏雨微凉

清晨，我迷迷糊糊间被一阵淅沥的雨声惊醒，伸手摸过手机一看已经八点多了。连日高温导致午夜难入睡，每天早晨六点左右，总是在憋闷中醒来。突如其来的微凉夏雨，倒是让我睡了个安稳觉。

屋子里晦暗昏沉，仿若儿时昏暗如豆的灯光下的每个清晨和黄昏。打开窗，让外面清新的雨扑满自己的怀抱，牛毛般细微致密的雨，缓缓地从空中洒落。不断有积雨沿着屋檐滴落的声音响起，这场细致温柔的雨应该已经落了不短的时间了。

我在雨落的声音中醒来，看着纷飞的细雨，吃完早饭，忽然有了去雨中漫步的冲动。而这莫名的冲动，就如窗外的清凉也无法驱除室内的闷热一般，躁动得无可抑制。闲来无事，兴之所起，索性叫了夫人同去雨中一游。

此时已近正午，夫人抓了一些昨日新炒的面豆子，以防途中饥饿。面豆子，是昨天因夫人读我写的《一碗面豆子里的生活》一文而提出的要求，两人一起学着做的。没有料到的是，就凭借儿时模糊的记忆，第一次就做得相当成功，完全复制了记忆中的味道，复制了母亲当年的手艺，夫人赞不绝口，大快朵颐得都要停不住嘴了。在城里长大的她，与我儿时的美味无缘，也是一种憾事。只是岁月悠然，时光如水，我们的童年、我们的容颜、我们简单的快乐与幸福，都在悄然离我们而去。生活就如曾经空空的背囊，如今填满了责任、利益、忧伤和无奈。我们始终都在负重前行，越行越重，直到死亡来临。

出门下楼，到了小区院子，方知夏雨清凉如秋，薄衣难抵，遂驱车而行。就像漫天纷飞的细雨，随意飘洒一样，我也没有明确的目的地，只想跟着自己的心灵游荡，游荡在这飘雨的夏日里。

往日里熟悉的蔚蓝天空早已无影无踪，天空的云层很厚，浓厚的云朵层叠反复，堆积得像肆意挥洒的泼墨国画。远山，早已隐在昏沉的云层里，只剩下依稀灰白或青黑的轮廓。更远的地方早已分不清哪里是云，哪里是山。云隐群山，群山接云，巍巍的群山连着天地，比往日里更显得高大雄伟，绵延向天空的深处。天地重归混沌，早已分不清界限，那横亘大地上的是山还是云？那漫天巍峨的是云还是山？

世界早已不再真实，我是镜子里的镜像，还是镜子里的镜像是我？也许，我只是别人梦境中的幻象。这一切都不重要了，因为我还能闻到夏雨的清新，感受夏雨的微凉。

"渭城朝雨浥轻尘，客舍青青柳色新。"雨落在杨柳的翠枝绿叶上，洗去了前日的浮华，焕发盎然的新意，碧绿中透着油润饱满的光泽，完全没了仲夏酷热里蔫头耷脑的模样。

雨打湿了仿徽派建筑的青瓦白墙，青瓦明亮，白墙斑驳。雨水在白墙上流淌成一幅幅文人山水，流淌着沧桑的历史，流淌着久远的记忆，吟唱着千年的诗词歌赋。

夫人趴在黄河清大桥的栏杆上拍照，我撑着伞，任由细雨滴落我的头顶，钻进我的头发；任由细雨亲吻我的脸颊，细述来自远方的思念。遥远的地方，古都南京，山城重庆，多雨的城市，湿润的南方，夏雨纷飞的季节里也应如此充满思念，只是并无多少思念属于我们。年轻人的思念只属于他们浅薄热烈的爱恋，属于我们的思念，只会在缺钱、生病的时候偶尔升起，这是每个曾经年轻过的、正在年轻的人一致的通病，并无对错之分。

一阵清风卷起细雨无数，甩落在缓缓流淌的河面上，水面上便多了密密麻麻的点点坑洞，升起如烟的水汽，凝结成绵绵轻纱，笼罩在河面上缓缓地流淌。河两边的树林、远方的山林、半山的村落，也笼罩在如烟如雾的轻纱中，流淌成如仙如幻的青绿动画，好一幅精美的"千里江山图"长卷。我始终坚信，王希孟对青绿的执着和灵感，绝对来自昔日夏日里与细雨的一场邂逅；来自这个年轻而伟大的心灵在细雨纷扬中，与天地自然、山川河流的一场对话。

185

雨越下越大，但我在车里依然没有听见风雨激荡的声音，我的耳边只有车轮碾过流水的声音，雨在公路上流淌成河，我开着车犹如一叶孤舟破浪前行，溅起与车同高的汹涌浪花。如惊涛拍岸般的水声在我耳边响起，我如一名迷航的舵手，紧握着方向盘，漫无目的地飘荡，耳边只有涛声无数。天空是倾泻如注的雨，还有无边无际、暗沉如墨的混沌。

车窗外，风声送来一股股远方的清香，那是河滩里、山坳里盛开的沙枣花的香气，只是没了往日里馥郁浓厚的味道。连绵的雨线，隔绝了大部分香气，沙枣花反而如今日这场夏日的雨般多了些清新怡人。端午节快到了，又到了戴香包、绑丝线，插枣花、柳枝、艾叶的日子了。这是个香甜的节日，是炎炎夏日里不可多得的甜蜜，这份厚重的甜蜜，早已掩盖了端午本身深沉的思念和怀想。

雨穿过车窗的间隙，落在我裸露的肩膀上，一丝如月的清凉、如水的冰冷，瞬间浸透我的心灵，湿润着我干涸的心田。我不禁想起，曾经在多少个夏日的天空下，我在长安大学的梧桐树下听雨，在花石峡雪山的注目下在雨中游走，在玉树巴塘草原上倾听如潮的风雨。又有多少个日夜，我在超限站的风雨飘摇中孤独地凝望，那是被绵长的雨线拉长了的无尽的孤独，是被飘摇的风雨放大如海的孤独，深沉如永夜，寂寥如秋水。

孤独并非只是一种状态，更与是否独行无关，往往许多人在一起的孤独比一个人的孤独犹有过之。

就像每个人都有自己鲜明的特点一样，夏天的雨也带着夏天的性格。夏天的雨应该是热烈奔放的滂沱大雨，或者是暴怒急躁的狂风骤雨。而这场绵绵的细雨，却如一场错落在夏日的秋雨，绵长细致的微凉里，像结着愁怨的少女，柔如情丝万缕，拉长了夏日的思念和忧伤。

夏雨微凉，绵绵不绝。雨是忧伤的眼泪，是世人的忧伤汇聚成雨，还是天地万物的哀思凝落成雨？

车缓缓地行走在积水如河的公路上，浑厚悠扬的古琴声在耳边回响。我和夫人为每一处雨后的清新自然欣喜莫名，为每一只雨中展翅的孤鸟而欢呼雀跃，我们如重归童年的稚子，毫不掩饰地释放着自己的喜怒哀乐。

静斋烟火岁月长

生活诸般苦，常怀欢喜心。孤独也好，思念也罢，忧伤也好，愁苦也罢，随风而来，随风而去。用一颗欢喜心面对人生、面对世界，用一张笑脸面对众生、面对万物，用一颗平常心看待他人、对待自己，破一切虚妄迷障，生活本来的面目，自然也是欢喜满满，阳光明媚。

　　风欲歇，雨将止，人在归途中。蔚蓝初洗，明日自可期。

　　雨中行，雨中情，风雨坎坷路。心存欢喜，人生皆坦途。

2022 年 5 月 25 日于贵德

静斋风物

斯是陋室，谓之静斋，取闹中存静，静而能思，清净无争之意。静斋不大，却也不甚逼仄，塞满了书籍、茶叶和各式各样的瓶瓶罐罐，略显杂乱，却充满人间烟火滋味。

我素来不喜将一切收拾得纤尘不染，比如茶几上空无一物、沙发平整如新的清冷居家风格。干净利落、一本正经，这种风格让我颇感压抑、拘束。家是什么？是让身体和心灵安放回归的地方，是让身体和心灵舒缓放松的地方，是让肉体和灵魂愉悦升华的地方。倘若身心俱疲地回到家，正襟危坐、拿姿捏态，这是让我无法忍受的事情。

家是私人的空间，一扇门隔开了我和社会的视线，一扇门隔绝了外面的风雨。进了门，我才是真正的自己，卸下所有的伪装，不再装腔作势，或躺或卧、读书喝茶、焚香听琴、赏石观花、对月独酌……总之，让自己怎样舒适怎样来，想干什么干什么，这才是家的灵魂所在，才是生活至真味。

静斋不大，虽充斥着鸡零狗碎的杂物，就像我鸡零狗碎的中年生活一样，倒是有些东西让静斋有了书香气、山水气，颇有风物景象，更添了一份静意。

一、石头

生在青藏高原，长在黄河之畔，抬头见南山，低头黄河清，石头，是俯首可得的最不起眼的东西，就如我家阳台上大大小小的石头，没有一块值钱的，也完全达不到赏石鉴石的标准，更没有太湖石的书卷气、没有灵璧石的空灵气。只是因为我喜欢，所以它们便出现在静斋的阳台上，出现在茶桌上，出现在花盆里，成为一道赏心悦目的风景。

一块长方形的黄河星辰石，通体青黑，上有藓状白斑，上宽下窄，顶部突起，白斑自底部蔓延向上，反复曲折，远观如一只暗夜雪梅，老枝遒劲，繁花密布。

此石近观又如从天而降的仙女飞天，衣裙飘飘，彩带飞舞，形象生动，姿态优美。如轻盈俯冲的飞燕，如曼舞空中的胡姬，面容娇小，体态丰腴，在苍茫的夜色中如落花飞旋，如飞雪飘游，自由自在，轻松如意地翱翔在天国胜境。

黄河星辰石多以线条、图案之意境取胜，只是石中之意因人而异，因角度而异，重在想象。此石不大，高不盈尺，宽约两寸余，得自龙羊大峡谷景区外围。见之颇喜，顿觉如飞天之舞、如老梅吐蕊。花一百多元刻一底座安放，便堂而皇之地摆在了茶桌上。

"有境格自高"，意境之妙，完全在于个人的眼光、学识、见识和喜好。观山是山，观山不是山，认为它像什么，它就是什么，完全取决于个人的心境，意由心生，境由心造，与专业鉴赏、别人的眼光是没有多大关系的。我喜欢，它便从默默无闻的山石，成为我的阳台风景，也有了它的格调，彰显其价值。

另一方石头得自朋友，形如啸月天狼，整体灰白两色居多，兼有土黄色，应是山崖间剥落的残石，依稀可见侧有断痕。厚重嶙峋、片石层叠、参差不齐、线条分明、错落有致、多有凸凹，凸起的边缘尖锐如刀、薄如利刃；凹处光滑平顺、质地细腻，通体迂回峭折、皱褶沧桑。

我似乎看见岩浆从地底升起，冲破大地的阻挠，恣意地在地表流淌，化身成沙，凝结成石，堆积成山；我看见雨水从天空飘落，汇聚成潭，流淌成河，奔流成瀑。石头在阻拦着水的流向，反而赋予平静不争的水激荡坚韧的性情。温柔的水流轻抚、冲刷、打磨，粗糙的岩石渐渐有了纹路，有了层次，最终被水冲落、被风剥落，成为我的阳台风物之一。我称其为"冰火魔狼"，那是水火相生相克的产物，是水火相济的结晶。

其余石头小的如鸡子，大的如拳头，多来自黄河边。倒有一块贺兰山石，是2016年从宁夏贺兰山景区带回来的，暗红色石头上斑驳的条纹，颇有贺兰山岩画的味道。这些大大小小的石头，零零散散地放置在花盆里、阳台角落里，仿若天成，山石相依，草木相间，十分漂亮。于是，阳台上的草木便有了自然的味道，与山石一道有了各自的风物意境。

二、绿植

不事稼穑已多年。一来是半生将过，无论工作、爱好，诸事皆无突出之表现，无值得吹嘘、标榜之丰功，唯腰肌劳损、腰椎间盘突出，已与体力劳作无缘；二来如我这般，考上大学之后被政策性转换身份的城镇居民，除了骨子里流淌的农民血液和记忆之外，早已算不得是真正意义上的农民，也无地可以耕作了。

人过中年，思静不思动，犹喜莳花弄草之事。每年自春季始，就喜欢和夫人跟着春风游荡，在黄河两岸遍寻所有绚烂的花朵，欣赏春花烂漫、夏花灿烂、秋花傲然，却不喜欢在家里培植开花的植物。鲜艳的花朵盛开在空旷的原野上、宽阔的院落里，引来蜂蝶怜爱，随着季风送来宜人的清香；植于逼仄的楼房里，花香未免过于浓郁厚重，像浓妆艳抹、涂着厚厚脂粉的日本艺伎一样，让人不喜，反生憎厌，所以家中花盆里都是以绿植为主。

水培的绿萝，错落有致地摆在书架上，在大大小小、形制各异的空酒瓶里、空巧克力盒子里、精致的插花瓶里伴着厚重的书香欢快地生长，流淌成绿色的瀑布，流淌着书香、墨香。所有的花盆里也都是一些诸如金钱草、吊兰、量天尺等普通绿植。并无名贵之物，也无妖艳之色。那葱茏的绿意、盎然的生机，与春夏深沉的绿色交相辉映，与秋冬的寂寥相映成趣，尽现生命的层次和季节的丰富，是那种淋漓尽致的展现。

一盆君子兰，如我一般恣意洒脱，完全没有了翩翩君子的儒雅。迭叠侧生的肥厚叶片不再整齐，随意地向各个方向生长，参差不齐，如犬牙交错，凌乱得像野生的马兰花。花也是有性格的，花的性格就是养花人的性格——散漫随意，不受拘束。自由地舒展在窗外的蓝天白云下，与我为伴。

几株小叶紫檀与前些年枯死的老桩相依相偎，四季都有新叶萌发，新枝吐绿，让我的生活无时无刻不都充满生命和希望。嫩绿苍翠的寥寥几株小苗，不经意间，竟然有了一片丛林的景象。放在树根前后的黄河石，立者巍巍如山，卧者如青牛，线条似流水，倒也有了一种山水意象。清风摇动，风声如涛，高山仰止，流水浩荡。"沉舟侧畔千帆过，病树前头万木春。"人生坎坷，岁月沧桑，每当我看见这盆微观山水，所有的焦躁忧虑、愤慨苦闷……便在心中释然了。

几盆青辣椒，在阳台上开着白色的小花，结出形似牛角的青椒，过不了几天就可以陆续采摘了。虽然，尚不够一盘青椒炒肉的分量。

2015年的这个时节，阿威自广东来。阳台上的小乳瓜长势良好，挂着几个粗如儿臂、色如翡翠的黄瓜。今年的几株黄瓜秧，枝叶繁茂，黄花稠密，只不见一根黄瓜的模样。不过，在阳台上的花盆里种菜，原没打算以吃为主，就像在花盆里水培的红薯一样。

红薯真是个好东西，可煮、可蒸、可烤、可涮，多食不腻。水培红薯简单易学，生长周期可长达五年之久。起初也是听说红薯叶子味道很好，可是，待其枝叶长成，看着郁郁葱葱，便也舍不得摘下来吃了。红薯的藤蔓有些长得如吊兰，有些亭亭如松，更有甚者五条藤蔓均匀地向四周生长，顶端自然地向上翘起，呈五心朝天之式，以至于滋生其上的侧蔓也都向上生长，被朋友误认为是日本红枫，并惊叹于其迥异奇特的造型。

石头也好，绿植也罢，就像这株造型奇异的红薯秧子一样，本质上都是再寻常不过的普通之物，普通得就像一日三餐的平淡生活一样，波澜不惊，水波不兴。至于它们能堂而皇之地出现在静斋，与书为伴，与琴为友，郑重其事地被谓之风物，天生万物，平庸也好，出彩也罢，自有其内蕴的美好，自带的意境，而我只需去发现美好，发现与人生、生命息息相关的意象，发现照亮黑夜的光明，发现枯木逢春的希望。

世间处处皆为风物。生活艰辛，不缺美好，不失希望，缺的只是一颗体察天心的心灵，少的只是发现光明的眼睛。

静斋有风物，"风物长宜放眼量"，放下自己的高傲，俯低自己的头颅，生命处处皆是美好。如这爬满阳台的绿，带给我聒噪夏日里的清凉惬意之感，心旷神怡，宁静祥和；如那一方方石头，带给我浮躁人生中一刻静闲，带来浮想联翩，妙趣横生。

2022年6月7日于贵德

乐酒忘忧

人说四十不惑，五十知天命。活了四十多年，反而对自己过去的人生多了一些否定和反思，反而对今后的人生多了一些困惑和迷惘，更遑论知天命了。唯有早生的华发，渐多的眼角纹，告诉我青春不再，人生近半。

四十余年已过，书没有读多少，每年也就寥寥几本，长短不论，薄厚不一。文章也没有写多少，无甚出彩，乏善可陈。爱好广泛，却也并无一样值得吹嘘和骄傲的事情。这主要还是和我个人慵懒的性格有关。

在我看来，这本就是个并不完美的世界。所有的爱情、每个人的人生都是不圆满的，所以我自认并不需要去追求极致的完美和圆满。就像我出门去旅行一样，不用总是牵挂目的地的风光如何，重要的是我在路上，最美的风景往往就是旅途中的不期而遇。人生也当如此，不用太多地去纠结功利、结果，最重要的是我努力过、付出过，而这一切所经历过的风雨，才是我人生最珍贵的财富。

当然，对年轻人而言，却并非如此。执着心始终是一个人成功与否的关键因素，所以，对即将为生活而打拼的人和对正在奋斗的人来讲，执着的心还是必不可少的，这是让人上进、让人努力的支柱。人过中年自是要慢慢学会清简，让生活变得简单，尝试着过简致生活。这个简致，无关物质，而是精神层面的，就是要放下执着心、名利心，重在不争、不怒、不躁、不贪。

我最大的缺点，就是年轻的时候缺乏执着，实际上就是给懒散、不求上进找个冠冕堂皇的借口。过早的静而不争、淡泊无为，学习、工作、爱好皆是如此，浅尝辄止，泛而不精。唯喝酒一道，却始终放不下。

第一次喝酒，记得是上初三的时候，表哥转学到河东中学，和我同班。

那年，参加植树造林，吃午饭时，表哥从书包里掏出一瓶酒，倒了一小杯给我，约莫一两左右。我虽未喝过酒，但是，逢年过节早已熟悉了酒的味道。浅尝一口，辛辣无比，充斥口鼻，心中虽有不情不愿，又恐被同学们取笑，无奈的我在同学们的怂恿下，鼓起勇气一口喝干，强忍着胃里的翻江倒海，用别人的茶水强压着上涌欲呕的酒气。那杯酒，对初试酒精的我，终是有些过量了。于是，我在迷迷瞪瞪、晕晕乎乎里过了一个昏昏沉沉的下午，始终感觉自己飘飘欲仙，神游太虚，似在云端漫步，扶摇直上。也是从那一刻开始，我就喜欢上了这种精神上的麻醉，精神上的放纵和自由，一发而不可收。

酒是个好东西。流传千年的中华酒文化博大精深，酒香浸透了楚辞汉赋、唐诗宋词，把所有人间冷暖、喜怒哀乐、风花雪月都融入了诗情画意中，化作一杯滚烫的烈酒，来日复醒尚不忘吟一句"弹琴醒暮酒，卷幔引诸峰"的浪漫和雅致。而这溢满诗词的酒香，这酒香中灵动的诗词，才是让我沉迷其中，不愿醒来的根本所在。

从"桃李春风一杯酒，江湖夜雨十年灯"的春寒料峭，"当轩对樽酒，四面芙蓉开"的浪漫夏日，到"一曲高歌一樽酒，一人独酌一江秋"的潇洒寂寥，再到"绿蚁新醅酒，红泥小火炉"的冬日温馨，四季如一幅幅动画，带着唐宋的酒香，缓缓地展现在我的面前。瑰丽的诗句，浪漫的性情中人，带着朦胧的酒意，踉跄着引我前行，迷醉在唐宋盛世的繁华里，流连在诗词歌赋的海洋里。

对如今的社会而言，酒也是不可或缺的。婚丧嫁娶、人情世故、商业往来，酒已成为一种润滑剂，拉近着人与人之间的距离，让陌生成为熟悉，让疏远变得紧密，男人们总是用一支烟、一杯酒打开社交的大门，用一支烟、一杯酒丰富自己的人生。酒不再仅限于文人墨客的浪漫诗歌，更多地充满了世俗和功利的味道，也成为男人们贪图精神之乐、迷醉其中的借口。

我也是如此，自从爱上了酒，便沉湎在各种没完没了的酒局，迷失在觥筹交错、吆五喝六的喧闹和浮躁中不可自拔。迷失在虚情假意、毫无意义的社交酒局中，浑然不觉早已遗忘了曾经执着的，流淌在酒香中的诗意和"孤舟蓑笠翁，独钓寒江雪"的寂寞孤独和曲高和寡。

遍饮天下美酒，阅尽人生百态，尝得世态炎凉，虽空耗青春无数，却也对酒之一道略有心得。久动思静，静而能思；喝酒误事，也能成事；小饮怡情，大饮伤身。中年之后，虽不再纵情酒场，却终是离不得酒，从迷醉到微醺，将饮酒之雅意趣味归为上、中、下三品。将饮酒之事分三品，何尝不是把自己的人生也分成了三段呢。酒品见人品，其实见的也许只是饮酒之人的心境，见的也许只是饮酒之人的七情六欲。

上品独酌，悠闲自适，妙趣横生。"步履深林晚，开樽独酌迟""独酌无多兴，闲吟有所思""独酌复独咏，不觉月平西"，似乎每一个伟大的灵魂都有对月独酌的经历，每一个诗人都有独酌的吟讴时刻。欢喜忧伤、四时风月、山河故里、伤春悲秋、睹物思人，所有情感都可以由感而发出独酌时的天成妙句，独酌不再仅仅是文人骨子里的寂寥和孤独。独酌是一次自我的认知，是一场自我的修行，是一次内心的静悟，更近于禅思顿悟。禅之根本，求的就是一颗简单的心，内心宁静、无欲无求，让心灵放飞在皎皎月光下，任思想遨游宇宙八荒，这才是独酌原有的境界。

中品对饮，伯牙子期，知音难觅。"举杯邀明月，对影成三人""岑夫子，丹丘生，将进酒，杯莫停""晚来天欲雪，能饮一杯无"，对饮重在心灵的共鸣，重在心有灵犀。可以两人对饮，也可以是三两知己同饮。可在花前月下茶酒相伴，也可在风雪之夜围炉夜话。无关对饮之人的身份品阶，无关贵贱，可以是士大夫之流，也可是屠户走卒之辈。对饮，更像是在追求一种心灵上的沟通，源自灵魂上的交流。对饮如一场无视时空的爱情，不分时间，不问远近，兴之所起，可风雨访友，可视频对饮，只需要他明白我的言下之意，我理解他无言的沉默，此时酒已不是重点，只是一种沟通的桥梁、燃烧的媒介，澎湃着我激情万丈的内心。人生难得一知己，酒逢知己千杯少，此时，正当"烹羊宰牛且为乐，会须一饮三百杯"。当然喝酒还是要适量，李白的酒量虽不知有多大，夸酒的口气倒也不小，这也是他狂放不羁的性格使然，而与现实无关。对饮，除了惺惺相惜，意气相合，讲究的就是不强求，随心而饮，皆大欢喜。

下品聚饮，如食鸡肋，弃之可惜。聚饮，喝的就是个气氛，图的就是个热闹，

第三辑 静斋雅意 清欢自得

而且最易喝酒过量。热闹过了，酒醒了，便顿觉索然无味，甚至不知昨夜因何而饮，因谁而醉，甚至叫不上来称兄道弟的喝酒之人的名字。就如夏日炎炎里一股清凉的风，不知因何而起，从何而终。只是作为俗世之人，没有谁能永远活在阳春白雪里，沉浸在诗与远方里。生活毕竟还需要柴米油盐，文学还需吐露泥土的芬芳，善饮之人也总是会折戟酒场，饮恨聚饮之豪情万丈。

如果独酌、对饮是理想化的人生，是诗意的追求，那么，聚饮就是真正的人世间，是真正的生活，是我们社会性的真实写照。

酒无论贵贱，无论好坏，喝酒喝的终归是心情，喝的终究是百味杂陈的人生。把饮酒之乐分成三品，与酒本身并无多大关系，分的不外乎人品，论酒品论的无非依然还是人品。酒本无好坏，本无品阶，只是喝酒的人多了，因了各自的人品，世间也就对酒本身有了褒贬不一的评价，产生了对喝酒之人、贪杯之客的好恶之情。

静坐南窗下，皓月当空，繁星满天，或细雨纷扬，或飞雪连天，对月独酌，琴音相伴，那是我一天里最安逸的时刻。听古琴与洞箫之音争鸣，如闻天地之吟唱，如听山水之私语，如听星月之情愫；听古琴与洞箫之和鸣，如观灵肉之缠绵，如睹热恋之旖旎，如睹自由之呼吸。丝弦轻摇，空灵如宇宙之大；八孔虚按，悠远如天地之重。弦乐绵绵，竹音悠扬，夜凉如水，月静无声，杯中美酒飘香，耳畔丝竹悦人，似见高山巍巍，似闻江河汤汤、清溪潺潺。山水清音、大音希声、见心见性不外如是，心境自然也就宁静无碍；邀月对饮，乐酒忘忧，可追古思今，可吟诗作对，思绪自然绵长宽广。

人生如酒，一半清醒一半醉，一半温热一半清凉。四季轮转，美酒不负，诗词不负，人生也就有了另类的模样、别致的芬芳。

人生如酒。喝得下品酒，不失烟火气；难得对饮人，知己二三人；做个上品人，身后是非无。如此，岁月方得陈年老酒之余韵，人生便也洋溢着四季的酒香，有了些许微醺的境界。

2022 年 6 月 21 日于贵德

夏末山色

当我还在省城万科新居里感慨今夏微凉雨绵长的时候，殊不知，夏季早已酷热如火地到来。时至八月，黄河谷地的气温一直居高不下，且一路飙升，今天贵德的气温已经高达34℃，明后两天更是高达35℃以上，而和贵德仅一山之隔的尖扎县康杨镇预计温度更是高达38℃以上，这在高原上的夏天里是很罕见的。

自从八月初回到贵德，每天早晨总是在闷热得几近窒息中被窗外叽叽喳喳的鸟鸣声惊起。阴台和阳台的窗户一夜未闭，摇头晃脑的电风扇也彻夜未停，只是，室内的温度一直保持在28℃以上。往年夏天，这已经是室外的最高温度了。从来不喜欢在省城常住的我，不觉间，竟然有些向往省城的微凉盛夏了。

我在《大暑荫浓雨绵长》一文结尾处写道："也许回到贵德家中，我仍然可以尽享'夜热依然午热同，开门小立月明中'的暑热炎炎了。"孰料，此时的我却只想着逃离这炎炎暑日了。

窗外，麻雀、喜鹊和不知名鸟儿们的叫声此起彼伏，不绝于耳，不知是这炎热的清晨让它们也感到燥热不安，还是他们天性喜欢在每个清晨歌唱。我听着喜鹊的叫声，忽然想起当年在乡下的时候，母亲总是讲："喜鹊喜鹊叫喳喳，远方的客人要来到。"奇怪的是，母亲讲完之后不久，必会有远方的客人登门。当然，这个远方只是远在县城或其他村子里的亲戚们，最远的也就隔个五六公里路程。而母亲从喜鹊的鸣叫里预判，还结合清晨那一杯浓酽的老熟茶里浮起的茶梗，母亲用茶梗露出水面的长短来判断亲疏远近和路途长短。这种预判，虽有封建迷信之嫌，倒也颇为灵验。只是，如今小区的喜鹊叫喳喳，不知是否有远客入了谁家的门，我也未曾可知。面对林立的高楼，也许就连充满灵性的喜鹊，也早已失去了预知预判的能力了。

大清早只穿着一条大裤衩，却依然汗流浃背，不停地用白毛巾擦拭着满头满脸滚落的汗水的我，早已被清晨的闷热折腾得没了口福之欲。草草吃过早饭，遂提议去过马营避暑，顺便看看油菜花。整整一个夏天，忙着装修、给儿子看病以及各种人情往来的应酬，尚未来得及欣赏那片金色的海洋。

夫人在旁边忙不迭地点头称好，儿子却提出异议："不如上龙羊峡吃三文鱼。"自从他考上大学，每个假期归来，便成为当仁不让的主角，于是，我们选择遵循他的意见，驱车前往龙羊小镇。

龙羊小镇不远，距县城也就九十多公里，只是中途要翻越巴卡台山，山路崎岖蜿蜒，单程倒是耗时不短，有近两个小时的车程。

在河西镇的网红酿皮店买了三张酿皮、三碗酸奶，在格尔加村的网红馍馍铺买了个胡麻油的锟锅馍馍，这是准备的巴卡台草原上的午餐。因为我患有糖尿病，所以每次出门都会提前安排一点吃食，以防低血糖的风险。

从格尔加村到巴卡台草原，是真正的林荫大道，参天的白杨和高大的柳树，沿着蜿蜒曲折的省道公路两边整齐地矗立，遮蔽蔚蓝的天空，阻挡高原上刺目的阳光。行道树两边是即将收割的麦田，刚开始抽穗的玉米，尚未成熟的油菜，青黄相间的青稞，散布在高低不平、错落有致的河谷和山坡上，更远处是阴山苍翠、阳山荒芜的山峦沟壑。

沿线的藏族村寨，处处可见新农村建设的新气象，在尽可能保证村寨原有风貌的基础上，整齐的院墙、整洁的村道、新修葺过的花坛、掩映在花草树木里的凉亭，还有那一盏盏齐整的太阳能路灯、一幅幅颇有民族风情的壁画，不时可见老幼妇孺，在树荫下休憩、在凉亭里缝补、在花坛小径中打闹嬉戏，好一幅新时代新气象、欣欣向荣的田园风貌。

巴卡台垭口，挂满了横向的彩色经幡，在微风中起伏如澜，与蓝天上的朵朵白云相映成趣。天蓝如洗，云淡风轻，那猎猎经幡，宛如百舸争流，争渡在蓝色的海洋。微风轻拂，我听见风中虔诚的诵经声，祈祷山河安宁、一路顺遂，吟唱盛世风华、万民安康。

站在垭口，任清风拂面，带走夏日的燥热和烦闷，强烈的紫外线却依然刺痛着我裸露的皮肤。虽然气温不高，比县城低了几度，只有20℃上下，清风徐来，清凉如秋，只是阳光依然毒辣，这才是高原夏天的本色，而不是如山下一般闷热难耐。

　　今年的夏天，异于往年，山下尤为明显，不再如往年一般只是干燥的酷热，而是如南方一般"上蒸下煮"，湿热难当。持续三十四五度的高温，让我时时汗如雨下，湿漉漉的衣服、黏糊糊的身体，只能用每天不少于两次的洗澡来换得一时清爽。尤其是夜晚，临睡前不冲凉，一夜几乎无法入眠。

　　前段时间看了一个小视频，说的是南方的媳妇儿，让北方的老公每天冲澡，否则不让上床睡觉，老公怒回：哪个北方汉子天天洗澡？同样地，南方老公让新娶的北方媳妇儿去买白菜，却买回来十来棵大白菜，准备储藏过冬。虽然这只是个笑话，但也是真实存在的南北差异。只是随着温室效应带来的全球变暖，随着网络物流等的发展，这一切差异都在逐渐消失。就如我一般，在北方的天空下，也不得不学着南方人，每天要反复冲凉消暑一样。

　　山坳里隐秘的藏族村寨，在茂密的林木间隐现屋檐墙角，一条清澈的河流蜿蜒如龙，从两山之间缓缓流出，绕村而过。依山而建的麦田阡陌纵横，半山青绿，半山金黄。不见炊烟袅袅，只见薄雾缭绕；不闻人声犬吠，偶见牛羊绕村郭。五柳先生笔下的桃花源记所载之世外桃源，莫过如此。

　　巴卡台草原是绿色的，绵绵群山是绿色的，平坦的山顶也是绿色的，白色的羊群、黑色的牦牛点缀其上，除了星星点点的帐篷和零零散散的游客外，蔚蓝的天空下，只剩下青绿、碧绿、翠绿………在细微之处变幻莫测的绿色，也让整个草原呈现缤纷之色，而无单调乏味之憾。

　　寻一路边宽阔之地停车，步行至草甸，打开折叠桌椅，坐在绿油油的青草地毯上，看云卷云舒，观牛羊悠然，远山绵绵起伏如龙，白云低垂伸手可触，吃着简单的午餐，心情却无比舒畅。登高人心旷，天低心意远，这个时候，远离了夏日炎炎，远离了城市喧嚣，也就只剩下眼前空旷辽阔、心旷神怡了。

　　海拔三千多米的草原上，所有草都低矮地匍匐在地上，不论是细叶还是阔叶的，全都高不盈寸。就连所有野花，白色的、粉色的、紫色的……各色野花也仿佛没有根茎一般，突兀地展现在绿叶中央，匍匐在地上，和低矮的牧草盘根错节地纠结在一起，编织成铺满整个山顶的地毯，踩上去松软而富有弹性。坚韧的鬼箭锦鸡儿，也低矮地趴在草甸上，丛生如浑圆的丘陵，让平坦的草原有了起伏的波澜。

下山，穿行龙羊大峡谷，四周只剩下怪石嶙峋、层峦叠嶂、沟壑纵横，看不见一棵绿色的树木。除了路两边灰绿色的席芨草，所有山峦都贫瘠得几乎看不到牧草的踪影，偶见，也是失水的枯绿色。峡谷旁边不远处就是碧波荡漾、清澈娇媚的龙羊峡库区了，而这条风景奇特的峡谷，仿佛有上百年没有雨水的滋润，只剩下荒芜的寂寥了。

不知是雨水遗忘了这条热浪翻涌的峡谷，还是这条峡谷把所有雨水都让给了清清的黄河？

气温自下山时一路飙升，迅速攀升到了34℃，沉闷的天气早已热得让人失去游玩的兴致。我们一路疾行到龙羊小镇，和蜂拥而至的远方游客，在早已超出接待能力的渔庄里抢了一个座位，三文鱼刺身、干炸小银鱼、炕锅三文鱼，这是此行的目的，也是这个昔日繁华、曾经破败，又被全域旅游带火的小镇不可辜负的美食。只是，也许是夏日游客太多的原因，虽然食材新鲜，但是远没有生意清淡的冬季里的味道了。

原路折返，已是下午五点多，行至巴卡台，气温依旧凉爽如秋。儿子提议：听说巴卡台的日落很美，不如看完落日再回。我摸着刺痛的胳膊，那是被今日的阳光灼伤的地方，兴趣索然地拒绝了儿子的请求。

回到家中，依旧如临出门前般闷热，甚至，傍晚更胜于清晨。明日立秋，不知是依然如近日般炎热还是凉风骤起，我心存期待。

期待着立秋的第一片落叶，期待着"空山新雨后，天气晚来秋"的清新爽朗。

2022 年 8 月 6 日于贵德

风雨无情人间有爱

阳光灿烂的夏季，我们应该去干什么？明媚的夏天最适合把身体交给远方，交给山林湖海，交给山川大地，交给青青的草原和烂漫的野花；让灵魂自由如风，在蔚蓝的天空下自由地呼吸，与刘伶同醉，与李杜畅饮，与五柳先生采菊南山，与东坡一起同游赤壁，齐唱大江东去。这是骄阳似火的夏季里，多么惬意的事情啊！

只是自2020年年初开始的新冠疫情，如一片挥之不去的阴霾，时断时续，此起彼伏，羁绊着我远行的脚步。于是，我只好重拾多年前的梦想，开始与书为伴、静心写作。也许，这算是个好的开端，是疫情时期赠予我最好的礼物。每当疫情袭来，我总是这样安慰自己。毕竟"要么读书，要么旅行，身体和灵魂总有一个在路上（You can either or read, but either you body or soul mast be on the way）"。我们时常把《罗马假日》里这句经典台词当作口头禅，当作一种美好的、理想化的生活或者期望，却总是在无谓的社交和放纵的拖沓中，让一切变得遥不可及。

疫情三年，不管是新闻报道还是身边的点点滴滴，让我明白国家的艰难、民生的艰辛、生活的不易。也无一不在提醒我生活不只是诗和远方，还有生命和家人。也让我懂得了感恩，懂得了珍惜，感恩有风雨无惧的单位，感恩有一个强大的祖国，让我学会珍惜生命中所有的美好和遇见，珍惜自己的家庭和家人。

我曾无数次默默地致敬逆行者，也曾无数次为疫情中默默付出的基层工作人员点赞，也曾多次自发地用微不足道的慰问来表达自己的崇敬和谢意。我也曾无数次为疫情中的失业人员而惆怅，我也曾对因疫情而影响收入的自主择业人员表示同情。只是，除了同情，我什么也干不了。对他们而言，我始终是个局外人，始终是个旁观者，我甚至没有能力伸出援助之手，我只能对熟悉的他们隔着视频敬一杯酒，道一句："兄弟，别趴下，疫情过后，哥请你吃肉喝酒。"

对疫情，我始终以为我是个局外人，我不遗余力地督促着单位的疫情防控工作，或宅在家里，严格落实防疫政策。以明哲保身的局外人的身份，祈祷着疫情远离，祈祷着盛世安康，直到前天的那个晚上。

那晚，下班回家时，外面正下着大雨。滂沱大雨在公路上、在我的车窗上流淌成河，模糊了远山，模糊了我的视线，也拉长了我的思绪。

我一面谨小慎微地驱车前行，一面不由得感慨：今年真是个灾年。是的，自入春以来的乍暖还寒、阴晴不定，整个春天如一个踌躇满腹的诗人，不时地用一场春雪染白新绿的枝头，动辄用近乎盛夏的高温打乱日常穿衣的节奏。进入夏季，气温异常，高温持续，远超往年的高温、连续多日的湿热，让北方大地上的人们也体验了一把南方的"桑拿天"。立秋已至，秋天却迟迟不见踪迹，高温未退，暴雨绵绵，塌方、泥石流……微信工作群里、朋友圈里都是交通阻断的信息和交通人冒雨奋战、抢险保通的图片和视频，所幸没有人员伤亡报道，这是这个多灾多难的季节里，唯一值得庆幸的事情。

回到家中，看到夫人坐在饭桌前默默地捣鼓手机，一见我就抱着我啜泣，哽咽着告诉我，儿子要被学校带走集中隔离。我安抚着她坐好，一面换衣脱鞋，一面询问具体情况。原来，稍早一些的时候，大人正准备做晚饭，儿子从学校打电话来，告诉她学校通知所有青海籍学生带好日常用品，等防疫部门来接，统一前往集中隔离点隔离。她一听就着急了，担心儿子在隔离点感染新冠，担心他吃不上饭，担心他耽搁吃药，延误病情。

我也有些莫名的心悸，可是转眼一想，儿子到校已是第四天，如果有被传染的风险，这四天接触过的老师、同学岂不都要隔离。如此想来，也不过就是为了走个过场，完成七天集中隔离的政策要求，而且学校旁边就是南林大厦，隔离点应该就是学校旁边的这个酒店了。我一边告诉夫人我的猜测，一边让她静观其变，少安勿躁。

吃过晚饭，忐忑不安地等待。直到八点多，儿子打来视频电话，果然如我所料，隔离点就在南林大厦，免费的空调标准间，只隔离两天三晚。

这是我第一次因疫情而感到惶恐、焦虑和不安，也是第一次感受到疫情真切的危险和威胁，让我不得不重新审视疫情时期的风险。原来，疫情时期，我们每个人都有风险，原来疫情早已渗透我生活的方方面面。我不由得再次庆幸我的身后有一个巨大的依靠，如古老的长城一般可以慰藉和依赖的祖国。

窗外的雨依然倾泻如注，漆黑如墨的天空不时地被形如蛛网的闪电划破，照亮大半个天空。"咔嚓嚓！"一声炸雷，在远方响起，迅猛有力的雷声跨越空间、穿过楼宇，在我的耳边响起，响亮如响彻扎波罗热核电站上空的爆炸声，不时惊扰着夫人的美梦，嘟囔着："打雷了！"然后又沉沉睡去。我轻拍着她，也在不绝于耳的风雨声和不时传来的惊雷声中迷迷糊糊地睡着了。

次日清晨，到了单位，却被一条纷纷扬扬的消息惊到，昨夜的暴雨，大通县境内爆发泥石流，有遇难者和失联者，这是个让人痛心而又震惊的消息。作为一名交通人，作为土生土长的高原人，我见过大大小小的泥石流、塌方，却从未遇到过人员伤亡的情况。我一直以为这种地质灾害引发的灾难不会、也不应该发生在地广人稀的青海大地上。身边的每个人都心怀沉痛地关注着救援的最新消息，来自大通县的同事心急如焚，打着电话，询问着亲人的消息。而我们除了劝慰牵肠挂肚的他们，也只有默默地祈愿，祈盼着有好的消息传来。

中午时分，噩耗再次传来，遇难人数不断上升。雨后的天空依然阴云密布，不时吹过的凉风丝毫没有带走一丝闷热，不断传来的灾难现场照片和消息，如这方沉闷的天空一样，让我的心情愈发沉闷。我不再期待"秋风萧瑟天气凉，草木摇落露为霜"的诗情画意里的清凉。当秋雨不再缠绵之时，也就只剩下"秋雨凄凉花溅泪，凭阑渐冷青衣"的刺骨冰凉了。

青林乡、青山乡，我从未邂逅的这两个山村，应该是个满目苍翠、青绿如诗的幽隐之地。绿树掩映、鸡犬相闻、清溪绕村郭，这本应是个恬静的小山村，夜幕初临，半月高悬，风声如诉，雨声如歌，伴着辛劳的人们入眠，共同编织着充满光明和希望的美梦。

一声惊雷，撕开了天空，天河倒悬，雨水裹挟着泥浆，从高山滚滚而来，山川易容，河流改道。从美梦中惊起的人们，仓皇无助的人们，撕心裂肺的叫喊声响彻雷雨交加的夜晚，一副副惊厥的面孔，充满对生命的渴望，在我面前闪现，化作悲泪如雨。

我们始终应存敬畏之心，敬畏天地、敬畏自然。在灾难面前，人是渺小的；对自然而言，我们也只是个孩子。爱护自然，保护环境，守护三江源，践行"绿水青山就是金山银山"的理念，也许，悲剧终将远离，灾难不再重演。

好消息也在陆续传来，各级领导亲临现场，组织参与救援，消防、公安、武警、应急、交通等部门，乡村干部、群众共计四千五百余人开展地毯式搜救。这是一次与时间的赛跑，这是一次与死神的赛跑，不亚于一场局部战争总动员，目标只有一个，加大搜救力度，最大限度地给每一个生命希望的光芒。

是夜，省委省政府紧急下达资金一亿元（含中央自然灾害救灾资金5000万元）用于应急抢险、重点搜救和灾后安置，支撑起这场抢险救灾的脊梁。

19日，遇难人数上升至十七人。悲痛之余，我为获救的二十名失联人员雀跃欢呼，为仍在失联的十七人牵肠挂肚。

就在我写下这篇文字的时候，又有三人获救，一人遇难。喜忧参半的消息让我终是思绪难平，沉重的心情难以言表。

"人民至上，生命至上"，无数次大灾大难，见证了这句誓言，这句誓言背后是九八抗洪的年轻战士，是疫情逆行的白衣战士、社区工作人员和无数的志愿者，是疫情期间穿行不息的"摆渡人"——快递小哥，是枕戈待旦、执甲戍边的军魂。这句无数的血肉铸就的誓言，如钢铁长城般护佑着我们甜美的梦境、安宁的生活。

"人民至上，生命至上"，这是我伟大的祖国最有力的宣言，是让每一个中华儿女为之自豪的宣言。是无情的风雨后，洒满人间的光芒，是希望之光，是有爱之光。

雨停了，西风微凉，但愿每一个长眠于冰冷雨夜的灵魂都能安息，但愿所有失联者能看到希望有爱之光，但愿每一个参与搜救的人能平安顺遂，但愿山河无恙，万民安康！

秋意凉凉，点一盏心灯，无关思念，无关秋愁，更无关寂寥的惆怅，只想表达秋高气爽的季节里的一份哀思、一份期望、一份祈愿，只想说一句："大通加油，青海加油！"

2022 年 8 月 19 日于贵德

秋日，雨中与蜗牛的邂逅

　　一夜秋风暑尽消，一场秋雨纳清凉。尚不至秋黄叶落之时，小区院子里的绿植却已有了一些萧瑟的秋意，榆树的叶子自外向内开始转黄，枫树的叶子边缘也已秋红初见。绵绵不绝的秋雨犹如这场纠缠月余的疫情一般，一天天加深着秋的意境和寂寥。

　　天气一天比一天凉了，只是秋天来临，恍若是昨夜或某一天的清晨，忽然间来临的，突兀得让人有些措手不及。上周这个时候，我还穿着单薄的短衣短裤，吹着电风扇在贵德的家中读书写字，期盼秋凉纷至，而这周，却已是"夜冷侵帏解薄裳""罗衾不耐五更寒"了。与季节的每一次相逢，都是生命中难得的遇见，我们应该珍惜每一次寒来暑往，用心体味每一次季节轮转，留住每一个季节里最美的风景，填满我们心灵每一处的空白，让我们的记忆在春秋代序里缓缓地流淌。

　　我和夫人合著的处女作《静斋笔记》终于出版了。有人说她应该是我和夫人第二个孩子，对这个说法，写作之初倒是没什么感觉，我们也只是随心所欲地叙述往事、借物咏怀，仅仅是出于我俩对写作的爱好。付梓之际，却莫名有了些许忐忑，焦急地等待着印刷，焦急地等待着快递。我们迫不及待地想深嗅那淡淡的墨香，去抚摸透着书香的文字，心情之急切，犹如二十年前，我迫不及待地等待着儿子的降生一样。于是，我也就默默地接受了别人的这个说法，毕竟，这本书也是我和夫人心血的结晶，是我们二人在静斋里所有的烟火和共同的梦想。

　　听说书寄出来了，我却依然心存不安，不安来自省内日趋严重的疫情，担心尚未收到书，就静态封控了，担心如果封控，收不到书也没办法去上班。

静斋烟火岁月长

美梦难成真，所有担忧却往往会变成现实。周一起床，就看到手机里凌晨开始静态管控的通告，赶紧拉开窗帘，向窗外看去，不远处的沈家寨互通立交，上下高速的道口已经设了卡子，进出市区的道路已被管控，高速路上只有南北方向，还有零散的大货车呼啸而过，小区外，安宁路上已经看不到行人和车辆。打了电话给物流公司，告知物流车辆刚到甘青界，受疫情封控影响滞留，心情瞬间变得有些糟糕，糟糕得就像外面阴沉的天空一样。

打电话向单位报备说明情况，夫人一边做早餐，一边劝解我："疫情封控，谁也没办法预见，也没法阻挠，人说好饭不怕晚，好事皆多磨，就安心等待呗。"

是啊，讨厌的疫情，除了静心以待，我们什么也做不了。整个城市都静默了，受影响的并不仅仅只有我，也不仅仅只是我自己期盼着的，对他人而言并无多大干系的一本书，对因疫情影响生计的各行各业、形形色色的人们来说，他们的烦恼和忧愁才是真切的，他们的苦难才是深沉的。

既然什么也做不了，那就认真地遵守静态化管控的防疫要求，落实居家办公的政策。抽空喝喝茶、看看书、写写字，无所事事的时候，躺在沙发上，听着窗外不时飘落的"沙沙"雨声追剧，时不时再约三五好友，隔着手机屏幕敬一杯清茶，酌两杯薄酒，子夜伴月眠，隅中梦方醒，甚而可以醉卧书房浑不知，窗外秋风细雨急了。

梦醒、酒醒，再去做每日例行的核酸检测。我把每日的检测时间称为"放风"时间，可以尽情地呼吸新鲜空气，享受短暂的户外自由，虽然也只是"小区——核酸点——超市菜铺"三点一线式的自由，相比于完全封控在小区里的人们来讲，这种自由依然是难能可贵的。

我所在的万科城算是近几年市内新建的一个较大的小区，分了A、B、C三个区，我在C区，核酸点在B区，距离也就两百米左右。整个小区的商业区就在B区的指环广场四周。出了C区门，到B区扫双码，进去就是检测点，甚是方便快捷。

昨天上午去做核酸的时候，天空飘着蒙蒙细雨，出门时难得撞见我家楼上的住户，是玉树的藏族同胞，简单聊了几句，得知其也是来西宁买东西，被封在新居的。小区里住户不多，多是因各种原因被突如其来的疫情封控在家的。所以小区院子里，很难遇见别人，院子里只有茂盛苍翠的绿地和绿植，在秋雨的洗礼下，更加翠绿，比往日更显清新幽静。

走在B区院墙外的小路上，只听夫人惊奇地喊道："快来看，这是什么？"我停下脚步回望，只见她蹲在我身后的人行道上，向我招手。

"什么？"我一边回身走向她，一边问。

"蜗牛，好大一只蜗牛！"

待我低头望去，没错，是一只硕大的蜗牛，灰白相间的螺壳足有鹌鹑蛋一般大，露出软糯白嫩的身体，顶着两只凸起的触角，艰难地在粗糙的人行道花砖上缓缓爬行。在它前方不足尺之地，就是绿草茵茵，在雨水中迎风而动的草地。也许这人行道旁窄窄的草地，对它而言不啻是一片绿色的海洋，是可以任其翱翔的浩瀚宇宙，这从天而落的纷纷细雨，对它而言，无疑是一片惊涛骇浪，是一场灭顶之灾。我有些纳闷儿，这么大一只蜗牛，我竟然没有发现，也暗自庆幸，我从它旁边走过，没有踩到它。

孤单的蜗牛在我俩注视的目光里缓缓地向前蠕动，雨水冲刷走了它身后的一切痕迹，让我无从知道它是从哪个地方爬向哪片草地，还是因为偏离了方向，不小心爬出了自己的领域，现在正在努力地返回那可以遮风避雨、柔软的草地，我只知道它现在的方向是明确的，只是需要许久，它才可以离开这坚硬的砖石，回到属于它的故乡。对蜗牛而言，咫尺天涯，是真实存在的。

蜗牛，我有多少年没有见到过它了？久远到我对它的记忆需要在脑海中翻找许久。也许是在上高中时，某个雨后的清晨或者傍晚，在它缓缓爬行在糖萝卜肥硕的叶片上时，还是它舒展地卧在土豆叶子上凝望灿烂如星的花朵之时，我早已记不清楚了。我只记得最后一次见到它，应该也是最后一次参与农事时，是最后一次亲近雨后泥泞不堪的土地的时候。

蜗牛在向着遥不可及的远方前进，缓慢而坚定。临走时，夫人小心翼翼地把它从地上捉了起来，放到人行道外的草丛边缘，还念叨着："久违的小可爱，快回到草丛里，免得被人们不小心踩死了。"

这是一个充满爱的季节，是一个佛系的清晨。"万物皆有佛性，为善曰

静斋烟火岁月长

佛，为恶曰魔。善心、善行、善言、善语，修佛莫如修身。"修身、齐家、治国、平天下，只有修身方可渡人，方可笃行致远。

人生，本就是一场修行，佛心也不过本心，佛性也只不过是发自人内心的善良而已。我看着蜷缩进厚厚的壳里，惊伏草丛的蜗牛，心想：夫人的善念一动，是送了它一场生死攸关的机缘，还是惊扰了它对"蜗生"的哲思或修行呢？

小区的住户不多，做核酸的人也不多，扫码，张嘴"啊"一声，闭嘴前"呃"一声，每日例行的功课就结束了。望了望蔬菜超市门口长长的队伍，想想冰箱里还有几样存菜，倒也就没有了采购的欲望和心思了。

根据政府规定，蔬菜超市每天早上八时许开门，直到下午三点歇业。其实店里的蔬菜、瓜果、肉食、禽蛋皆不缺乏，只是采购的队伍依然在一天天地加长。这不仅仅与为了减少人员交集，店内限制进人量有关，最大的原因，依然是源自大家对疫情的恐慌，是对未知何日解封的担忧，总想着多囤些生活物资，才能安心居家，恨不能搬空菜铺和超市，然后又恐买的菜品腐烂霉变，就开始变着花样做丰盛的三餐。于是乎，疫情管控、居家办公，每个人都成了经验丰富的美食家，把大把时间花在刷抖音、刷小红书上，研究着食谱。如此，居家的人也不寂寞了，时间仿佛也走得快了许多，只是不知，疫情过后，又有多少人会如我一般胖上一圈呢？

烟酒超市关着门，也关着灯，推门进去，有些昏暗。老板站在门口，谨慎地打量着门外，老板娘落寞地在柜台后面安抚号啕大哭的孩子，轻声问道："要什么东西？"

我找东西时随口问道："咋不开灯？"

"除了定点开放的外，都不让营业，可是我们还要交房租、交水电费，孩子要吃奶粉，大人要花钱，只能偷着开了，能卖几块算几块，要不然日子咋过呀！"

我无言以对，付钱时安慰着他们："一切都会过去，大家都艰难，再挺几天，可能就好了。"

回家的时候，雨依然在下，路上几乎没有什么人，空荡荡的街道上，只有菜铺门口依旧排着长长的队伍，还有小区门口的保安和志愿者们，依旧在风雨中坚守。

连绵的秋雨，时断时续地下了好些天，城市外面，远处的拉脊山顶已经清晰可见白雪的痕迹。暴雨、山洪、雷电预警信息不时传来，今秋注定是个不安的季节，缠绵的疫情尚不知何时消散，这座静默如海的城市又会在何时恢复往日的喧闹呢？

那只孤单的蜗牛是否找到了它的方向？也许等它找到归宿的时候，这所有一切都将过去。也许就在明天，也许在某一个天清气朗的清晨，谁知道呢。我只知道，所有一切，有开始就有结束，所有苦难，终将隐入尘烟，就像我坚信，终有一天我会手捧《静斋笔记》坐在静斋里重温旧事一样。

2022 年 9 月 3 日于西宁

隔窗望月中秋明

自省城解除疫情封控返回贵德，这已经是居家隔离的第五日了。今日中秋又逢教师节，是难得的双节相遇之日，虽然，这两个节日时间每年都临近，重逢却实属不易。据说，百年仅有三次，后两次分别在2041年和2079年，如果活得够久，也许还能看到下一次，最后一次肯定看不到啦，否则就真成老妖精了。只是双节相逢，思念和感恩相遇，两种情怀，一轮明月，实在是值得纪念的日子。

前些天看到报社讯息，今年中秋节，青海可见皓月当空，这无疑也是今年居家隔离过中秋时又一喜讯。中秋寄相思，中秋记忆除了吃月饼，所有情感皆源于嫦娥奔月的浪漫和向往，源于无羁的想象和文学梦想的萌发。所有关于中秋的传说、故事、诗词，凄美也好，浪漫也罢，相思也好，孤独也罢，所有情感都寄于那一轮皎洁如玉的如盘圆月。中秋赏月，因那轮月明，也许才有了中秋的相思无数、愁绪无边。中秋之夜，如无月可赏，自是无趣之极的事情了。

节前，大姐打发外甥女送来了自家做的大月饼和包子，大哥让侄子送来了过节的羊排和卤肉，二姐带来了水果和月饼。于是，中秋之夜，我便也有了一桌丰盛的祭月祀礼和中秋家宴，虽然吃饭的只有我和夫人，如中秋圆月洒满人间的清辉寒凉一样，未免过于孤单凄凉。只是，居家隔离之日尚有丰盛美食，尚有兄姐关怀，且有明月高悬，有亲人关爱，且非幸甚？

当然，我家的门上还贴着防疫部门的封条，好似如来封住五指山的敕令，拘禁我的身躯于斗室之内，阻断我与外界的联系，那是万万不可擅揭，万万不可触碰之红线，所有食材、所有关爱都只能用一条绳索来维系。

那条落满尘埃，被遗忘的绳索，还是儿子高中毕业前夕，为了搬运出租屋里的零碎东西买的。只用了一次，便弃之角落，未料，此次居家隔离，竟派上了大用场。绳子，当是在感谢疫情，感谢隔离，让它的价值得以彰显。

于是，不时可见我和夫人趴在阴面卧室的窗台上，放下绳子又缓缓拉起的场面。起初，多为书籍，二姐卖出去不少我的新作《静斋笔记》，且都是要求签名的。书自省城运抵县城，还在车里后备厢里静静地躺着，只能让二姐开车门，取书装包，我用绳索吊上来，和夫人共同拆封，写寄语钤印，然后再给二姐用绳索送下去。绳索自然而然地成为纽带，成为我和以书相识、以书相知的书友间的纽带。

没过两天，绳索的一端便多了许多食材，包括中秋节过节的食材。于是，这条绳索，便有了担负生命线的任务，保障着隔离的我们的一日三餐。

以前，每逢老马大作问世，他总是在我羡慕的仰望里，抱怨签名售书之累，甚是不解。直至今时，我才明白，他的痛与快乐。

说真的，签名赠书、售书，拆塑封、写寄语、逐本签名、钤印，都是颇费脑力，也甚耗体力之事，比起写文章之轻松如意、娓娓道来，还是要艰难不少。先不说写寄语要与人性情、职司、亲疏远近等相合，且要言简意赅、逐字推敲，只拆塑封、谨小慎微地书写，皆烦琐疲累之事，更遑论签完一摞后，腰酸背痛、手指僵硬之苦了。不过，虽然身累，却依然心存欢喜。当自己的心血变成文字、付梓成书，并送达每一位师长，每一位爱读书、心存文学梦想之人的手中，与人分享，引人共鸣，心情难免激动，欣喜万分。

中秋的早晨，在一片寂静的阳光中醒来，喝茶、翻手机，给每一个关心爱护我的人发一条祝福的信息，聊表祝福和思念。然后百无聊赖地翻看微信朋友圈，大都是一些关于中秋的网络鸡汤和一些制作精美的合成图片，却也不乏家家户户蒸制大月饼的图片和视频，还有一些对儿时记忆的文字描述，皆表达着对往日的思念和对亡故亲人深深的怀念，让这个中秋的早晨充满思念的情怀，寂寥如浩浩秋水，寂寂秋风。

老马在朋友圈附言，故乡乐都，中秋节的大月饼，浓浓的童年记忆；国强哥在朋友圈里也说，每年的中秋，母亲总会让他把自己亲手蒸的大月饼送给每一个老师，让他学会了感恩。几乎每个人的朋友圈里都塞满了深沉的回忆、悠长的思念和发自内心的感恩、祝福，这是中秋本身寄托的所有情感之重。

类同的情感，借以抒怀的大月饼虽各有特色，却大同小异，都饰以简单的面花，而少见动物装饰点缀了。

这让我不得不怀念，当年母亲每年都会做的祭月祀礼——"蟠龙大月饼"了。

"蟠龙大月饼"，整扇的笼屉，只蒸一个，笼屉有多大，月饼有多大。而且大月饼，每逢中秋，每家每户只做一个，顶饰以龙形，龙背用剪刀剪出凸起，以示龙鳞，口对一轮明月，空处饰以蝙蝠、玉兔、蟠桃，边饰枝蔓花叶。龙身多为黄色或绿色，出笼之时，只见升腾的水汽中，腾龙逐月，玉兔呈祥，蝙蝠翩跹，花开富贵，五颜六色，艳而不杂，堪称绝品。"蟠龙大月饼"之做法，已在前书"中秋祭月"一文中有所简述，不再赘之。

当然，除了大月饼之外，也会蒸许多小月饼。小月饼不小，足有十寸碗口大，顶饰稍简，只以花草枝叶为主。

大月饼历来是祭月的献祭品，要等明月初升，院内择一空处，置一香案，摆放大月饼、时令水果诸物，焚香、磕头祈天，再待月上中天或次日，方可分而食之。

小号的月饼，才是中秋之日享用的美食，当然有一大部分是要送亲朋好友，同享中秋之乐，以绵亲戚之情，以续邻里之谊。

如今月饼虽传统依旧，却独独不见了顶饰之龙蛇，不见了蝙蝠、玉兔，未免有些惋惜。而这份惋惜，也在不断地加深着我的回忆，加深着我对往事深沉的怀念。不过，虽少了月饼上的动物纹饰，却又多了一些图案和文字，都与爱党爱国、民族团结有关，表达着老百姓对党和国家质朴的情怀，是对新时代的赞扬，是对美好生活的希望。而这种变化和创新，依稀可见传统美食之发展和延续的历史痕迹，彰显着千百年来，这片厚重的大地上传统和时代碰撞的印记，也正是这种与时俱进、富有时代特征的大月饼，以其新奇的面孔冲击着我对昔日的追缅，让我对明天充满信心和期盼。

如今各色精美的月饼琳琅满目，月饼市场鱼龙混杂，好坏掺杂的大潮下，根植我们这方土地的食物具有浓郁地方特色，粗犷如西北巍峨群山的月饼，用原生态的大气磅礴，寄托了厚重如山的乡土情怀，寄托着流淌在西北人血脉中的神话传说和文化底蕴。只是，这些历经千年的传统，又会有多少被传承下来？

也许真如朋友所言：非遗传承势在必行。也许是时候，考虑一下传承保护、继承和发扬了。

昨天下午，二姐发来视频，她在大姐家帮忙蒸月饼。我惊奇地发现，她们竟然在制作大月饼：一条白龙，三只蝙蝠，一只小孙子做的白兔，一串红色的葡萄，几朵黄色的玫瑰，几片绿叶。虽然龙头宛如蚯蚓，兔子胖如小猪，但是，依然让我欣喜莫名。尤其是还在上幼儿园的小外孙，用胖乎乎的小手擀面皮，用梳子压蝙蝠翅膀的纹路，细心卷出粗犷的玫瑰，捏出胖乎乎的兔子，让我看到了许多年前的我，也如他一般，在耳濡目染里汲取着传统文化的养料，镌刻着记忆的划痕。至于她们几人合作的成品，堆积得有些杂乱，与手艺无关，实在是城市里没有足够大的笼屉了。

令我新奇的是，她们年过半百，依然记得去复刻儿时的记忆，依旧童心未泯；欣喜的是，小孙子的专注让我看到了传承有序。有些记忆无法忘却，有些传统终需延续，而这些不被遗忘的记忆和无法割舍的传统，才是乡土情怀、人文情结的来源，是亲情永续、伦常长在的源泉。

一盘手抓羊肉、一碗青海三烧、一盘丰盛的水果、一碟卤肉、一碟酸辣黄瓜，这是我和夫人丰盛的中秋晚宴。只是，也就吃完了三烧和黄瓜而已，其余诸菜，不过是为了迎合中秋之意，为了让生活充满节日的仪式感。

当中秋圆月悄悄爬上远处楼房顶的时候，我擦拭父母的遗像，敬酒献茶，摆上饱含秋意的苹果、石榴，还有节日的月饼，并郑重其事地在遗像旁摆一本《静斋笔记》，焚香祷告，一叙思念，二述己之所得，以慰父母在天之灵。这是居家隔离的中秋节里唯一的祭礼了，祭月礼，已经没有什么必要了，被疫情封院，出不了户的我们，只能看见阳台窗户上沿处模糊的月影，赏月终成了奢侈的梦想。倒是夫人，恭敬地立在窗前，双手合十，默默地对着几不可见的明月，祈愿着什么。

稍晚一些的时候，大哥打来视频电话，炫耀着明日河东聚餐的两个卤猪头，平日里不苟言笑的他，还往猪鼻子里塞葱，嚷嚷着"猪鼻子里插葱——装象"，惹得我夫妇二人捧腹。细心的我还发现，桌子上猪头肉前的香炉里插了三支香，旁边摆了一盘水果，原来他也在行祭月之礼。大哥从不搞这些烦琐仪规，统统斥之为封建迷信，孰料，今岁中秋，却有此雅兴。

今夜，老宅的月光，想来是极美的。从老梨树婆娑的间隙里望去，应该能看到嫦娥追云、玉兔弄月，能听到吴刚伐桂的"坎坎"之声，而我，注定无缘今岁中秋月了。不过幸则今夜无云，天清气朗，虽不见明月，尚知月辉清冷。"晴空一鹤排云上，便引诗情到碧霄。"在这中秋月明的夜晚，我看见缕缕人间烟火，无尽思念化作诗意流淌，流经天际、洒向人间，点亮每一个寂寞如秋的心灵。

这是一个寂静的中秋，窗外月明星稀，泛着清幽光芒的树木斑驳着秋夜的暗影，凌乱着皎洁的月影。室内，夫人和我浅酌慢饮，听一壶茶水汩汩作响，打破寂寞的惆怅，这是被疫情打破生活节奏的季节里，寂寥的中秋佳节。

2022 年 9 月 10 日于贵德

在万科城听雨观风

夏至已经过了许多天，深浅不一的云朵占据了整个天空，蔚蓝，成为这个仲夏的天空难得一见的笑颜。雨水也不再是高原上的稀客，就如远方归乡的游子离别前的顾盼一样，驻足不前，踟蹰徘徊，一折三回地游荡在高原的山山水水之间。白昼炎热如火，犹如游子悠长的思乡恋家之情愫，夜晚清凉如秋，犹如游子寂寥的离别远行之情怀。仲夏就如一个顽皮的孩子般善变，如一位抑郁的诗人般多愁，如思春的少女般多情，更像是一位妖娆的丰腴少妇，丰满着四季中最风情万种的季节。

我看见洁白的云朵从山坳中升起，从林立的钢铁丛林后面升起，如行空之天马，如浮空之鲲鹏；如水波荡漾，碧波翻滚；如神龙探海，惟妙惟肖。所有云彩都是一片任你想象的空间，所有云彩都是一把开启奇幻世界的钥匙。千姿百态，包罗万象，变幻无穷。"道之为物，惟恍惟惚，惚兮恍兮，其中有象，恍兮惚兮，其中有物。"看似无形无状的云朵，也最容易勾引出我心底最深沉的欲望，折射放大着我心湖深处一切美好和丑陋的欲念。然后用我的心灵占据整个天空。天空没有一片相似的云，就像这个世间再也没有如我一般的灵魂一样。我在这个夏季仰望天空，我的灵魂在云彩之上俯瞰着卑微的身躯。

一阵微风从树梢上划过，又吹起我脚下的一片纸屑。漫天的云朵开始变换，仿佛有一只看不见的大手躲在看不见的异空间或是另一个维度里，搅动着漫天的云彩。白色的云朵在退散，晕染成一片片浅薄的柳絮，拉成一条条长的丝线，映衬在蓝色的天空下，不再洁白无瑕，反而变成了浅浅的灰色。

白云在消散，变成漫天的杨柳飞花，更多乌云以大军压境之姿，迅速从远方的大山深处喷涌而出,并迅速地追赶着、吞噬着来不及退去的白云和青灰色的云朵,壮大着渐趋深沉的黑幕。

不知从哪里开始吹起的风,扬起静止的树梢,还有树梢上悬挂着的五颜六色的彩带和红灯笼,带走这个夏天里炎热的暑气,送来阵阵清凉。风是雨的信使,送来远方雨的讯息。微扬的清风变得激荡,吹倒了小区迎接业主回家的红地毯上的导引牌,倒地的声音就如凌乱的风的呼啸,凌乱着所有风云突变中的人们。有人在欣喜地等待一场微凉的夏雨,有人已经开始寻找避风遮雨的港湾。

乌云升腾,风声渐骤的时候,我坐在红地毯旁的凉亭里,听着耳边传来反复嘈杂的推销声。这是西宁万科城交房的普通的一天,我也是在不久前刚拿到沉甸甸的钥匙,那沉重得像高昂的房价和房贷的钥匙,让我步履沉重,却依然心存欢喜。就像第一次怀孕的年轻母亲,期盼未曾谋面的孩子一样,我已经在规划着新房的陈设,憧憬着新房里每一缕茶香、书香和酒香,希冀着新房里第一缕炊烟的升起,渴望着新房里每一天的烟火,还有诗与远方。

整装客服、美居顾问、电器销售……每个人的脸上都挂满真诚的微笑,以最真挚的问候、谦逊的态度,以期打动每一位业主柔软的内心,完成心灵和情感上的沟通,达成金钱的交易。我看到每一张笑脸后面高举的大锤,还有一张激动的脸庞,在呐喊着"一锤八十,一锤八十"。不,那是二十多年前的价格,现在应该是一锤八百了。

我用审视的目光打量着周围的一切,谨小慎微地尝试着语言上的交锋,躲避着每一个有可能出现的陷阱和即将落下的大锤。我试图看清所有虚高膨胀的价格后面的真实,手握刮骨之刀,尽可能剥落一层又一层的伪装。我纠结的内心,紧握的双手,犹如握紧一块吸饱了水分的海绵,尽可能地挤出每一滴水分。

这是一场较量,无关生死,只涉及利益和智商。虽然我每次都是惨败的一方,但我喜欢以胜利者的姿态安慰自己,说服自己赢得了战争。

这是一场没有实质输赢的战争,有的只是双赢,每个人都在尽力维护自己的利益,看似锱铢必较的背后,往往只是想在索取和付出间,达成一种微妙的平衡和一种有限的共识。金钱不过是充当了服务和享用之间的媒介，较量的双方都是为了更好的生活、更好的明天，只是所站的位置和立场不同罢了。

乌云几乎遮蔽了整个天空，就如一方倒扣的砚台，厚重如墨。奇异的是，天空的边角，乌云的四周，依然是一抹瓦蓝澄净。

沉闷的雷声从遥远的地方滚滚而来，在我的头顶上方炸响，震颤着我脆弱的心脏。这是我期待了一个春天，直到仲夏才回响在我耳边的春雷，震撼着沉寂的高原，唤醒沉睡的季节。只是这沉闷的持续着的雷声，完全没有了春雷的喜庆和鼓舞，反而像遥远的战场上空呼啸的炮火，压抑着每个人的心灵。我不想关心政治，我只关心战火纷飞中那些无助的人民，就像现在我不关心所有有价值的东西，只关心我和这里的群众什么时候住上新房一样。

几千公里以外的大海上，肆虐的台风卷起惊涛骇浪，乌云裹挟着海水，行经千里，全部汇聚在我的头顶。漫天饱满欲滴的乌云在酝酿着惊天的阴谋，即将倾泻这个夏天里第一场疾风骤雨。

急骤的狂风，不知什么时候悄然而至，就像起初不知从何而起一样，消失得无影无踪，无声无息。乌云密布的天空，一切都风息云止，只剩下沉闷的雷声滚动。

伴着最后一声惊雷在我的头顶炸响，瓢泼大雨骤然从天而降，毫无预兆。突兀的大雨从天空堆积的乌云后面倾泻而下，雨势如泼。"哗哗啦啦、噼里啪啦"，瞬间浸透了眼前鲜红的地毯，流淌成暗红的河流。汹涌而至的雨落在地毯外炙热的水泥路上，激荡起升腾的水雾，激荡的落雨激起氤氲水雾，瞬间模糊了大地的模样和远方的群山，天地一片朦胧，烟雾缭绕，恍惚间如仙山福地，如蓬莱胜境。风已息，雷亦停，整个天地之间只剩下暴雨如注、倾泻奔流的声音。这骤然而至的雨，在仲夏干涸的大地上奔腾，如万涓细流，在鲜艳的红毯上流淌出壶口瀑布般的震撼，勾勒出"飞流直下三千尺，疑是银河落九天"的磅礴气势。

刚刚还在使尽浑身解数，斤斤计较、互相算计着的业主和商家、销售们不约而同地打开了封闭的心门，不再关心价格，不再关心钱包，兴高采烈得犹如一群不知生活负累的孩童，谈论着应该如何迎接这场骤然而至的狂风暴雨，如何度过这个美好而清凉的夏日。

这个时候，所有人只关注一件事，那就是如何享受季节的芬芳和美好，享受生命的赐予，享受生活的欢愉。这个时候，每个人都卸下了伪装，不再相互恭维，不再相互算计。人与人之间的陌生和距离，因一场骤然而至的雨，而被不自觉地掩藏。每个人的脸上都洋溢着发自内心的真诚笑容。男人们相互点支烟，聊着每个夏天里，每一次露营和烧烤；女人们就像久违的闺密，聊着家长里短，聊着子女的学业。不再鲜艳的红地毯上，风雨飘摇中的亭子里，充满轻松自如的和谐和安逸。

雨来得快，去得也快。所有人意犹未尽地望着湿漉漉的大地和正在消散的乌云，不约而同地放弃了房子和合同的话题。似乎都还沉浸在刚刚的夏雨滂沱里不愿醒来，所有人客客气气地打着招呼，陆陆续续地离开不久前共同避雨的亭子，只留下此起彼伏的一声声"改日再见"。

世事艰难，世态炎凉，成年人的生活总是不由自主地充满伪装，真实的世界里又有多少人违心地活着，虚伪地笑着。生活的重担，感情的负累，欲念的牵绊，又有多少人还记得曾经的自己，生活终是模糊了每个人真实的模样，就像瓢泼的夏雨模糊了天地一般。

"不忘初心，方得始终"，如果每个人都能坦然地面对人生的坎坷、磨难，平和地看待每一次意气风发，平静地对待人生每一次的风起云涌、春暖花开，也许每个人都会活成自己想要的模样，回归真实的自我。

一场夏日的狂风骤雨，唤醒迟到的夏天，洗涤人世间的污秽和尘埃。风雨激荡里，方寸之地的亭子，安放着诸多为生活奔波疲惫的心灵，雨后的清新充盈天地之间，也抚慰着每一颗伤痕累累的心灵，共同奏响和谐的华章。这是浪漫的仲夏最惬意的偶遇，是人生值得回味的相逢。

但愿每一个夏天都有一场骤雨不期而至，但愿每一场骤雨都有一方寸之地，让我们自由地呼吸，轻松愉悦地欢笑。

人生不需伪装，生活无须忧伤。就像这突兀的骤雨疾风一样来去无踪，从来不去考虑季节的感受，我们也应该遵循本心，快乐地活着，把每一天都活成阳光明媚的清晨。

这是美好的夏季里一个美妙的午后，雨湿了大地，也湿润了每一个真性情的心灵。

2022 年 7 月 3 日于贵德

后记

静享孤独 静候花开

我和夫人都是交通系统的一线职工，曾经都从事养护管理工作，我俩因交通相识结缘，最终走到一起，相濡以沫，不觉已是匆匆半生。多年前，虽因交通系统机构改革，她留在了养护部门，我去了路政部门，但依然是交通一家亲。可以说，我俩算得上是以交通为媒，以交通为家。

儿子上高中时，我重拾自己遗弃多年的梦想，开始静心写作，而读者，首先是夫人和儿子。也许是在阅读中产生了共鸣，夫人也开始断断续续地写作。终于，我俩合著的散文集《静斋笔记》问世。

从创作到付梓、发行、销售，得到了各级领导、亲朋好友、同窗文友的鼎力支持和帮助，在此一并致谢！

我以《静享孤独 静候花开》这篇文章作为这本书的后记，是因为我觉得，在当下这个明显有些浮躁的社会里，能静下心来做事，能静下心来享受生活、体味孤独，能静下心来自由地放飞心灵变得更加奢侈，这是一个时代的悲哀，虽然，这种现状在潜移默化地朝着好的方向转变。

孤独是一个人的狂欢，在孤独中思考，在孤独中成长，与日月相守，与天地沟通，每一份孤独终将成就一个有深度的灵魂，构建一个不再赤贫的精神家园。

稻盛和夫说，人生的意义和目的，是在死的时候，灵魂比生的时候更纯洁一点、更高尚一点。我想，这大概也是我和夫人坚持创作的初衷。每个人出生时，灵魂都是自由而高贵的，只是在成长的过程中，不幸沾染了太多俗世的羁绊和名利的尘埃，被浮躁的城市遮蔽了无瑕纯洁的目光，反而忽视了眼前和远方最美的风景，忽略了心底最深处的初衷和梦想。

作为一名普通交通职工，写书、出书，甚至夫人的朗读，均与名利无关，纯属业余爱好。写作是多年以来的兴趣使然，出书是一个久远的梦想。夫人的朗读，更是如此，是退休之后自学并以优异成绩取得普通话等级证，又自学诵读、后期制作等，才有了我二人的纯文学公众号"静斋笔记"、视频号"静斋诗话"的诞生。我负责写作，夫人负责录制、后期创作。用各自的努力分享交通故事、普通人平凡的生活和感悟。活到老学到老，这一点我觉得值得我们去学习，尤其是每一个退休的或即将退休的人，都可以借鉴，依着自己的兴趣爱好，去丰富自己的退休生活。

以文字的形式去追忆逝去的村庄和童年，缅怀亲人和流逝的青春，记录日常烟火、工作点滴、四季体味，借以分享对人生的感悟、情感历程、生活的态度，以求方家雅正；借以抒发家乡的自然之美、人文之美，抒发对单位、生活的热爱，祭奠日益衰落的农耕文化和青春年少的激情澎湃；弘扬新时代精神和高原交通人扎根高原、艰苦奋斗的历史，对自己半生的工作和人生经历做一个总结，为交通文化添砖加瓦、锦上添花，对自己的文学梦想也算是个圆满的交代。

前书出版后，有人问我："是不是路政这个职业影响、耽搁了你的文学路？"我说："不，恰恰相反，是这份职业成就了我。"是的，在果洛参加工作，到花石峡历练，再到果洛州，又辗转玉树，参加工作的前十年，我的足迹几乎沿着公路走遍了青南，除了果洛藏族自治州的久治县和玉树藏族自治州的曲麻莱县。

久治，在许多年后，我有幸邂逅，曲麻莱终将成为此生之憾，因为身体原因，应该是无缘一会了。在青南的近十年里，我从公路养护工作转职路政管理工作，只是，我依然从事文字工作，甚至，我工作的绝大部分时间都与此有关。

正是青南牧区这份经历，才让我对花石峡有了刻骨铭心的记忆，并因此而产生复杂、浅薄的心灵感悟。也因为这段经历，让我夫妇二人对工作、生活有了一些更深的思考，并因此更加珍惜工作之来之不易、生活之美好、感情之真诚。这段经历，注定是我们人生最宝贵的财富之一。

　　写下我和夫人在青南地区的记忆，写下花石峡，写下童年的村庄和曾经的苦难，本意不在忆苦思甜，也不是沉湎于旧时的欢乐，执着于逐渐萎缩的传统农业文化，而是想让看到我文字的人对今昔对比有个客观的认识，不忘父辈们含辛茹苦、以苦为乐、敢为天下先的精神；不忘交通战线上先辈们艰苦朴素、吃苦耐劳、甘为孺子牛的精神。"士不可以不弘毅，任重而道远。"如此，或可更加珍惜如今来之不易的工作、生活环境，发奋图强、积极工作，以一颗感恩的心学会生活、享受工作，回报家人，回报单位，回报社会。

　　每个人都应该对工作和生活深怀感恩之心，不因一时的困顿而裹足不前，不因一时之纷扰而迷失方向，不因一次成功而得意忘形，也不因一次失败而沮丧沉沦。静守本心，静享孤独，要有"天将降大任于是人也"之乐观，要有"路漫漫其修远兮"之觉悟，要有"谁怕？一蓑烟雨任平生"的豁达，守住本心，不忘初心，诗和远方终离不开我们根植的土地，我们生于家庭，成长于单位，成就于工作，我们的衣食住行，终离不开我们赖以生存的、寄予希望的家庭、单位和工作。

　　作为一名普通的交通职工，我和我的同事们的生活，本就是普罗大众琐碎的烟火日常，交通人的工作日常也琐碎得几不起眼。我从琐碎的点滴中发掘一些被忽视的光彩，并抒之笔端，这不仅仅是作为一线交通行业文字工作者的分内之事、应尽之责，也是我引以为傲且让我倍感荣幸的事情。

　　"在真实中回眸，在平淡中体味。"是我写在前书自序中的一句话。实际上，每一条公路都是一首风景如画的诗篇，每一位交通人都是可歌可泣的乐章；每一次机遇都是序曲，每一天风雨都可称丰碑。只是，鲜少有目光关注这些被风尘淹没的橘黄、被冰雪遮掩的路政蓝，希望我有能力去记录他们的平淡，留下关于他们的传奇，哪怕是冰山一角，也是我莫大的幸运。

　　书写大交通、大气象，我未免力不从心，我也只能管中窥豹，且做井底之蛙之感慨。以日常所见、所闻、所感、所悟，去诠释和演绎这个梦想了。

　　《静斋笔记》的出版并不是结束，只是个开始，我会一如既往地坚持我的梦想，继续写下去。以《静斋烟火岁月长》命名第二本散文集，是因这本书的内容多以二十四节气之感为主，兼以工作、生活之闲谈碎语、日常所见所闻之杂述粗评，皆是烟火春秋、四时物语。

静享孤独，静候花开，这不仅仅是我个人的生活态度，也是一种期许。期望着我的文字能引起读者的共鸣和回忆，能让读者心系家庭之安乐幸福，能让读者始终保持对工作生活的美好愿景，能让读者在嘈杂的城市中静享一刻安宁，能让我身边的人偶尔也能静心地思考，品味人生，自省、自警、自励，莫负时光，莫负韶华。

耐得住寂寞，受得住孤独，守得住清贫，明日可期，花开可见。"三更灯火五更鸡，正是男儿读书时。"以此句共勉。阅读是一种幸福的享受，写作也是一种幸福的享受，但愿有更多人喜欢读书、写字，喜欢我的文字，共享我的心灵之旅；但愿有更多人静心笃行，愈行愈远；但愿我也能持之以恒地在文学的道路上继续求索。

人，生而平凡，在平凡的岗位上努力干好平凡的工作，把平淡的一日三餐认真地过成诗酒茶花，用心聆听四季物语，用心记录平凡的人平凡的生活，滋养自己的精神家园，真是一生一大成就。如果能顺便丰富别人的精神家园，当然也是极好的。

另，前书出版时，因各种原因，遗失青海师范大学人文学院中文系教授赵成孝老先生为我作的序，在此致歉；与志强、万强、珀池、子平兄等书写的书评，珀池、珑山兄题写书名之手稿照片，一并收入本书之附录，以飨读者。

最后，再次感谢长期以来在工作、生活、写作中给予帮助支持的有缘人，感谢每一次陌生的遇见，感谢每一季时光的邂逅，感谢所有的困苦和欢乐！

2022年9月30日于西宁

附 录

附录一

《静斋笔记》序二

小易：

　　你好。收到李老师转来的文稿非常高兴，但看到请我作序的要求又很是作难。我长久赋闲，不动笔墨已久，恐怕难以从命。不过文稿我还是很想读的，我想看看当年送李老师时，那个在月台上追着火车边跑边挥手的小姑娘丰富多彩的生活，想了解在时代的大潮中一叶小舟颠簸前行的航迹。毕竟个体生命的存在才是最真的存在，而作为细胞的家庭，才是社会延续、发展的基础。同时在文稿的简介里我看到了"花石峡"三个字，更引起我的兴趣。因为在我幼时就不止一次听说过这个地名，先父曾在二十世纪五十年代初远赴果洛，在邮局工作了十年，每次回来探亲时总能听到花石峡，大概是途中留宿之地吧。印象之深远超果洛。

　　我从你先生小贾笔下的马家西村里看到了土庄廓，闻到了青草的香味，看到了盘着虬龙的大月饼，看到了排着队的拜年，看到了麦草垛里的地道。这一切都是那样熟悉而又陌生。相较而言，贵德在青海省内是个文风很盛的地方，前有乡贤大儒张荫西，后有省垣名家王文泸，更不用说文稿中提到的轩锡明等人了。你先生对文学的偏好，大概多少也受了贵德乡风的影响。文稿并没有去关注玉皇阁、大水车、转经筒、黄河奇石等新旧名胜，而关注的是普通人的生活，是乡情、民情、亲情，尤其是亲情。这些情都是从日常琐碎平凡的小事里流出来，如涓涓细流，在不经意间，滋养润泽着感情的心田。从文稿中看不到什么宏大叙事，没有诸如"无产者失去的只是锁链，得到的却是整个世界"之类的高意。娓娓道来的都是日常的琐事、小事，幼时帮母亲到树林里扫树枝作烧柴，新居里买错尺寸而作他用的鞋柜，为贺新房亲手做的十字绣对虾，除夕夜守岁时从屋里到门外的敬香，过端午时引以为傲的母亲做的香包，在冬日的朔风中去追寻黄河的贵客——天鹅。我们的生活就是由一件件琐事、小事、趣事伴随而延展。在生活中寻找趣味，经营自己诗意的生活，这恐怕也是"闲适"应有的含义。

我注意到作者生活在贵德这样一个汉、藏、回多民族杂居的地区，文本中却鲜有对多民族文化杂糅、交融、影响的描述，倒是看到了在你的小家里南方文化与北方文化碰撞的趣事。不知是有意回避，还是囿于笔者的视野。这当然不影响文稿的价值，每个人都有自己观察和反映社会生活的角度，我们固然欣赏、仰慕"站在高原能看多远"的豪放、大气，同时也喜欢静谧、闲适的幽居冥思。文稿命名《静斋笔记》其实已经展示了态度。处在眼下这个焦躁、繁杂、碎片化的时代当中，能够不被裹挟，静而退思，是难能可贵的取舍。如同文稿所言，"慢下来，是一种生活的态度，是养精蓄锐，是退而结网，是为了以更好的状态迎接新的、即将来临的挑战。而不是颓废和逃避，更不是什么奢靡享乐的虚度。毕竟，只有慢下来的人才能看到更多的风景，才能静心地反思自身，进而感悟生活和生命，也才能对自然有些形而上的思考"。但愿在愈加逼仄的社会环境中，我们都能保持这种态度。

在青海时出行，不时会看到路旁一排简陋的平房和不大的院子，那时候就感慨养路工的艰辛与不易，但缺少对他们生活的了解。这次在文稿中看到了。艰苦倒在其次，难熬的是孤独寂寞。近来流行的一首歌里唱道"把寂寞忧伤都赶到天上"，其实哪有那么容易，那是一种渗透骨髓的感觉。如同你文章里写的，"不舍得把苍蝇、蜘蛛扫出屋去，只因为它们是活的，能一起分享孤独和寂寞"。你在果洛整整待了十一年，这是一种怎样的坚守啊。无疑你是幸运的，在合适的时间，合适的地点，遇到了合适的人。一个在果洛，一个在花石峡，共对贫瘠荒凉，分享孤独寂寞。于是，爱也由此而生。从文稿中稍显郑重其事的称谓可以看到你们夫妻之间融洽的感情，看到彼此间相互的欣赏，在经过二十多年的磨合后还这样"合脚"，就足以值得祝福。

本来只是随便聊聊，不想却拉拉杂杂说了这么多，这也从另一方面说明了文稿的吸引力，就此打住吧。如果可以的话，就以此为序如何？

赵成孝

青海师范大学人文学院中文系教授

2022 年 3 月 6 日于西宁

附录二

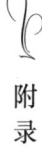

缀文者情动而辞发　观文者披文以入情

如果一个人愿意与你交往一两年，说明你们有共同的语言。如果是三五年呢？那说明你们在人生价值观上一定很多相似之处。要是十年以上呢？那肯定是值得一辈子深交的朋友。很庆幸，出生于黄河之畔的贾国龙就是我身边这样一位好友。

人们常说：社交是一个人幸福感的重要来源之一，而好的人际关系则是对生命的滋养。我对贾国龙的感觉，就是如此。

记得十年前，我被单位派往海南藏族自治州记者站工作时，在去贵德县采访途中遇到了人高马大的贾国龙。他身材魁梧、浓眉大眼，走起路来可谓是龙骧虎步，喝起酒来更是豪饮不醉。立刻，我被眼前这位根本没有设防的同龄人所吸引（与其说被他的人格魅力所"吸引"，还不如说是被他的酒量所"折服"），以后交往的频率自然也越来越高。

是的，已过不惑之年的我们深切地感受到，和简单的人在一起，不需要去费力地维持关系，也不需要去刻意迎合对方。无论何时、何地，都能够放下所有戒备，彼此敞开心扉做好自我，也许这就是两个男人之间最美好的相处吧。

然而，在以后的交往中我突然发现，自己被贾国龙这个男人"粗犷"的外表给"欺骗"了——他不仅能烧一手好菜，还写得一笔好文章，最让我受不了的竟然他还能搞刺绣。的确想不通，他那又粗又笨、十指如钩的双手，是如何绣出一幅幅精美图案的。

也许，正是因为他的细心和耐心，还有对生活的激情，让他的文学作品显得异常丰满而又可感。当我阅读到贾国龙和他的妻子易美珺合著的《静斋笔记》一书后，便印证了这一判断。

社会学家认为，文学作品是作家根据一定的立场、观点、社会理想和审美观念，从社会生活中选取一定的材料，经过提炼加工而后创作出来的。它既包含客观的现实生活，也包含作家主观的思想感情。因此，文学作品通过相应的表现形式，具有很强的承载性，这就是作品的具体内容。

《静斋笔记》自然也无法逃脱这一定义的涵盖。中国作家协会会员马国福对这部作品给出了一个中肯的评价："一个真诚的写作者，心中没有眼泪，写不出对这个世界的爱；只有深刻体验过生命酸甜苦辣的人，才会懂得以感恩的心善待这个世界。"

这部作品，就是贾国龙和他妻子的心路历程。其中，有对家乡的赞美，也有对工作时人与物的描写，更有对人生深切的感悟。这一切，都来自日积月累。

作家李笑来在《通往财富自由之路》中说过一句话："当前是过往的累积。"也就是说，发生在你身上的事，都是可以追本溯源的。如果没有对生活如此深厚的感悟，更没有平日里对文字的收集，根本就无法成就这样一部人生散文集。人到中年的我们，回首每一个充满机遇的路口后，就会明白所有的收获，都是由当初那些看起来不起眼、不经意的选择决定的。

《花石峡，一块孤独的石头》是其中的一篇作品。作者在文章中写道："花石峡，这是个记忆中多么遥远、陌生而又熟悉的地方，是记忆中恍如昨日，似乎触手可及的地方。我能清晰地讲述曾经所有经历的细节，清晰地记得共事的熟悉的每个人的名字和脸庞，却又觉得那一切是模糊的印象，是似是而非的记忆。我总是混淆向往和回忆的界限，模糊梦境和现实的距离，对花石峡，也是如此。"

对每一个人来说，一生当中都要去很多地方，也会遇到很多人。尤其是当我们面对恶劣的环境、遇见心生厌恶的人后，总以为这是上苍的惩罚。可是，贾国龙夫妇，却将"花石峡"这个高原小镇赋予了"罗曼蒂克"式的爱情含义。因为，在这里参加工作不久，来自五湖四海的他们相遇、相爱、相知，最终结为伉俪，享受人生的幸福时光直到如今。

爱屋也许必然会及乌。所以，在贾国龙看来，"离开花石峡的二十一载岁月里，我的足迹遍布祖国大好河山。我在许多地方驻足过，停留过，甚至动过定居的心思。但是，没有一个地方如花石峡这孤独的驿站一般，让我动辄思念，不由自主地贪恋和牵挂"。

林语堂曾说，人生中有些事，本身毫无意义可言，时过境迁之后，回顾其因果关系，却发现影响之大，殊可惊人。也许，正是那样一个人烟稀少、气候寒冷的艰苦环境，造就了他们夫妻阅读、写作、品茶的生活习惯，更让他们明白了一个哲理：人生就是一场修行，修行贵在修心。一个人唯有内心安静澄澈，丰盈坚定，温柔敦厚，才能抵抗世间所有不安与躁动。

"读书、喝茶、焚香、听琴，都是简单而闲适的事情，是物我两忘或物我交融的平静和淡泊，是心之所起、兴之所至的随意，是拿起、放下的洒脱，是万万受不得沾染了刻意的呆板和条条框框的约束的。"作品中的这段文字，就是他们对生活最温情的告白。

有时限制我们人生的，不是才干，而是认知。人最怕的不是没有能力，而是在决定目标后没有持续努力。这一观点是笔者阅读过《静斋笔记》后的另外一个体会。

选择放弃是人性，选择坚持是勇气。很多事，一开始做可能看不见成果，但只要坚持下去，就会看到希望。多年来，贾国龙夫妇一直在做一件有心的工作——记录生活中的点点滴滴。

在外漂泊多年后回到故乡的老宅，看着一幕幕熟悉而又陌生的场景，作者发出了这样的感慨："一切美好的事物都是短暂的过往，现实尚在与思想磨合、碰撞，还未产生共鸣的火花；一切美好的事物都是易逝的，等你学会珍惜，都成了历史的尘埃，化作记忆中的片段。而老宅的静谧暗合诗意般的空灵，父母怀抱里的温柔都成了我记忆中不可磨灭，却又不时刺痛心灵，让我可望而不可即的追求和梦想。"

即使是最弱的人，只要集中精力于单一目标，也能有所成就。这些文字的诞生并不是一朝一夕的，更不是一时的心血来潮，而是像一瓶陈年老酒般悠久醇香，如岁月一样绵绵流长。星光不负赶路人，他们所付出的努力，岁月终也给了他们一个满意的答复。

列夫·托尔斯泰说过："人类被赋予了一种工作，那就是精神的成长。"越是优秀的人，越懂得规避生活中的各种无意义的苦痛，去寻找生活中温暖的阳光。

一个人做事的态度，决定着他的人生高度。年近半百的贾国龙在大河之畔诗意地行走着，他一直在深深地思考。其实，每一次深度思考，都是在打破自己，打破单一浅显的思维框架，打破陈腐的认知和经验。

"夫缀文者情动而辞发，观文者披文以入情，沿波讨源，虽幽必显。"（出自刘勰《文心雕龙·知音》）当我仔细阅读《静斋笔记》，领会到的是作品的微妙，欣赏到的是作品的芬芳。从末流追溯到根源，突然发现即使隐微的也可以变得如此显豁……

祁万强

青海省作家协会会员

记者、资深媒体人

2022年10月20日于乐都中岭

附录三

用真诚书写人生的故事
——写给贵德作家贾国龙先生

  一个阳光旖旎的午后，好友祁万强先生给我打来电话说，贵德作家贾国龙先生想邀请我给他写一篇文章。一听到这个名字，我就有些熟悉，祁万强先生想进一步解释，我说，记起来了，给"青海读书会"投稿的那位作者吧！他说，是啊，就是他。

  贾国龙先生，我没有见过面，但是我在"青海读书"微信公众号上读到过多篇文章。其中，《花石峡，一个孤独的小镇》《路边的卓玛》等文章我还有很深的印象。对一名喜爱文字或喜欢读书的人来说，对文字有特殊的敏感和情感吧。本人也在闲暇时间写一些乱七八糟的文章，所以对贾先生的文字就会多关注一些，也会好好品读。

  通过照片，我看到过贾国龙先生的模样，身材魁梧、浓眉大眼，我不知道他站起来有多高，但坐在椅子上显得有些胖。这是我第一眼对他的感受。这个跟写文章似乎没有多大关系吧！哈哈！

  还是谈谈贾先生的文字吧！不知道贾先生从什么时候开始写作的，但我通过品读他的文章，感觉他写文字已经好多年了。我前面说过，我对他的作品《花石峡，一个孤独的小镇》印象很深。花石峡，我去玉树或玛多县时也多次路过，那个地方环境恶劣，常年刮大风。我了解到，贾先生参加工作时就在这里，并且在那里结识了自己的妻子，多么美好的故事！他在文章中说："喜欢读书，是儿时的喜好，是来自母亲怀抱里的故事，是对连环画的痴迷，是对虚无缥缈的江湖风云的向往，是对古往今来英雄侠义的景仰。而喜欢上静静地写作，书写自己所见所悟，记录生活点滴，那是源于花石峡的孤独和对妻子、对家无穷无尽的思念。"

是啊，一个人只有喜欢读书，才会热爱生活，热爱工作，热爱走过的每一个地方。他说，他喜欢读书，小时候喜欢读连环画，这个估计是我们这个年龄段的人都有的共同爱好。以前出生在农村的孩子们，因为小时候家里穷，没有多余的书籍，最多的也就只有连环画和堂兄堂姐们的作文书了。我大胆猜想，贾先生的写作爱好或读书习惯有可能就是从小时候看连环画养成的，到后来写作上有了很大的进步和出版自己的散文集，应该向他祝贺。

在贾先生的文字里，我感受到了他对家乡的热爱和怀念。多年来，他一直在书写家乡、书写生活以及生命。这对一个写作者来说，是一件十分美好的事情。一位作者坚持写作，坚持写自己的家乡，写自己的生活，也是一件很不容易的事情。我们知道，有些所谓的作家，刚开始写作很认真，后来发表了几篇文章后，就自以为是，不再认真写作，而是把大量的时间花费在经营人际关系上，作品就慢慢没有了味道，失去了读者，这样的作家，这样的写作毫无意义。

贾国龙先生一直在认真写作，这种精神难能可贵。在信息过剩的今日，一个作者认真写作，已经是一件很难的事情了。有作家说，一个写作者的内心永远是孤独的。是的，要是写作者的内心不孤独，那么他就不会写出读者喜欢、自己满意的作品，最终也成不了什么大家。我想，这一点上贾先生是认真的，也是勤奋的。所以，多年后，我们看到了他出版的作品集《静斋笔记》，这是心血，是收获。

时光如雨一样飘洒，岁月如风一样无痕。从贾先生的文章中，我感受到了他的感恩之心。他在文章《红红火火的日子》中写道："我荣幸地感恩这个时代。虽然每一片光明都隐藏着黑暗。但是，我绝不奢求绝对的公正和光明，那是愚蠢之人和可怜之人的无知和卑微。我只期望着每一个希望都能在冬日暖阳里绽放。"是啊，这是一个伟大的时代，也是一个美好的时代，我们都应该感恩这个时代给予我们的所有。

每一个人都有自己的梦想，在追逐梦想的路上，我们快乐、开心，同时也有一些烦恼，我希望贾先生在自己的生活里找到更多的快乐，在写作路上真实记录故乡的美好和对人生的思考。我们写文章不是说写得多么感人，多么华丽，只要是我们内心最真实的文字，那么就是好文章。再次祝贺您，一直耕耘在文学沃土之上的贾先生。

刘志强

青海在线网副总编辑

青海读书会会长

青海省作家协会会员

2022 年 10 月 25 日

附录四

何妨吟啸且徐行　观照内心书我情
——读贾国龙、易美珺夫妇新书《静斋笔记》印象

一

"记忆中，村庄里的烟火气十足。如今，村庄正在消失或即将消失，但消失的只是村庄的躯壳，永不磨灭的是村庄的传承精神……"《静斋笔记》第一辑引言如是。

第一辑的字里行间，大多诉说着童年的往事，回味着那永远回不去的童年。和很多人一样，童年，就像旧电影的拷贝一样，深深地扎根在国龙的脑海中，挥之不去，却又回味无穷。那些年天上飞来飞去、叽叽喳喳的鸟儿，泳池东河滩等童年往事，都被国龙夫妇定格在了笔下。与其说这是在回味童年，不如说是一种思念，思念那片养育他的热土和热土上曾经的人和事，思念那永远回不去的美好过往，更隐含着种种无尽的乡愁。

乡愁是一种情怀，是让人始终铭刻心中的情怀，乡愁可以创造出自己心中的艺术，但到了一定的阶段，比如中年，更多时候会显得有些许无奈。国龙夫妇抓住了这个话题笔耕不辍，将这一部分放在新书《静斋笔记》的第一辑，并以"村庄烟火寄春秋"命名，足以说明乡愁在国龙夫妇心中的分量。

此辑所有篇章中融入了作者自身的真情实感，看似低声絮语，却显得那么温暖，那么亲切。那些记忆中的鸟雀都是迷人的，就算是磨渠沿、饲养院、泳池东河滩等这些不会说话的地方，经过他的描述，都被赋予了鲜活的生命，

让它们立体化，让人感受到过往在喧闹中走向沉静的过程。

不得不说，这一篇章，承载了一代人的记忆，国龙夫妻便是不折不扣的童年和时代的代言人。

二

国龙生长在贵德，而夫人美珺祖籍江苏南京，她不但喜欢朗诵，还擅古筝和陶笛，在她的身上，带着江南儿女特有的灵气。

第二辑，国龙、美珺夫妻以笔记的形式，携手为我们呈上了一场晴耕雨读伴闲窗的艺术盛宴，打造出了属于自己的独特"风景"。

此篇章，最令我难忘的是美珺的《生长在田园里的爱情》一文。此文是美珺应国龙《遗落风中的田园》而写，可以说是十足的姊妹篇，也可称其为牛郎织女篇。主要是描述田园劳作成为生活和生存哲理的有关文章。因为田园，让夫妻二人相知、相恋到相守，文末，美珺这样写道："我喜欢先生的习作，更喜欢习作的先生！"足见伉俪情深。不仅如此，更能从作品中感受到他们对文学和生活如痴如醉的追求和热爱。

书中写道："平日里总是喜欢在家中阳台上喝茶，或与夫人共饮，或在夫人的琴声中独饮，遇到周末或假期，自然就是一家三口共饮了。"夫妇二人结为伉俪，至今已经携手走过了二十余年，这对文学伴侣扶持互勉，成就彼此，他们夫唱妇随，是许多同代人心目中典型的文学伉俪、神仙眷侣。美珺在《平淡的日子里沉淀》中写道："人人都说，天下夫妻多，珠联璧合少，我不敢自信我和先生是珠联璧合，举案齐眉，但至少我能在风起的时候，感受到什么是温暖。""晴耕雨读伴闲窗"的篇章，是他们对身边发生的人、情和事、物在他们心中的自然流淌。

茶香、琴音融进了他们家的阳台，更融进了他们的生活。由于他们的努力，注定，是人生艺术的赢家，也是那代人理想中的好风景。注定，为青海文艺增辉添彩，为时代留下清丽的一笔。

三

"传统,应该被尊重,并在剔其糟粕中不断发扬和继承壮大……"第三辑"乡野清欢至真味"中这样写道。

作为重要传统节日,承载了人们对美好生活的热情向往,而国龙夫妻通过记录一些传统节日里所经历的人和事,表达了人情和世故。比如他说,过年的味道,就是炊烟的味道,就是人情的味道,更是家的味道。还说,人情通达,礼尚往来,这不仅仅是为人处世的道理,也是维系亲情、友情的基本纽带。

不过,国龙还从另一个角度,站在文化变迁的视角来审视,今天的传统节日仍然难以让人满意,那就是满足于形式的多,传统价值挖掘少,其中包括"有假无节"的问题。

如果不能将每个传统节日独有的伦理观念、情感寄托和精神价值现代化,就很难让它"活在当下",就不能真正成为一个"节日",而只是"假期"。国龙敏锐地洞察到了这一点,并高声呐喊。

比如他在《端午杂记》里面所写,深入地挖掘传统节日质朴美好的内涵,并推陈出新,和现代文明、现代生活融为一体。尤为关键的是,应与青少年儿童的生活习性、习惯及当下的学校教育和家庭教育实现无缝对接。

书中写道,有些传统,不能只是停留在无边回忆之中,也不能只是存留在虚无的想象之中,还是应该择优而袭的。

"笔墨当随时代",这是文艺的现实意义。也许,国龙夫妇在回忆传统节日的同时,更多思考并想表达的是如何在传承传统的基础上,更与现实时代合拍的问题。

从这个角度看,继承和弘扬优秀传统文化,特别是如何"打磨"作为文化表达载体的传统节日,是我们这一代人不可推卸的责任。这是第三辑"乡野清欢至真味"给我最大的感受。

四

第四辑"生活何处无诗意"中写道:"在四季的轮转里,感受春生夏长,秋收冬藏的喜悦,并用季节装扮自己,丰富自己的内心和灵魂,从而由心造境。"

国龙的文章随性、细节多,赋予笔下每个汉字以深邃丰盈之情感,无论春风化雨,骄阳似火,还是银装素裹,都是美好得让人时刻欢快愉悦的景象。作者观察能力是至微的。关于这一点,在文中不难找到答案:"用充满喜悦之心去观察世界,听风雨的声音,看日升月落,云聚云散。用喜悦之心去感悟。"

在他的文章中,能感受到他对世界与人生的思考,从而让文章变得丰隆而多维。国龙作品最大的韵味,不光在文本之中,还在于之后延伸出去的一部分。正是那些源自生活瞬间的深深缠绕萦怀,而后又默默渗透到他的精神基因之内,造就对世殊事异的认知和表达。读完令人动心,眼里一热心里一疼。这一点国龙做到了。

国龙为什么能做到这一点?除了他对人、事、物至微的留意外,从他的文章里也可以窥探一二。在他的文章中,谈及喝茶和看书的情节比较多,尤其是读书。也许读书多了,会下意识进入一种状态,冥冥中仿佛有一种力量引领着你如何书写。所以古人说得好,读书破万卷,下笔如有神。或者说,一直是阅读在养育着他的内心。还有一个不得不说的原因,那就是国龙是懂酒之人,他的文章有些类似于高度的纯粮小烧,写久了是会上瘾,类似于一个人一旦喝惯了高度醇香的烧酒以后,任何掺水的东西再难以入口一样。

五

第五辑"山月停停且忘机"中,国龙记录的花石峡,最大可能地感知着天地间的空灵至美,让自己的生命与大自然浑然一体。

苍凉落寞的花石峡,对他而言更像是一座坐落在内心深处的驿站。因为花石峡孤独的气质,对他而言是恰到好处的。

他不仅可以随时跑到草地上,仰望蓝天白云,听花开的声音,听风的轻吟，也可以静静地在海拔四千米以上的寂静之地，欣赏更加明亮、璀璨、触手可及的星空。

对于他来说，花石峡那孤独的镇子里矗立的山崖，成了他心中坚韧不拔的靠山。"念天地之悠悠，独怆然而涕下。"在这里，他怀揣敬畏，和陈子昂一起，跨越历史的长河，感叹着独立苍茫的落寞和孤独遗世的寂寥。

天地之间有大美，花石峡的美是壮美，是苍美，在那个年龄段的国龙，想必心性还达不到天人合一的境界，但莫畏前方行路难，何妨吟啸且徐行的倔强性格和人生态度还是有的。

在花石峡的时光，却始终在寒冷的冬日里让他感到温暖，在寂寞的黑夜里让他坚信光明即将来临，在寂寞无助的困境里让他不再彷徨，始终心存希望，不再孤独。

离开花石峡已经二十一载，但是，没有一个地方如花石峡这孤独的驿站一般，让他动辄思念，不由自主地贪恋和牵挂。

正如作家马国福在给国龙新书的序言中写道，此篇章文字，是在极其恶劣的自然环境下他对天地、自然、生命、人生最贴近本质的深刻思考，命运把他工作的第一站安排在环境最恶劣的花石峡，这是天降大任于是人也。既来之，则安之，安的是一种苏东坡般"竹杖芒鞋轻胜马，谁怕？一蓑烟雨任平生"豪迈达观的心境。

敬佩国龙夫妇这种坚持不懈的品质。正是因为他们的坚持不懈，才有了今天的成就。可喜的是，国龙、美珺夫妇伉俪第二本书《静斋烟火岁月长》将很快出版，并嘱我题写书名。

祝愿他们的第二本书顺利出版。期待！

焦万能
民主建国会会员
青海省书协会员
资深媒体人
2022年10月25日于双万庐

附录五

策马扬鞭饮长河

天下黄河贵德清，贾兄国龙就出生在这个多元文化交融的高远古城，这里文化上的交流交融使他在人事、社会乃至他的生活和世界中都呈现出更多的包容和理解。这是土地和村庄赋予人的特质，也是故土的伟大之处。因为蕴含村庄和农人的智慧，他笔下的村庄一如他儿时那般透着夏日桃杏甜蜜的青黄，弥漫着农人待人接物的礼仪规范，蕴藏着每一个生命暗自生长的希望。因此，国龙兄的字里行间总有一种无名的笔触，能扣动每一位游子"少小离家老大回，乡音无改鬓毛衰"的心弦，也不免让人对水泥灰中的生活产生了几丝同情和怜悯。

没有真实生活来源和参照的创作犹如"无源之水，无本之木"。马国福在《静斋笔记》的序言中说得好，"一个真诚的写作者，心中没有眼泪，写不出对这个世界的爱"。而这种爱更多的是对乡音的回味和寻觅。国龙兄将村庄中的遥远记忆、耕读中的风雨花露、乡野中的亲情真味、生活中的诗意写真都作为其村庄书写的元素，让他的文字间渗透着灵魂和根系，更与众不同。他在村庄烟火里接纳黄河上空水鸟莫名的悲鸣，也接纳岸边山麓枯萎杨树的无语，他吞吐村庄深处呛人的尘烟，也在父亲一声低沉的叹息中感悟深夜的孤独。可见，农村的场景以及村庄的根和魂都流进了他的血液。如他在《换粮食》中写道："农村生活的波澜不惊，农村人的不温不火和慢条斯理以及发自内心的质朴礼仪和热诚，还有仿若与生俱来、与血脉相连地对土地、对生活的热爱，对幸福生活执着的追求和永不屈服于命运的勇气，成为我一生最大的一笔精神财富，成为我生存、生活的脊梁。"所以，读国龙兄心中

241

的村庄,你会发现那些村庄是美丽的,她要求每个人创造生活的静美;那些村庄是洁净的,她传递给每个游子灵魂以质朴;那些村庄是坚强的,她把刚毅的品格传承给每一位后人。这,就是国龙兄作品的灵魂。

知命不惧,日日自新。国龙兄曾在青海偏远牧区工作二十多载,尤其是在花石峡多年的坚守和坚持,让他在行文中将花石峡的情感打造成段段珍贵的美好回忆,而花石峡在他内心的位置也的确如此。他在花石峡写总结、办杂志,在一台复古的油印机散发出的淡淡清香的油墨味中,将《雪域情怀》内刊创办成功,他将牧区中沉闷无聊的日子装点得五彩缤纷,用他的话说,就是碧草如茵的牧场和白雪皑皑的雪山也有了文化气息。对花石峡我是较为熟悉的,前些年曾在玉树讨生,每次上去时见那满山裸露的巨石总心生惆怅,下来时看到那枯黄突兀的山体倒也有些许欣慰。花石峡以往条件之艰苦并非言语所能描述。很多人慑于常年的寒风冷雪而离开了,但国龙兄毫无惧色,他真正继承了高原"吃苦耐劳、甘于奉献"的精神,将花石峡视为自己的精神世界。他说:"当我真正融入花石峡的世界,我依然固执地认为花石峡是丰满而富有的。花石峡是个富有的精神世界,是有高度的精神世界。而这高度,就像花石峡耸立的山崖、花石峡的海拔一样,让我不得不去仰望,让我始终充满敬畏和怀念。"我认为,花石峡在国龙兄眼中是孤独的高地,他在孤寂中呐喊但没有彷徨,他以孤独的读书声击败孤独的风雪夜。所以,花石峡孕育出的文字比山岭上祈福的风马更具猎猎的声响。

文学之路艰辛而又漫长,只有"别来十年学不厌,读破万卷诗愈美"的努力和沉淀才有在文学创作中源源不断的灵感,只有不畏"千淘万漉虽辛苦,吹尽狂沙始到金"的坚韧和执着才能在精神和肉体上得以锤炼,而这些国龙兄都做到了。所以,我觉得花石峡确实是块宝地,一块永恒的石头,矗立在时间之上,我们从外面猜度它内在的真实,它从内心解读我们外部的容颜。花石峡的石头,也汇集了高原底蕴的精华,它柔弱而刚强,它头顶白雪,它脚踩温泉,让雄鹰都无法猜度那些蜿蜒道路的尽头。国龙兄写道:"花石峡是个很孤独的地方,孤独得只有一条一眼就能望到头的街道,只有一块孤独的飞石为峰。孤独的花石峡,几乎没有秘密。"但是他是一头黑眸的野狼,他洞察了石头的语言，在每个夜深人静的夜晚，独坐、沉思、冥想、静听。之后，他将自己昨夜的、明日的喜悦，挂在今夜的苍穹。所以，国龙兄的作品总有一股强大的鞭策之力，让我也放下生活中的怠惰而努力前行。

马行千里，不洗沙尘。国龙兄夫妻二人在文学创作道路上携手并进，用优美的文字来纪念对生活的深情，是鸾凤和鸣美的真实体现，这在青海文坛上是少见的。人类社会长盛不衰的秘密就是文化的传承，就是将生活实际中的真情、智慧、良善、美德内化为他人成长的营养，这是一部作品的生命力，也是一部作品所要承载的历史责任。国龙兄夫妇以黄河源头这一文化沃土为基础，在文学之路上孜孜以求。他们勾起了大河的往事，在每个静谧的深夜将黄河的游鱼、微波以及花石峡的狂风和野狼的残吟都融入思想的火花，所以他们的作品就反映出一种"长河落日圆"的宽广大气和"风吹狼藉月明中"的恬静淡然，让人能汲取到农舍、庄廓、炊烟、牧歌的精神养料。

他们把真实的生活沉淀成了幽美的文学，他们是村庄和长河的儿女，他们饮水于长河而后为长河歌唱。古人云："夫君子之行，静以修身，俭以养德。"我想《静斋笔记》之"静"就源于此。

刘子平

青海民族大学博士研究生

2022 年 10 月 26 日于西宁

附录六

静斋烟火岁月长

先生的第二部散文集《静斋烟火岁月长》即将出版。欣喜之余，我也很惭愧，作为我和先生合著的《静斋笔记》的姊妹篇，最终，我还是没能跟上先生的步伐，哪怕是在他的文学王国里做一株最不起眼的小草，点缀边角。

先生一直在引领我、鼓励我，他始终认为我也是有一些写作潜质可以并应该被发掘的。但是，我终是没能拿起这支沉甸甸的书写人生的笔。原因只有一个——懒惰。在我看来，把文字组织成一篇文章，费神费时费力，远没有想象的那般轻松惬意。

多年来，在先生和儿子的呵护下，我不思进取也受尽万般宠爱。我总是在告诫自己：不能懒惰，要不然会跟不上他们的。但是，也只是在告诫，却总是任由自己任性地懒惰。惰性，是个不好的习惯，一旦养成，就会像吸毒一样上瘾，而我似乎很享受这种随性自由的过程。

说是被宠爱，一点儿不过分。

从小，我就想弹琴、唱歌、跳舞，可是，二十世纪七十年代，家里不可能给我提供学琴、学唱歌、学跳舞的条件。后来，偶尔和先生谈起，他立刻带着我和儿子去西宁，花了一个月的工资，给我买了一架我心心念念了二十多年的电子琴。那是我的第一架乐器，是真正属于我自己的梦想。

后来，我心血来潮，又喜欢上了古筝。先生又毫不犹豫地给我买来了古筝。从不碰这些东西的他，帮着我看说明调琴音。放在卧室窗前，又怕我受风受凉，于是腾挪家具，给我和琴找了一个舒适的位置。

我学吹陶笛、口琴，他从不嫌烦，总是说"好听，继续吹，加油练"。

其实，我知道，练习的时候，吹出来的不是音乐，而是噪音。但是，在先生的支持和鼓励下，我也想尽快地吹出美妙动听的乐曲，来抚慰他受伤的听觉。

退休前，我想学有声演播，耗资不菲。再三犹豫，还是在先生和儿子的"怂恿"下，"咬牙割肉"交了学费。这之后，又花了大量时间上课，没有他俩的支持和鼓励，我不可能完成为期两年的学习。虽然他们知道，这个投入没有回报，但是，为了我的梦想，为了让退休的我不至于无所事事和孤独，依然无条件地支持我。

与其说是支持，不如说是懂我，宠我，爱我。在物质生活丰富的当下，精神生活更是必不可缺而且相对匮乏的。他俩在精神上给予我的一切，我视如珍宝、心犹惜之。他俩不仅给了我一个温暖的家，还给了我蜜糖一样的幸福！让我深切感受着这艰涩困苦的生活，原来也可以成为一门艺术，成为键盘上流淌的音符，成为先生笔下的乡愁，成为心灵深处的诗和远方。

记得曾经看到过这样一句话，男人创造世界，女人装扮世界。说得真好！在我看来，"静斋"就是先生创造的，而我是装扮"静斋"的。我喜欢装扮先生创作的文字，用我的情感、用我的声音把他们读出来，再配上我认为最合适的音乐，演绎成我心中先生的模样，或者说，是我心中生活的模样，就像我给心爱的芭比娃娃穿上最喜欢的蓝色纱裙一样；让先生的文字随着灵动欢快的乐曲，跳跃在静斋的每个角落，唱响在四时烟火的气息里，就像儿子上大学前陪伴在我们身边一样，陪伴着我们。于是，静斋陋室，便也有了岁月静好的气质。

这段时间，多位好朋友为《静斋笔记》和《静斋烟火岁月长》题字、写书评、做宣传。他们都是文字、书法的爱好者，都在自己擅长的领域里灿若星辰。志强兄早在文学的道路上走得深远，为我们树起一面旗帜；珑山兄弟，在三更灯火的日积月累里，把文字书写成了艺术；珀池兄弟，泼墨挥毫游戏人间；子平兄弟，在更高的文学殿堂里踔厉奋发。庭坤校友为《静斋笔记》的宣传和销售不遗余力地奔走着。这些热情而又可爱的朋友，成为我们人生中最珍贵的财富。

我们的儿子长大了，有了自己的学业，将来还会有自己的事业和家庭，他要走自己的人生道路，而我和先生将逐步退出他的生活。已是人到中年的我们，如何在充满烟火的后半生岁月里，把静斋经营得诗意而又甜蜜，让静斋成为一块磁石，牢牢吸引着我们，是我时常考虑的事情。其实，这样的生活已经开始了。

万强兄弟在他给《静斋笔记》的书评中写道："发生在你身上的事，都是可以追本溯源的。"很多朋友说，我和先生是琴瑟和鸣、是贤伉俪之楷模。我不敢担琴瑟之雅称，但是，我愿意与先生和鸣。这和鸣来自苦寒之地——青南果洛的惺惺相惜，来自孤独的花石峡刻骨铭心的相思，来自二十余载岁月里彼此的相知相偎。

"因为路过你的路，因为苦过你的苦。所以快乐着你的快乐，追逐着你的追逐。"也许牵了你的手，今生不一定好走，但是，我依然想默默地牵着你的手，在静斋的烟火里，在四季的物语里，安心温暖地走过长久岁月……

易美珺
2022 年 10 月 27 日于贵德

附录七

《静斋烟火岁月长》
题写：焦万能
民主建国会会员
青海省书协会员
资深媒体人

附录八

《静斋笔记》《静斋烟火岁月长》
题写：崔珑山
中国硬笔书法协会理事
青海省硬笔书法协会副主席兼秘书长
青海省书法协会理事